插图本中国古典文学丛书

元曲

陈虎／主编

曹书杰　闫雪莹／著

河北出版传媒集团
河北教育出版社

图书在版编目（CIP）数据

元曲 / 曹书杰，闫雪莹著 ；陈虎主编 . -- 石家庄 ：河北教育出版社，2022.3

（插图本中国古典文学丛书）

ISBN 978-7-5545-6951-1

Ⅰ . ①元… Ⅱ . ①曹… ②闫… ③陈… Ⅲ . ①元曲－文学研究 Ⅳ . ① I207.24

中国版本图书馆 CIP 数据核字 (2022) 第 022389 号

书　　名　元　曲
　　　　　YUANQU
主　　编　陈　虎
作　　者　曹书杰　闫雪莹

策　　划　刘贵廷　王书华
责任编辑　邵　莉
装帧设计　郝　旭
出　　版　河北出版传媒集团
　　　　　河北教育出版社　http://www.hbep.com
　　　　　（石家庄市联盟路705号，050061）
印　　制　保定华升印刷有限公司
开　　本　880毫米×1230毫米　1/32
印　　张　9
字　　数　170千字
版　　次　2022年3月第1版
印　　次　2022年3月第1次印刷
书　　号　ISBN 978-7-5545-6951-1
定　　价　48.00元

总　序

汉字是世界上最古老、最悠久的一种语言文字，也是世界文明园地中表现力最丰富的一种交流工具。用这种最富表现力的工具作为载体的中国古代文学，也就必然具有与世界其他文学样式所不同的思想、艺术特征。由于中国社会是带着强烈的人文、理性色彩进入阶级社会的，所以在此土壤中生长出来的各种文化因素都无一例外地带有其鲜明的本质特征。中国的古代文学也不例外，她作为世界上最悠久的文学样式之一，带着鲜明的人文色彩和理性精神，经历了三千多年的持续发展历程，以其辉煌的成就，已成为中国传统文化中一支散发着奇异馨香的奇葩，成为全人类文化遗产中的艺术瑰宝。

产生于浓厚人文、理性色彩这一肥沃土壤中的中国古代文学，极为重视文学作品的思想性，强调文以载道的教化作用，所以在内容上偏重于政治和伦理道德主题。将文学视为政治的附庸和说教，一直被当作一种无可非议的价值倾向。所以，君臣的遇合、民生的苦乐、宦海的浮沉、战争的胜败、国家的兴亡、人生的聚散、纲常的序乱、伦理的向背等，一直是中国古代文学的主旋律，无论是诗歌、散文、小说还是戏曲，大都如此。这一方面使得中国古代文学蕴含着浓郁的政治热情、进取精神和社会使命感，另一方面又强烈地抑制了古代文人自我情欲的释放、自由个性的迸发以及自我意识的开掘，尤其是“存天理、灭人欲”的社会观念的束缚，使中国古代文学完全被笼罩在了理性主义的烟霭之中。从春秋战国时期如处子、名媛般的《诗经》《楚辞》，汉魏六朝的丰碑巨制，唐诗、宋词的不朽咏唱，悲怆倾诉的元曲，一直到明清时期的人生画卷，无不表现了先哲先贤们对社会、对国家、对民族的激越情怀，以及对宇宙世界的无限期待，从中透露着千古风流人物的奋斗历程，以生动而具象的形式体现了中国文化的基本精神和中华民族的文化心理特征，广泛而深刻地反映着中国传统文化其他部分的内容，使人们深切地领略到了中华民族文化的博大久远。这是我们中华民族的骄傲，更是我们民族赖以凝聚、发展、强盛的巨大能源所在。

作为中国传统文化中最重要、最具活力的组成部分，中国古代文学又生动而深刻地体现着中国文化的基本精神，对现代中国乃至世界文明的发展都产生了广泛而深远的影响。唐诗、宋词中的名篇警句至今脍炙人口，元杂剧、明清小说中的故事、人物至今家喻户晓，其中所蕴含的审美功能和认识功能历久弥新。因此，中国古代文学作为中国传统文化中最容易为现代人理解、接受的一种文化形态，是现代人与传统文化之间实现沟通的最直接的桥梁，也是世界其他文化背景下的人们了解中国文化的最佳窗口。

在科学技术迅猛发展的当代社会，人们的生活、观念正发生着巨大而深刻的变革，面对纷至沓来的现代科技和汹涌而至的各种思潮，人们仍能深切地感受到中国传统文化无所不在的巨大力量。人们渴望了解这种无形的力源，于是，绚丽多姿的中国古代文学就成了人们首要的注目之所。但由于各种原因所致，以往有关中国古代文学的诸多著作物，基本上都是写给那些从事专业研究者的，其中承载了过于厚重的道德和伦理内涵，因而理论性太强，显得生硬枯燥，将文学史上生动活泼、充满人间喜怒哀乐的鲜活笼罩在了黑厚的布幕之下。通过这些厚重的学术著作，人们根本无法了解鲜活、丰润的中国古代文学。而那些林林总总的古代诗、文选译本，又显得过于割裂和琐碎，读者很难从中领略中国古代文学活脱的发展脉络。因此可以说，目前社会上很难找到适合于普通读者需要的有关中国古代文学的趣味性读物，于是我们策划了这套《插图本中国古典文学丛书》。丛书共十本，是面向具有中等以上文化程度的读者介绍中国古代文学基本知识的图文并茂的大众普及性读物，主要内容包括按照历史发展线索，介绍中国古代文学体裁方面的基本知识，以及相关作家、作品对其产生的影响等，基本涵盖了传统学术话语里中国古代文学中最精彩、最具吸引力而又最为人们喜闻乐见的内容。

陈虎

2021年6月

目　录

贰　散曲：前期（1234—1320）作家作品

叁　散曲：后期（1321—1368）作家作品

壹

元曲：一代之文学

元曲与唐诗、宋词是横亘于中国文学史上三座绮丽的韵文巅峰。与唐诗、宋词相比，元曲形式更加灵活自由，语言更为淳朴自然，内容更能表情达意，突破了封建礼教的桎梏，把一个“情”字表达得淋漓尽致，尽情地抒发两情相悦的思恋和欢愉，描写的深刻程度远在楚辞、汉赋、唐诗、宋词之上，表现出“一代之文学”特有的艺术魅力和精神风貌。

（一）元曲的基本面貌

1. 元曲的构成和特征

元曲作为“一代之文学”的标志，可分为“散曲”与“剧曲”（杂剧）两大类。散曲是萌芽于宋金之际、兴起于金末、繁盛于元代的一种诗歌形式，又称“清曲”“乐府”，它可分为两类即“小令”和“套曲”。元杂剧是一种把曲辞、说白、表演结合起来的艺术形式，而杂剧中的曲辞就是由“套曲”扩展而成的。

（1）散曲及其体制

散曲，其形制有小令和套曲两种。从音乐角度说其本初就是元代初期的流行歌曲，是继宋词之后兴盛于元代的一种新体诗。元人则以“乐府”“今乐府”称之，至明初朱有燉《诚斋乐府》[1]始用“散曲”一名，但专指散曲中的“小令”，后来逐渐有人用散曲来兼指“小令”和“套曲”。它和宋词一样，原本都是一种配乐的歌曲，但发展到后来逐渐脱离了“入乐”的原初属性，成为一种仅为吟诵而创作的案头文学。

①体裁和格律

大凡一种新的文学体裁都是由简入繁，由自由到规范，散曲也是如此。就其体裁而言，首先产生的是小令，由小令而变成合调，再变而为套曲；就其体制而言，从形制到格律都在逐渐规范。一般说来，每篇散曲由宫调、曲牌（曲调）、曲题、正文四种形式构成，就案头文学而言，其格律主要由曲牌来限定。

宫调：是指中国古代音乐的调式，曲与宫调出于隋唐燕乐。南北曲常用的有五宫四调，通称九宫或南北九宫，包括有正宫、中吕宫、南吕宫、仙吕宫、黄钟宫（五宫）、大面调、双调、商调、越调（四调）。曲的每一个宫调都有各自的风格，或伤悲或雄壮，或缠绵或沉重。元曲中的戏曲套数和散曲套数，是由两支以同一宫调的不同曲牌相联而成。

曲牌：俗称“曲子”，也泛称为“曲调”，如［点绛唇］［山坡羊］等，数量很多。元代北曲共335个，每一个曲牌都有一

---

[1]《诚斋乐府》两卷，卷上专收小令而题名“散曲”（新印本改题为“小令”），卷下专收套曲而题名“套数”，可见他的“散曲”是专指小令。今天则把小令和套曲统称为“散曲”。

◎ 唐人演奏图(敦煌壁画,唐代音乐与元曲的曲调有着深刻的渊源关系)

定的曲调、唱法，同时也规定了该曲的字数、句法、平仄等。曲牌大都来自民间，一部分由词发展而来，故曲牌名也有和词牌名相同的，但是内容并不完全一致。

曲韵：元曲在押韵方面严守《中原音韵》(元・周德清)十九部的要求而分平、上、去，用韵上不像诗、词那样严格，可平仄通押，不避重韵，一韵到底。

平仄：曲在用字的平仄上比诗词更严，且特别注重每首末句的平仄。

对仗：曲的对仗要求比较自由，可平仄相对，也可平声相对，即平声对平声，仄声对仄声。曲的对仗形式有“两字对”“首尾对”“衬字对”等十三种，在语言的运用和词序组合上有许多特点，主要表现在：有工对也有宽对，但宽对的现象更普遍；句中自为对；错综成对或倒字为对，如“忠臣不怕死，怕死不忠臣”；以及以俗语入对。

衬字：这是曲与词最显著的区别，有衬字的是曲，没有衬字的是词。所谓“衬字”指的是在曲律规定必须的字数之外所增加的字，它不受音韵、平仄、句式等曲律的限制。衬字多加在句首或句中两个词之间，用在句中的大都是虚字，用在句首的则多种多样。衬字的使用能够使曲更加生动、自由、灵活地表达作品的思想内容。

②小令及变体

小令，又称“叶儿”，相对于“套曲”而言，是散曲的基本篇制单位，基本特征是单片独曲、调短字少，内容和形制都独立成篇，与词中不分上下片的单调小令（如［十六字令］）等十分相近，有些作品甚至与词基本相同。由于它源于市井俚歌俗调，经文人取舍加工而成，所以元代散曲家多以“乐府”“词余”称之，到明代“小令”之名方正式确立。小令由于篇制短小精悍，便于把握，所以在元散曲中数量最多，质量也较高，真正与唐诗、宋词鼎足而三的当是小令。

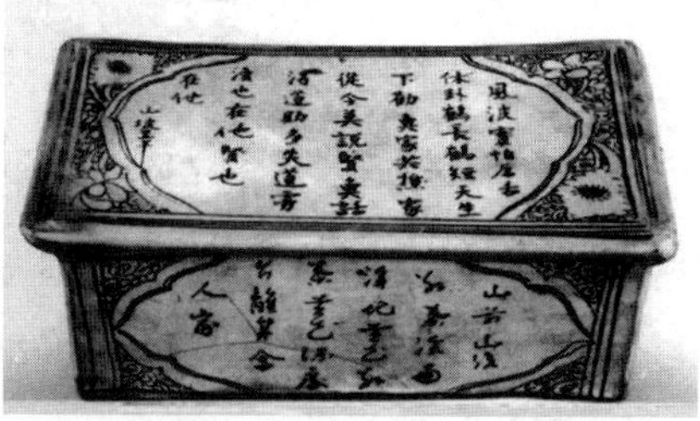

◎ 元代瓷枕，上书［山坡羊］小令一首（现藏邯郸市博物馆）

小令的篇题：一般来说小令的篇题由三

部分组成：宫调名、曲牌名、曲题。如马致远的小令“[越调·天净沙]《秋思》”，[越调]是宫调名，[天净沙]是曲牌名，《秋思》是曲的题目。

◎ 元代白釉黑彩元曲[小桃红]长方形瓷枕（故宫博物院藏）

小令的主要特点：小令很像一首单调的词，也有点像一首句式参差不齐的小诗。主要特点是：几乎每句都要押韵，而且平、上、去三声可以互押（诗和词平仄韵都不能通押）；平仄更严，诗词用字只限平仄，而小令仄声字还得区分上、去；每首只有一段；可以另加衬字——这是小令与诗词最显著的不同之处。常规的小令大都一韵到底，如马致远[越调·天净沙]《秋思》：“枯藤老树昏鸦，小桥流水人家，古道西风瘦马。夕阳西下，断肠人在天涯。”这首千古传唱的小令凡五句，句句押韵，与一首小诗、单片词几乎无别。

小令的曲牌：小令跟词一样每首都有一个曲牌（也叫曲调），其总数有300多个[1]，其与词牌的名称有很多相同或相似之处。小令的曲牌与词牌名称完全相同，常见如[太常引]

[1] 《中原音韵》共收曲调315调，《太和正音谱》《北词广正谱》所收曲调稍多。清代王弈清等人编定的《钦定曲谱》，收曲调334调（南曲除外）。

［满庭芳］［卖花声］［齐天乐］［青玉案］［捣练子］［风入松］［唐多令］［秦楼月］［忆秦娥］［蝶恋花］［人月圆］［昼夜乐］［谒金门］［感皇恩］［驻马听］［望远行］等十几种。如马致远［风入松］曲与张炎［风入松］词，牌名同为［风入松］，句式基本相同，平仄押韵等基本相同。有的曲牌与词牌的名称虽然相同，如杨景辉［捣练子］曲与李煜［捣练子］词，二者的牌名一样，但句式、平仄却截然不同。有些曲牌、词牌的牌名虽然不同，如曲牌［一半儿］与词牌［忆王孙］，但二者的句式、平仄完全一致（除去衬字）。

小令变体：常规情况下小令只有单片只曲，如同诗之一首，词之一阕。但在常规之外也有幺篇、重头、带过曲等几种变体。

◎ 元代白地黑花［落梅风］曲辞长方形瓷枕

所谓的“幺篇体”就是一支小令作完之后，用同调、同韵再作一首，这后一首则称“幺篇”，即后篇之意。一般在前篇、后篇之间加［幺］（也有不加的）以别之。通常每首小令只附加一个幺篇。如：白贲［正宫 · 鹦鹉曲］《渔父》：

依家鹦鹉洲边住，是个不识字渔父。浪花中一叶扁舟，睡煞江南烟雨。[幺]觉来时满眼青山，抖擞绿蓑归去。算从前错怨天公，甚也有安排我处。

这种后篇与前篇的调、韵完全相同，犹如词之上下两片，所以把这种作品视为一篇小令。小令之幺篇类甚少，唯［正宫·黑漆弩］等不多的几种曲牌必带幺篇，余者多见于套曲。

“重头”即重复前曲，与“词”之联章相类，故“重头体”又称“联章体”。重头体即用同一曲牌并围绕某一主题填写一组曲子，通常为四首以上（或说两首以上），多者可达数十首、上百首，用以合咏一事或分咏数事。重头的用韵、题目可以每首不同。如张养浩在［中吕·朝天子］《咏四景》的总题下填写《春》《夏》《秋》《冬》四首，分咏春、夏、秋、冬数事，后面的《夏》《秋》《冬》三首即为“重头”。重头小令也可合咏一事，如乔吉［中吕·满庭芳］《渔父词》凡20首，皆以《渔父词》为总题，每首不再另有曲题，此即合咏“渔父”之事。

“带过曲”也是小令的一种体式。用同宫调的两三种在音律上可以相互衔接的不同曲牌（曲调）构成一种新的曲调，而在第一支曲牌名之后加上“带”或“带过”“过”“兼”“后连”等串联词，组成另外一个曲牌名，其形式为“某某带（带过、过、兼）某某”，都是用同一宫调内的曲牌组成。如马谦斋［中吕·快活三过朝天子　四边静］《春》《夏》《秋》

《冬》四首，兹选《夏》：

恰帘前社燕忙，正枝头楚梅黄。当空杲日炽炎光，杨柳阴迷深巷。（上为［快活三］）北堂，草堂，人在羲皇上。亭台潇洒近池塘，睡足思新酿。竹影横斜，荷香飘荡，一襟满意凉。醉乡，艳妆，［水调］谁家唱？（上为［朝天子］）红尘千丈，岂羡功名纸半张？渔樵闲访，先生豪放，诗狂酒狂，志不在凌烟上。（上为［四边静］）

◎ 元代四系瓶，上书［山坡羊］小令一首（现藏邯郸市博物馆）

也有直接把几个曲牌连写在一起，如［骂玉郎　感皇恩　采茶歌］。带过曲要求一韵到底，书写时曲牌一起写在前面，曲中两调中间空一个字的位置隔开。《全元散曲》收载元人小令中的带过曲共有26种形式，此不赘述。带过曲限制较严，并不是随便什么曲子都能自由组合的，它们各自的音律必须能够彼此协调才行。根据所用曲牌的不同，带过曲分为“北带过曲”（北带北）、“南带过曲”（南带南）及“南北兼带”三种。

③套曲的体制

套曲又名“套数”或“散套”“大令”，用于杂剧则称“杂套”。套曲是散曲的一种组曲形式，其体式特征最主要有三点：

一是将同一宫调的两支以上的曲子按一定规则（按一定顺序，不能随意搭配，首曲尤为讲究）联缀成一组套曲，具体用多少支曲子无定数，但至少要用两支曲子（但由两支曲子组成的套曲并不是规范的套曲），多者可达数十支曲子。常见的套曲一般是由五六支到十余支组成。

二是套曲的题目由宫调、首曲的曲牌、篇题三项构成。正文一般由首曲、正曲、尾声三部分构成：整个套曲用“首曲”领起，首曲由一支或两支构成。整个套曲用“尾声”或“煞调”结束，“尾声”是对套曲中最末一曲的泛称，又名“收尾”“尾”“余文”“结音”等。“煞”是曲牌名，用于套曲结尾，常与其他曲牌结合代替“尾声”，如［离亭宴煞］［卖花声煞］［煞尾］［后庭花煞］等，只有在特殊情况下才可不用。“正曲”，中间按一定规则排列的若干曲子（无定数，两支曲子者除外），各支曲子均须在曲首注明曲牌（首曲可省，因已在题目中出现）。

三是除极个别宫调、曲牌（如北散套中［正宫·九转货郎儿］）外，不管用多少支曲牌，都必须一韵到底，中间不能换韵。

套曲的正文格式可简单概括为：首曲 + 正曲（无定数）+ 结尾（个别无）。例如贯云石［越调·斗鹌鹑］《佳偶》：

国色天香，冰肌玉骨。燕语莺吟，鸾歌凤舞，夜月春风，朝云暮雨。美眷爱，俏伴侣。叶落归秋，花生满路。

［金蕉叶］见他眉来眼去，俺早心满愿足。他道是抛砖引玉，俺却道因祸致福。

［天净沙］虽然似水如鱼，甚世曾少实多虚，更有闲言剩语。若将他辜负，待古里不信神佛。

［小桃红］志诚惠性压其余，无半米儿亏人处。觅便寻芳厮照觑。要欢娱，看时相见偷圆聚。知心可腹，牵肠割肚，不枉了用工夫。

［尾］锦纹封寄情缘簿，罗帕留香信物。常想着相见时话儿甜，早忘了星前月下苦。

这篇套曲由五支曲子组成，首曲的曲牌即题目中的［斗鹌鹑］，五曲都是一韵到底。

北曲套数分散曲专用者，散曲、杂剧兼用者，杂剧专用者三类，其分类由套数之首牌限定，此不赘述。

（2）杂剧及其体制

元杂剧是以套曲唱词为主，间杂以宾（对话）白（独白）、科范（舞台动作、表情和效果）而组成的舞台表演艺术，与传奇、小说等同是典型的叙事文学。元杂剧的特别之处在于：它处于雅俗文学的交叉点上，既属于俗文学的范畴，又浸染着雅文学的内蕴；它是音乐和文学的结合，既是以说唱为主的戏曲艺术，又是韵散并用，演述元人思想情感、价值观念的文学样式。

元杂剧渊源久远，它滋养百艺，汇合众流——上古歌舞、俳优表演、百戏、歌舞戏、参军戏等是其远源，宋杂剧、金院本等为之近流，在元朝多元文化的背景下，最终形成了以唱、念、舞、科、白为表现手段的综合性舞台艺术。尽管元杂剧的唱法已经失传，但根据流传下来的剧本和文献记载，仍然可以归纳其基本特点。

元杂剧的结构：一般以四折一楔子编演一个完整的故事。“折”是划分演唱场次的单位，相当于近代戏剧中的一幕，四折的体制客观地表现事件的起因、发展、经过和结局。楔子多在开场，交代故事的背景或人物之间的相互关系，起到序幕的作用。但有些故事，用四折一楔子的表达难以尽兴，就扩展了折和楔子的数量，甚至增加本数，变一本为多本。如纪君祥的《赵氏孤儿》为五折一楔子，杨讷的《西游记》共六本二十四折等。

元杂剧的文字内容：一般由曲辞、宾白、科范三部分构成。曲辞是剧中人物的唱词，是元杂剧的主体部分，一支支套曲如同一首首抒情诗，其风格或清丽典雅，或沉郁感伤，或慷慨悲壮，故元杂剧亦被称之为诗剧。宾白是剧中人物的对话和独白，科多用以表示演员的动作、表情（如“旦回望科”），也有提示表现各种声响的（如“雁叫科”），以增强表演效果。

元杂剧的角色：大致可以分为五类，即末、旦、净、丑、杂。每本戏只有一个主角，男主角称正末，女主角称正旦。元杂剧的特点是通常由正末或正旦一个角色主唱全剧，其他角色不唱，只有说白和动作。在演员方面，主唱的正末、正旦皆可男女反串，以女扮男装尤多。[1]以上各类角色，汇合众生世相，演绎悲欢离合的纷繁故事。

元杂剧的表演：剧中人物在上场时，通常念上场诗。上场诗以四句五言或四句七言为常见，是一种不讲究韵律的顺口溜，主要用以表现人物的身份和性格。如关汉卿的《窦娥冤》中，蔡婆的上场诗：“花有重开日，人无再少年。不须长富贵，安乐是神仙。”窦天章的上场诗：“读尽缥缃万卷书，可怜贫煞马相如。汉庭一日承恩召，不说当垆说子虚。”念完上场诗，台上的人物随即进行自我介绍：“某乃某某是也。”下场诗与上场诗相对应，在每折将要结束时，剧中人物同样念一首四句五言或四句七言的诗，表示该角色的表演即将结束。在每剧的末尾，大都有两组诗句。前面的诗句概括全剧的内容，叫“题目”；后面的诗句点出正式的剧名，叫作“正名”。宣念题

---

[1] 曾永义：《有关元人杂剧搬演的四个问题》，载《元曲通融》，太原：山西古籍出版社，1999年，第862—872页。

◎ 明人画《南中繁会图》表现农村在田间搭台演戏的场景

目和剧名，以结束全剧，是元杂剧演出时的一个惯例。

2. 杂剧与散曲的关系

散曲、杂剧各有源头。而论其兴起，散曲要比杂剧早。[1]按照我们通常对元曲的理解，散曲属于“诗”，而杂剧属于“戏剧”，但实际上散曲与杂剧不是泾渭分明的。许多作家是两栖作家，兼作散曲和杂剧，在题材内容和语言风格上，二者

[1] 散曲与杂剧的产生，学界有三种说法：散曲与杂剧同时产生；散曲先于杂剧，郑振铎、任中敏、李昌集持此观点；杂剧产生在先，散曲从杂剧派生出来，杨荫浏、蒋伯潜、蒋祖怡持此观点。杨栋《中国散曲学史研究》指出元杂剧剧曲是散曲的发展和运用形式。

难免相互借鉴。同时，艺人既进行表演，又参与创作，他们会有意无意地将杂剧和散曲融会贯通。因此杂剧与散曲有着你中有我、我中见你的天然默契。具体说来，有以下三点：

音乐方面。散曲用以清唱，杂剧用以搬演，二者都具有音乐的属性。散曲的套数成熟在前，而后被元杂剧运用。散曲是杂剧的音乐曲库，剧曲是散曲的运用和派生。

题材方面。由于剧曲套曲与散曲套曲的文体特征基本一致，所以在作家创作时，二者会互为津梁，相互借用。散曲歌咏的三大题材——叹世归隐、恋情闺怨、怀古咏史，同样也是元杂剧唱颂的重要题材。浪子风流和隐逸情调是杂剧和散曲共同的文化内涵。

曲词方面。杂剧的主体——唱词，由散曲组成，杂剧受散曲抒情风格的影响，在营造意境、渲染悲剧气氛上，哀婉凄丽的曲词发挥了强大的抒情功能，使观众、读者深受感染，沉浸其中，获得无与伦比的艺术享受。王国维论曰："然元剧最佳之处，不在其思想结构，而在其文章。其文章之妙，亦一言以蔽之曰：有意境而已矣。"[1]这里的"文章"专指曲词。元杂剧以曲词取胜，创设出佳妙之意境，正是散曲对杂剧的重要影响。

---

[1] 王国维：《宋元戏曲史》，北京：中国书籍出版社，2006年，第149页。

3. 分期和作家、作品

（1）元曲的历史分期

元曲的历史发展分期，其上限一般是从金朝灭亡、蒙古大军占领中原的1234年开始，下限到1368年明洪武元年元朝统治结束为止。考察这130余年间的散曲发展进程，大致可分为前期和后期。前期自1234年到1320年前后，其又可分为“大雅大俗的兴起期”（1234—1260）、“名家并起的繁盛期”（1261—1320）。后期自1321年前后到1368年元朝灭亡为止，是逐渐雅化的衰落期（1321—1368）。元曲在各个时期，都呈现出一定的时代特色和历史差异。

（2）元曲的作家作品

①散曲的作家作品

存世的元散曲作品，据统计小令作品3800多首，散套作品470多套，作家约有200人。这些作家来自社会不同阶层，根据其官职仕履、身份地位大致可分为五类：一是在元朝曾担任较高官职的达官显宦，如卢挚、姚燧、张养浩、贯云石、薛昂夫等；二是名士，是指那些在文艺界或其他领域内名气较大具有出类拔萃的才能，甚至能够出入于上层的文人圈和官场圈，有机会入仕却不入仕者，如元好问、杜仁杰、白朴等人；三是下层官吏，是指那些沉沦下僚、职位不振的卑官小吏，以马致远、张可久最为典型；四是才人，是指那些具备高才博识，不

◎ 清代扬州神庙搭台演戏图

屑或无由仕进，混迹市井、出入娱乐场所的下层文人，以乔吉、徐再思最为典型；五是艺人歌伎。由于作家的社会地位相差悬殊，个体的境遇心态、志趣情怀、文化修养等也不尽相同，这些都深刻地影响着他们的散曲创作。

元曲的作家或专作散曲，或专写杂剧，也有一些兼作散曲和杂剧的两栖作家。据研究者统计，元代兼作杂剧和散曲的两栖作家大约有50位，著名者如关汉卿、白朴、马致远、乔吉、王实甫、郑光祖等。[1]其中有两点需要特别说明，一是专写杂剧的作家较少，他们大都兼作散曲，因为杂剧中的曲辞本身就

[1] 马丽丽：《诗歌与元杂剧》（硕士学位论文），扬州大学，2009年。

是散曲；二是从事杂剧写作的作家，其社会地位大都比较低，达官显贵基本无人染指杂剧，偶尔为之也不过是游戏之作。

元代散曲作品的题材内容非常广泛，几乎涉及社会与自然的所有方面，客观如景、物、人、事，主观如感情、思想、审美趣味、哲理、思辨等，若细分可分为很多类，然其大者可得七大类：

悟世退隐类："悟世"是表达人生感悟、看破世事的作品，主要是抨击社会黑暗、政治腐败、埋没人才、世态炎凉，或否定功名利禄，赞颂自由快乐，表现出愤世嫉俗、玩世不恭的心绪。"退隐"是描写隐逸林泉、山野闲居、返璞归真的作品。二者往往又同时体现在同一作品中。

世俗谐趣类：主要是那些嘲弄、讥讽世间诸事的作品，通过嘲讥、戏谑来显示机巧和乐趣，以浓郁的世俗气息来博人一笑。其高者以巧思和机趣来表现为一种幽默艺术，低者则为逗人一笑而不免流入恶谑。

讲道说理类：是阐发理思、表达观点的作品。或托古讽今，或审视社会，或体悟人生，题材上主要体现在社会世风、为人处世、功名利禄取舍、命运穷通、人生价值、生命体验、酒色财气等，在写法上大多以直接的议论为主，带着较强的思辨性和主观倾向。

爱情男女类：以男女之间的情事为题材的作品，或以爱情中的情感、心理、行为等为描写内容，其中尤以描摹闺中女子闲愁恨怨、伤春悲秋、怀春相思的闺情作品最为突出；或以女子的容色才艺、青楼妓女生活等为描写内容，甚至直接描写性爱间的情绪、行为等内容，有的也将其作为揭露或批判的对象。这类作品不乏浮艳色情的成分，也有刻画妓女心理、揭露青楼风月本质的作品。在数量上，这类题材的作品十分庞大，而且几乎所有作家都有涉足。

抒怀言志类：以抒发作家个人情志为内容的作品。举凡寄慰、送别、伤逝、旅怀、乡思、悼亡、感怀、言志、哀怨的作品大都具有抒怀言志的特色，所以其数量也非常之多。

写景咏物和咏史怀古两类作品大都寄托着作者的人生感悟和思想情趣，单纯的写景和怀古之作绝少。

此外还有交游、仕宦科举、时事、战争、悯农、谈艺、游仙、神话传说、风土节序、亲情生活、隐括等类题材，但数量较少。应该指出的是各类题材之间都有交叉，就某些具体作品而言其题材类属并非绝对。[1]

②杂剧的作家作品

元代有多少种杂剧，我们无法确切知道。从文献记载来看，元人钟嗣成《录鬼簿》[2]著录剧目有458种，明代

---

[1] 主要参考刘凤玲《元代散曲观念研究》（博士学位论文），首都师范大学，2008年，第47—50页。

[2] 钟嗣成（1275？—1345后）《录鬼簿》成书于至顺元年（1330），该书记述了前辈与同代杂剧作家计150余人的小传和作品目录，又制［凌波仙］曲以挽吊这些作家中的已逝知友若干人，是后世研究元曲作家的珍贵史料。

朱权[1]《太和正音谱》著录535种，明人臧晋叔编选的《元曲选》保留完整元杂剧凡100种。今人隋树森搜集到《元曲选》未录的62种，编为《元曲选外编》。徐征等主编的《全元曲》是目前元曲作品收录最全的书籍，收录元代278位曲家作品，完整杂剧162种，残剧46种，著录佚目429种，共637种。[2]可以说，目前我们看到的完整的元杂剧作品只是元时的四分之一，甚至比这个数字还要少。留存至今的完整剧目，是经过舞台演出的不断汰选和历史淘沙后的精品。

◎ 隋树森《全元散曲》书影

元代曲家有一个共同的特点，就是沉抑下僚，志不获展。在《录鬼簿》中著录的152位元曲家中，杂剧作家占82位，其中有43位通过各种途径求得了一官半职，但这些做官的元曲家，三品以上仅3名，其他40位皆屈居下僚。[3]这是由元代特殊的政治

---

[1] 朱权（1378—1448），朱元璋第十七子，卒谥献，又称宁献王。作此书时方满20岁。

[2] 徐征等主编：《全元曲》，石家庄：河北教育出版社，1998年。除此以外，尚有傅惜华的《元代杂剧全目》著录元杂剧剧目737种（作家出版社，1957年）。

[3] 田同旭：《元杂剧通论》（上），太原：山西教育出版社，2007年，第134—135页。

环境决定的。元朝统治者重实用，轻词章，自1234年灭金后，长达七十余年未进行科举考试，文人失去了赖以为生的仕进之途，社会地位普遍下降，以致连“小夫贱隶，亦以儒为嗤诋”（余阙《青阳先生文集》卷四《贡泰父文集序》）。作家群体沉沦下潦的地位改变了传统文人居庙堂之高和居书斋之雅的生活方式，物质和精神的双重压力使他们选择了向勾栏瓦舍去寻讨生活的道路。他们在杂剧的嬉笑怒骂中状写了时代人生的百态万象，释放了精神的抑郁不平，追寻到“修身、齐家、治国、平天下”之外的人生价值。元代文人以其高才不遇的尴尬处境，创作了一代之绝作，创造了“中国最自然之文学”[1]，此可谓“国家不幸曲家幸”。

（二）散曲的艺术特色

1. 散曲的源流：渊源与兴衰

元散曲、元杂剧各有源头，二者在元代相互影响和渗透，促进了彼此的发展和繁荣。若论其兴起，散曲要比杂剧早。

散曲的艺术渊源，这是个颇为复杂的大问题，但一般说来与词曲、歌谣俚曲、少数民族歌曲及戏曲等文学艺术的渊源非常密切。首先，散曲或被称为“词余”，这说明散曲与词确有

[1] 王国维：《宋元戏曲史》，北京：中国书籍出版社，2006年，第148页。

◎ 山西赵城广胜寺应灵王殿内的元人演戏壁画

某种渊源关系。其一，它与词同是长短句的诗歌形式，而曲的长短（尤其是衬字）变化更为丰富。其二，曲与词都是倚声填辞的诗歌形式。如《中原音韵》记载，曲有12宫335个曲调，其中出自唐宋词调的多达75调，这75调可大致分为三类：曲牌与词牌全同，如［人月圆］［黑漆弩］；曲牌与词牌名同而格律实有不同，如［六么令］［醉太平］；曲牌与词牌名称不同而形式却相同，如［双鸳鸯］即词之［合欢曲］，［阅金经］即词之［梅边］等。这些都可以看到曲从词演化而来的痕迹。同时，词的曲调在各地民间传唱时“凡唱曲有地所，东平唱［木兰花慢］，大名唱［摸鱼子］，南京唱［生查子］，彰德唱［木斛沙］，陕西唱［阳关三叠］［黑漆弩］”（元·燕南芝庵《唱论》），这些词调在流传过程中明显地形成了强烈的地方色彩，从而发生若干变化，这也是导致曲牌与词牌同名的原因之一。

其次，散曲最初就是民间的唱词，它的起源与宋金时期的民间俚曲关系极为密切，如曲牌［中吕·叫声］即源自宋仁宗时期根据叫卖声衍生的市井俚歌，［仙吕·太平令］［仙吕·拨不断］等也都是宋代的民间曲调或俚曲。其他如［货郎儿］［豆升黄］［采茶歌］等，虽然其时代和来源已无从考知，但从其名称基本可以断定也是来自北方城乡的民间俚曲。人们在旧的歌曲形式中求变出新，并且不断产生新的歌谣形式，使曲调越来越丰富。

再次，散曲首先兴起于北方，自然深受北方少数民族音乐的影响，因此往往被称作"北曲"。自古南音较清丽婉约，北音多慷慨奔放，到南宋时期南北阻隔，南北的音乐风格差别愈大。当时的北方地区涌现出大量的具有地方色彩的俗谣俚曲，它们深受相继进入中原的女真、蒙古等草原狩猎民族"壮伟狠戾，武夫马上之歌"（明·徐渭《南词叙录》）的音乐风格影响，如早在北宋宣和（1119—1125）末，"京师（开封），街巷鄙人，多歌蕃曲，名曰［异国朝］［四国朝］［六国朝］［蛮牌序］［蓬蓬花］等，其言至俚，一时士大夫亦皆歌之"（宋·曾敏行《独醒杂志》卷五）。其中的［六国朝］在北曲中属大石调，足见其渊源甚远。到金、元时期少数民族的音乐影响更大，女真族的［风流体］，回族的［回回曲］，还有［黄钟·者刺古］［双调·阿纳忽］［越调·拙鲁速］［商调·浪里来］等也都是少数民族的曲调，皆成为北曲中的曲牌。少数民族的曲调被吸收到散曲中仅是一种现象，本质是民族文化的交流和融合的必然结果。

此外，在宋代已经产生的说唱形式——诸宫调、唱赚等对散曲也有影响。尤其是诸宫调，它对散曲格律的逐步严整，特别是对套曲形式的逐渐完备，有着重要影响。此不赘述。

散曲萌芽成长于宋金之际，盛行于金末，繁兴于元初。早在散曲盛行的金末，元好问等一些作家大致就已开始散曲创作，其形式尚处在“以词为曲”的过渡时期。到了元初，散曲创作活动首先在以元大都（今北京）为中心的北方日渐繁兴，且已形成了一支较大的作家队伍，其中既有商挺、卢挚、杨果等当世名公硕儒，也有关汉卿、王和卿、马致远等著名的“才人”，散曲创作从内容到形式俱已成熟。到了元代，文人写作散曲就成为相当普遍的现

◎ 山西右玉宝宁寺元水陆画中的戏班赶路图

象，散曲就由“俗谣俚曲”正式成为文坛上被实际承认了的一种新的韵文体裁。到后来创作活动转移到以杭州为中心的南方，逐渐形成了与“北曲”多有不同的“南曲”。散曲的发展与繁盛并非偶然，必然受到某些因素的影响，其中主要有如下几种：

一是元曲的兴起与繁盛是韵文自身内在因素发展的必然结果。从诗歌的配乐歌唱的特点来说，歌唱艺术是社会不可缺少的又不断变化发展的文化娱乐活动，而喜新好异则是其变化发展的基本特点，民间还要求歌唱具有通俗性。词在隋唐时期从西域传入中原，最初本是燕乐，流行于民间闾巷、歌肆宴饮，歌唱者多为伶人艺伎，后历经五代、两宋文人的提升及雅化，从形式（格律等）到内容愈加典雅精致，格律之限愈严，歌咏演唱愈难，成为在更高层次上存在的文学艺术形式，从而也就失去了通俗性。而以通俗为主的新兴散曲就成了民间艺人们普遍演唱的流行歌曲，有着广泛而深厚的社会基础。

二是元曲的兴起与繁盛和音乐的发展变化的关系极为密切。曲和词同是以诗入乐，与音乐的关系极为密切，音乐的变化必然导致诗体的变异，而金、元正是音乐大融合、大变化的时代，正所谓“自金元入主中国，所用胡乐，嘈杂凄紧，缓急之间，词不能按，乃更为新声以媚之”（明·王世贞《艺苑卮言》）。由于金国的女真族、元朝的蒙古族长期游牧、狩猎于北疆的草原和山林，故而当时之“北曲，盖辽金北鄙杀伐之音，壮伟狠戾，武夫马上之歌，流入中原，遂为民间之日用。宋词既不可管弦，南人亦遂尚此，上下风靡”（明·徐渭《南词叙录》）。这里的“北曲”即散曲。宋、金之际，北方的契丹、女真、蒙古等少数民族相继进入中原，使胡曲番乐与中原故有的音乐相结合，从而孕育出一种新的歌曲，后来又逐渐与音乐相脱离，演变成一种新的诗歌形式——散曲。

三是与蒙古贵族的性情爱好有关。蒙古族本是爱好音乐舞蹈、慷慨悲歌的民族，入主中原后的蒙古贵族对流行音乐的爱好自然居于主导地位，对音乐风格的主导和影响极为显著，所谓上有好之者，下有甚之者，导致音乐呈现出一种慷慨奔放、通俗快意的新奇的演唱风貌和歌词形式，这无疑促进了散曲形式的发展与成熟。

四是与当时城市经济的发展有关。元朝城市经济比较繁荣，为适应城市商人、小贩、手工业者以及其他城市居民的喜

◎ 洛阳金代墓出土杂剧砖雕拓片

好和要求，在宋时就已蓬勃兴起的戏剧、曲艺、说书等文学体裁得到较为充分的发展，书会活跃，剧场宽大，观众日夜络绎不绝，成为元曲繁盛的经济基础。这些文学形式开始时还只是艺人们的创作，后来就出现了专业作家——这是一种文学体裁成熟的重要标志。

五是与文人的深层介入有关。戏剧、曲艺、说书等文学体裁开始时还只是艺人们的创作，后来文人介入而形成了一批专业作家，使之得以充分的发展。专业作家队伍的崛起，与元初久废科举考试有关。蒙古人入主中原后，科举考试废弃数十年，文人学士既然无望进身庙堂，故而沉情于吟风弄月，经常出入歌台舞榭，制曲作乐各展才华，有的甚至登台扮相成为著名的表演艺术家，加之这些作家大多为中下层文人，了解社会

◎ 金代杂剧伴奏人物砖雕

下层生活，情感倾向于民众，因此他们在创作时会自觉不自觉地反映下层人民的情感意愿，并以喜闻乐见的通俗的文学形式表达出来。

正是因为这些因素，散曲在北方大行于世，后来伴随着北方散曲作家的南迁，散曲创作的活动中心转移到以杭州为中心的南方，与“北曲”多有不同的“南曲”继南戏之后，散曲在南方才开始逐渐兴起。南戏起源虽早，然大兴则较晚，原因在于“益以里巷歌谣，不叶宫调，故士夫罕有留意者”（徐渭语）。由此可知，初时南戏因为词语鄙下而被文人雅士所轻视，与北曲得到文人才士积极参与遂天下传唱的形势大不相同，因为没有文人的参与而不能得到快速发展，长期伏流于民间。但就整个元代而言，占据散曲主导地位的是北曲，直到元末明初南曲才占据主导地位。

2. 散曲的流派：豪放和清丽

元代散曲的风格流派可相对分为“本色派与文采派，或豪放派与清丽派”，而“本色派中亦有富于文采的佳什，清丽派中亦不乏豪放的杰作”。[1]豪放雄劲、清雅婉丽两大基本风格流派的主要区别，概括说来主要体现在如下几个方面：在时间上，豪放派在前期占据主导地位，而清丽派则在后期成为主流

[1] 羊春秋：《散曲通论》，长沙：岳麓书社，1992年，第366页。

倾向；在地域上，豪放派的作者多为北方人，而清丽派的作者多为南方人；在语言上，豪放派多用本色语言，而清丽派则注意文采；在内容上，豪放派以言志为主，清丽派以言情为主；在意境上，豪放派超逸隽爽，而清丽派则雅丽和婉。

首先是在时间和地域上，前期作家的活动主要集中于北方的大都（今北京），这一时期的散曲创作从民间转向文人雅士，豪放雄劲派的影响远在清雅婉丽派之上而成为主流，魁首是马致远，其他如冯子振、关汉卿、王和卿、白朴、刘致等也是元前期这一风格的主要代表。后期作家的活动逐渐南移到以杭州为中心的江浙一带，这一时期的散曲创作表现出明显的雅化趋势，清雅婉丽派则居于强势，代表是张可久，其他如徐再思、乔吉、杨朝英、刘庭信等也是这一风格的主要代表。

其次是在心理情志上，如果说豪放派往往是以“言志”为主，那么清雅婉丽派则每每以“言情”为上。豪放雄劲派的所谓“言志”，情感表达坦直率真，或愤世嫉俗、激愤豪迈，或超然洒脱、逍遥怪诞，蕴含着某种阳刚豪迈之气，如大江东去，激荡奔涌，惊涛裂岸，滚滚向前。对于元代散曲作家来说，忧患与厌倦，叹世与归隐是“言志”之作中两个比较突出的题材，反映在他们的作品中则多是讥讽现实、嫉恨邪恶之作，多发超脱现实、归隐山林之叹。这便是元一代散曲家的“言志”之作的基本特征。如陈草庵［中吕 · 山坡羊］：

风波实怕，唇舌休挂，鹤长凫短天生下。劝渔家，共樵家，从今莫讲贤愚话，得道多助失道寡。贤，也在他；愚，也在他。

渊明图醉，陈抟贪睡，此时人不解当时意。志相违，事难随，不由他醉了齁睡，今日世途非向日。贤，谁问你？愚，谁问你？

关汉卿［南吕·四块玉］《闲适》（之四）：

南亩耕，东山卧，世态人情经历多。闲将往事思量过。贤的是他，愚的是我，争甚么！

前者陈草庵的［中吕·山坡羊］是其组曲26首中的两首，表现出对功名利禄的否定鄙弃，体现出一种消极避世的思想，实际上是对现实的不满和批判，其所谓的“贤”“愚”之辨，与关汉卿的“贤的是他，愚的是我，争甚么”如出一辙，这正是当时知识分子慨叹社会是非不分，贤愚莫辨的共同心态。其他如无名氏的“不读书有权，不识字有钱，不晓事例有人夸荐。老天只恁成心偏，贤和愚无分辨”（［中吕·朝天子］《志感》），张鸣善的“说英雄谁是英雄？五眼鸡岐山鸣凤，两头蛇南阳卧龙，三脚猫渭水飞熊”（［双调·水仙子］《讥时》），所体现的都是完全相同的心理情志。可见豪放派的所

◎ 山西稷山马村金墓出土杂剧演员及伴奏乐队砖雕

谓“言志”，并非刚健自强、建功立业的豪迈之志，而是人生不平之鸣、嫉恶之情、怨愤之气的淋漓尽致的宣泄，体现的则是对社会黑暗政治的疏离态度和抗争意识。

清雅婉丽派的所谓“言情”，情感表达委婉含蓄，或柔情似水含情脉脉，或工丽隽永典雅精妙，充满了恬淡柔美之情，如潺潺溪流，清澈曲缓，波光潋滟，盘纡向前。“言情”作品抒写的多为儿女之情、离别之恨、相思之苦，呈现出一种柔情之美，和豪放派的富有阳刚之美的“言志”曲篇的志趣迥异。如张可久［双调 · 水仙子］《春思》：

山花红雨鹧鸪啼，院柳苍云燕子飞。池萍绿水鸳鸯睡，春残犹未归，掩妆台懒画蛾眉。绣床人困，玉关梦回，锦字书迟。

乔吉的［双调·折桂令］《秋思》：

红梨叶染胭脂，吹起霞绡，绊住霜枝。正万里西风，一天暮雨，两地相思。恨薄命佳人在此，问雕鞍游子何之？雁未来时，流水无情，莫写新诗。

两曲都写得文采斐然，韵味悠然，情思缠绵，语意婉转，表现出一种雅丽清新的美感。“言情”之作大都写得清新艳丽，其他如任昱的“寂寞罗帏，愁上心头，人在天涯”（［双调·折桂令］《题情》），徐再思的“一点心间事，两山眉上秋，拈起金针还又休。羞，见人推病酒。恹恹瘦，月明中空倚楼”（［南吕·阅金经］《闺情》），都写得细腻艳丽，柔情蜜意，别恨离愁，洋溢在字里行间，而又非淫词媟语，低级趣味，自是“言情”的上乘。

当然，以“言情”为主的作家也有“言志”作品，以“言志”为主的作家也有“言情”的作品。如关汉卿的散曲创作，既“言志”又“言情”，“言志”的作品往往意境高远，笔力豪健，尽管有时也流露出浓厚的避世思想，但仍然有着豁达的胸怀，飘逸的情致，韵响语峭，格高调雅；“言情”的作品往往刻画细腻，笔致清新，尽管有时也有豪放的语言，响亮的音节，但毕竟是以阴柔之美为基调的。但原则上说来“言志”的多属豪放派，“言情”的多属清丽派。

再次是在语言修辞上，豪放雄劲派表现为本色自然，大量吸收人们日常生活的口头语言入曲，既质朴自然，又生动泼辣，使之成为散曲所特有的文学语言，表现出与诗词文赋大异其趣的语言风貌；清雅婉丽派则表现为刻意推敲，锻炼字句，务求工美，追求文雅，表现出向诗词回归的语言风貌。而同是表现隐居生活，豪放派的马致远和清丽派的张可久的语言风格大相异趣：

酒旋沽，鱼新买。满眼云山画图开，清风明月还诗债。本是个懒散人，又无甚经济才，归去来。

（马致远［南吕·四块玉］《恬退》四首之一）

柳梢香露点荷衣，树杪斜阳明翠微，竹外浅沙涵钓矶。乐忘归，一半儿青山一半儿水。

（张可久［仙吕·一半儿］《苍崖禅师退隐》）

二人笔下的隐居生活，马致远写得清爽豪迈，语言泼辣诙谐，言辞于凝练中而不失通俗自然之本色，体现了元散曲特有的语言风格；张可久则写得缠绵纤细，语言对仗工整，文字于雕琢中务求雅丽，与宋词的语言相去不远。两相比较，二者的语言风貌大异其趣。一般说来，元初散曲作家的语言大都具有非常口语化、大众化的特色，鲜活生动，雅俗共赏；但是随着散曲创作活动中心的南移和南人文士大量介入，后期散曲创作逐渐表现出去俗求雅、开始向诗词回归的倾向，形成了与前期散曲大异其趣的语言风貌。

◎ 山西右玉宝宁寺壁画中的元代戏班图

最后是在创作题材上，应该说题材与风格流派之间虽未有必然联系，但也无法否认，主客观上确实存在某些题材以某种风格来表现更为适合的现象。如描写爱情一类的散曲作品，大都以委婉清丽的风格来表现为佳；抒发胸志、抨击现实、咏史怀古，大都以豪放雄劲的风格加以表现为上；而写景之作大都属清丽一派，寓景抒情、咏怀感叹之作则于豪放、清丽兼而有之。

总之，前期作家的活动以北方的大都为中心，受北方粗犷文化的浸润影响而有着爽直豪放的性情，在创作风格上大都有着自然、泼辣、诙谐、豪迈的追求，如王和卿、关汉卿、白朴、马致远、张养浩、贯云石，他们虽然也有寄馈诗酒、啸傲山林的退隐思想，也写攀花折柳、偎红倚翠的放荡生活，但却是在豪迈的气势和健朗的语言中表现出来的。后期作家的活动主要集中在南方的杭州，受江南文人文化的洗礼熏陶而有着儒雅绵密的情趣，在创作风格上多追求文采和工巧，逐渐走向词化的道路，如张可久、乔吉、徐再思等，他们大都是南方人，虽然也有畅达胸志、讥怨现实、逃避尘世的篇什，但却是以文采华丽、细腻纤巧的风格表现出来，大都失去了初期那种民间俚俗、生动直率的民间文学特色。明人王骥德在《曲律·杂论》中曾以前期的王实甫、马致远比之唐诗中的李白、杜甫，以后期的张可久、乔吉比之李商隐、李贺，[1]这在某种程度上恰好可以说明，以马致远、王实甫为代表的豪放派或本色派和以张可久、乔吉为代表的清丽派或文采派在创作风格上的差异。

但是研究者认为，风格流派上的这种划分有一定的局限性。这种局限性主要体现在两个方面，一是就作品而言，豪放、清丽两派尚不足以囊括所有风格的作品，像杜仁杰、王和卿等专以诙谐滑稽为创作特色的作家，非豪放、清丽两派所能包容，因此有学者主张还应有“诙谐”一格，这样或许更能反映出元散曲艺术风格丰富多彩的面貌。吕薇芬曾指出，“细分起来，豪放、清丽两派中，都含有不同的风貌”，豪放派“至少还可以分出豪宕超迈和佻达豪辣两种风格”，清丽派“风格

[1] 原文为：“夫李则实甫，杜则东篱（马致远）始当；乔、张盖长吉（李贺）、义山（李商隐）之流。”

的差别更多，而以张可久为代表的清丽俊雅和以乔吉为代表的尖新华巧两种风格最有代表性”。[1]二是对于像关汉卿等一些创作风格较为复杂的作家则很难归入哪一派，例如他最为著名的《不伏老》套曲写得豪迈激荡，气势非凡，这样的作品自当归入豪放派，而他写艳情的曲子“如小女临杯”（元·贯云石《阳春白雪·序》），确实尖新婉丽，当属清丽派，抒写恬退归隐的作品则写得疏淡豁达，像这样的作家到底应归入豪放派还是清丽派，确实难以定论。正因为如此，以豪放、清丽来区分元散曲的风格流派只能是就大致情况而言，把每位作家都恰如其分地纳入这种区分中往往是很难的事情。

3. 散曲的特点：文体和艺术

散曲作为元代盛行的一种韵文体裁，是在古典诗词的基础上大量吸收俚曲、戏曲、少数民族曲调等民间文艺形式而逐渐产生的一种新的韵文体裁，表现出与诗词不同的艺术风貌，这主要体现在两个方面，一是散曲文体形式上的特点，二是散曲艺术形式上的特点。

（1）散曲文体形式上的特点

一是灵活多变、伸缩自如的语句方式。散曲的句式，短者有一字句，长者有九字句，如果加上衬字，句式长短就更加

---

[1] 吕薇芬、黄卉：《散曲流派传》，长春：吉林人民出版社，1999年，第14—15页。

参差，语言风格则一如口语。如［双调·水仙子］，按标准填写当是43个字，若加上衬字竟有多达99个字者。正因为可以比较自由地添加衬字，散曲的语句显得格外灵活多变。格律诗与散曲不同，因为受到格律的严格限制，格律诗的句式整齐，缺少散曲的灵活，表意自然受到较大限制。词虽也是长短句，但受词牌约束句式则固定不变，曲虽然也有规则，但因为可以自由添加衬字而变得几乎失去了约束。正如任讷《散曲概论》所说：“牌调谱式之限制，至是虽严而亦宽，拘束之中，旷然有伸缩回旋之余地。而作者乃有意无不达，而出语无不安矣。”

二是曲韵繁密、一韵到底的用韵方式。散曲兴起于北方，所以曲韵用的是当时北方话的音韵。元代散曲家周德清在《中原音韵》一书中，不仅对当时中原语音特点加以梳理和论述，也对曲作实践进行了系统的归纳和总结，虽然前期作品未必完全符合《中原音韵》的标准，但后来的北曲用韵大都以此书为准则。散曲用韵的方法与诗词有所不同，首先是曲韵繁密，其中不少曲牌韵格是每句押韵，甚至一句六字三韵，而且不能转韵，即使多支曲子连成的长套也必须一韵到底。其次是北曲

◎ 元代白釉黑彩元曲［双调·行香子］云头形瓷枕（北京故宫博物院藏）

用韵可以四声通谐，而且韵脚字可以重复使用。再次是对末句声调规定较为严格，什么曲牌的末句用什么声韵都有明确规定。由于曲韵繁密，自然声调和谐优美，富于乐感；但一韵到底也使韵脚的选择相对较窄，四声通谐和韵脚复用则可补救其不足。这种用韵的方法使散曲和谐流畅，符合其通俗坦直的艺术风格。

三是丰富多样、朴华严谨的对仗形式。散曲的对仗形式丰富多彩，其中最常见的是两句对，也称“合璧对”，如“柳梢淡淡鹅黄染，波面澄澄鸭绿添”（王和卿［中吕・阳春曲］《春思》）。其次是四句对，也称“连壁对”，如“长江万里白如练，淮山数点青如靛，江帆几片疾如箭，山泉千尺飞如电”（周德清［正宫・塞鸿秋］《浔阳即景》）。再次是三句对，也称“鼎足对”“三枪”，如“红馥馥落尽桃花片，青丝丝舞困垂杨线，扑簌簌满地堕榆钱”（王元鼎［正宫・醉太平］《寒食》）。再次是句句对，也称“连珠对”，如“长醉后方何碍，不醒时有甚思。糟腌两个功名字，醅渰千古兴亡事，曲埋万丈虹霓志。不达时皆笑屈原非，但知音尽说陶潜是”（白朴［仙吕・寄生草］《饮》），首二句、中三句、末两句皆对。再次是隔句对，也称“扇面对”“长短句对”，如“秋景堪题，红叶满山溪。松径偏宜，黄菊绕东篱”（关汉卿［双调・碧玉箫］十首之九）。散曲这些对仗形式，使长短句式的散曲不仅避免了散文化的势态，而且增强了散曲的韵文特色文采。

（2）散曲艺术形式上的特点

散曲作为与诗、词一脉相承的一种韵文样式，在中国文学史上诗、词、曲三体各领风骚，各有风采，不能相互取代。但与诗词相比较，散曲之所以能成为“一代之文学”，其重要原因就在于散曲某些特有的艺术形式上的特点。

一是直接浅白、畅达通俗的语言表达。散曲与诗词不同，诗词都强调含蓄隐喻，讲究辞藻雅美，曲则不同，因为要考虑受众的接受习惯，必须以直白浅俗为基本的表达方法。如关汉卿的［双调·沉醉东风］《别情》：

> 咫尺的天南地北，霎时间月缺花飞。手执着饯行杯，眼阁着别离泪。刚道得声保重将息，痛煞煞教人舍不得。好去者望前程万里。

曲中直白地表达离别的瞬间感受和具体情形，与戏曲唱词的直接浅白的表达方式极为相似。而诗词描写别离时，往往是从离别的场景上着笔，如以俗见称的宋词作家柳永，其《雨霖铃》也有极富特征的场景描写，但感情表达却比较含蓄迂回。

二是急切、豪辣、滑稽的艺术风格。散曲的风格特色与诗词有很大的不同。诗词较多地受正统思想的束缚，讲究哀而不伤，怨而不怒。散曲则大不相同，既可端庄文雅，绮丽秀美，也可明快奔放，急切透辟，脱口而出，表现出潇洒、豪辣、尖新、刻露、调侃、诙谐、俚俗的艺术本色。正如任讷《词曲通义》所概括的那样："曲以说得急切透辟、极情尽致为尚，不但不宽弛、不含蓄，且多冲口而出，若不能自待者；用意则全然暴露于辞面，用比兴者并所比兴亦说明无隐。此其态度为迫切、为坦率，恰与词处相反地位。"这种艺术风格是散曲所特有的。如刘廷信［双调·折桂令］《忆别》：

想人生最苦离别，唱到阳关，休唱三叠。急煎煎抹泪柔眵，意迟迟揉腮撧耳，呆答孩闭口藏舌。情儿分儿你心里记者，病儿痛儿我身上添些。家儿活儿既是抛撇，书儿信儿是必休绝，花儿草儿打听的风声，车儿马儿我亲自来也！

◎ 山西稷山马村5号金墓乐床砖雕

这是一支描写离别的散曲，曲中的女主人公快人快语，感情泼辣，甚至有调侃嬉笑的成分，真可谓"嬉笑怒骂，皆成文章"。而这正是诗词极力回避的所谓的油滑粗俗。散曲则不然，插科打诨、滑稽调笑都是常事，不仅不是毛病，反而因其活泼风趣而受人喜爱，成为其特有的被推崇的表现风格。与传统的抒情文学样式诗、词相比，散曲确实带有较多的俗文学的特点，这主要是金元之际民族大融合所带来的乐曲的变化，加之当时传统思想观念的相对松弛，知识分子地位较为低下[1]，因而得以融入民间，特别是散曲作为起源于民间的大众文学必须适应迅速扩大的市民阶层的情感心理需求，其散发着自由活泼的艺术芬芳，迅速风靡于元代文坛。后期的创作虽然雅化，但这种早期普遍的艺术风格仍然受到人们的喜爱。

◎ 河南焦作金墓出土吹笛儿童砖雕

三是里巷细民、日常细碎的生活题材。散曲的题材和所反映生活内容比较宽泛，不仅有诗词中传统吟诵的内容，如政事得失、忧国伤民以及骚人墨客触景生情、抒写怀抱等内容，也有里巷细民、贩夫走卒的喜怒哀乐等通常在通俗的文学形式中才得到

[1] 元朝建国之初重武轻文，前期曾废除科举，使那些习惯了学而优则仕的文人儒生失去了人生的目标，所以历来被推崇的读书人在当时地位很低，有“一官，二吏，三僧，四道，五医，六工，七匠，八娼，九儒，十丐”（见元初谢枋得《送方伯载归三山序》，清人赵翼《陔余丛考·九儒十丐》改“八娼”为“八民”）之说，当时的文人儒生在无可奈何的情况下自嘲身份地位低于娼妓，仅比地位最低的乞丐略高一等。

◎ 河南焦作金墓出土击拍板儿童砖雕

反映的内容。虽然散曲有时失之太“杂”、太“散”，然而总的说来，这种题材内容的雅俗并包，是对诗歌题材的开拓。

四是白描式的形象刻画，空旷自然的意境构建。在形象刻画上，散曲善于采用白描手法将寻常事物化入诗境，很少使用晦涩的语言典故。正如清初黄周星在《制曲枝语》中所说：“曲之体无他，不过八字尽之，曰‘少引圣籍，多发自然’而已。”其概括具有一定的道理。如白贲的［正宫·鹦鹉曲］：

侬家鹦鹉洲边住，是个不识字渔父。浪花中一叶扁舟，睡煞江南烟雨。［幺］觉来时满眼青山，抖擞绿蓑归去。算从前错怨天公，甚也有安排我处。

作品借景写情，用本色语勾画了高远疏阔的意境，读来毫不费力，比起有些堆垛饾饤的作品，显得明快而自然。在表现手法上，诗歌多用比兴，以比喻、烘托来抒情写景，因此能造成含蓄蕴藉的意境；散曲则多用“赋”的手法，各种表现方法如抒情、写景、叙事、议论、拟人、白描等无一不用，抒情写怀更为率真直露，好似脱口而发一泻无遗，是一种真性的自然流露，即使小令也多能给人以一吐为快的感觉，故而可以达到雅俗共赏的效果。

总之，元散曲的题材丰富多样，创作视野阔大宽广，反映生活鲜明生动，人物形象丰满感人，语言通俗易懂，是我国古代文化宝库中不可缺少的宝贵遗产。

（三）杂剧的艺术特色

元杂剧是活跃在舞台上的文学，在城市的瓦舍勾栏、乡村的神庙草台，都有元杂剧搬演的盛况，创造了一时之盛。区别于传统诗词多流传于士人阶层、只在少数人中间流传的方式，元杂剧是俯身走向大众的鲜活的艺术。随着剧曲的传唱，作家、演员、观众，形成了广阔的交流和接受空间，是元代最为绚丽的人文风景。

1. 杂剧的主要题材

元杂剧的内容异常广阔，“上则朝廷君臣政治之得失，下则闾里市井父子兄弟夫妇朋友之厚薄，以至医药卜巫释道商贾之人情物性，殊方异域语言之不同，无一物不得其情、不穷其态”（元·胡祗遹《紫山大全集·赠宋氏序》）。明代朱权把它分为神仙道化、隐居乐道、披袍秉笏（即君臣杂剧）、忠臣烈士、孝义廉节、叱奸骂谗、逐臣孤子、钹刀杆棒、风花雪月、悲欢离合、烟花粉黛、神头鬼面等十二科。但此分类过于琐细，又多有交叉。目前比较常见的是将元杂剧按题材分为爱情婚姻剧、神仙道化剧、公案剧、历史剧和社会剧。[1]

爱情剧是元杂剧中最为引人注目的题材，有40余种，几占四分之一。在作品内容上，既有帝妃恋、才子佳人恋、士子妓女恋，也有表现民间村妇的婚恋。既直接咏唱男女相爱的真情，又毫不掩饰两性欢愉之爱欲，是对情和欲的动人心魄的赞歌。伴随着元杂剧的舞台演出和传唱，这种突出人性和真爱的婚恋追求，对时代男女有着催人奋发的力量。

爱情剧人物形象光彩夺目，展现了元代青年男女大气磅礴、敢爱敢恨的个性风采。剧中的女性在传统的贤惠温柔、饱受苦难形象的基础上，又多了大胆、豪爽、泼辣、智慧等特点。这种刻画，不仅受到蒙古族婚姻习俗等方面的影响，也受到作家市井生活的影响。文人与艺伎交往甚密，他们之间形成了惺惺相惜的默契，受此影响，爱情剧中的女性形象既温柔善良又具率真智慧之美。

神道剧是神仙道化剧的简称，演述神仙度脱凡人入道成仙的故事。在明代臧晋叔所编的《元曲选》和学者隋树森所编的

---

[1] 邓绍基主编：《元代文学史》，北京：人民文学出版社，1991 年。

《元曲选外编》中，属于神道剧的有18种[1]，占现存元人杂剧的十分之一强。马致远是写神道剧最多和最出色的作家，被尊为“万花丛中马神仙”。

神道剧的产生与兴盛，与元代道教盛行有着直接的关系。神道剧搬演全真道故事，但并不是完全意义的宗教戏，更多表现的是元代文人不满现实、向往神仙世界的隐逸情调。剧作中的主角大都是看破红尘、捐弃功名、陶醉山水的得道神仙，而他们的前身又大多是儒生。从作家角度看，神道剧书写的是作家故作旷达实则难以淡忘功名的心态和发自深衷的隐逸情调。从社会角度看，元代人民生活在种族压迫、阶级压迫、自然灾害等重压之下，生活极为艰辛，因而他们的苦痛和不平、愤怒和压抑在神道剧中得到了暂时的忘却和超脱。可以说神道剧是时代苦闷的产物。

历史剧在内容上倾向于以历史人物和历史事件入戏。在现存的162种元人杂剧中，80%以上都有历史元素。元人早已注意到了这一特点，时人虞集说元杂剧“多以古史编成，……无中生有，有深意焉”（元 · 孔齐《至正直记》卷三“虞邵庵论”）。流传至今的元杂剧历史剧约有40种，占现存元杂剧作

[1] 神道剧18种即《庄周梦》《误入桃源》《张生煮海》《黄粱梦》《蓝采和》《铁拐李》《竹叶舟》《岳阳楼》《城南柳》《升仙梦》《金童玉女》《翫江亭》《陈抟高卧》《任风子》《刘行首》《张天师》《七里滩》《碧桃花》。

◎ 山西稷山青龙寺元代壁画，将儒、释、道融汇一堂

品的四分之一。[1]

元杂剧历史剧用事不拘于时代先后，亦不拘于历史真实。剧中的历史人物大多为观众所熟知，这使得上演的剧目与观众有一种情感上的联系，减少了观众对新剧的陌生感。同时作家在创作时非常注意根据普通观众的价值观念和审美趣味设置剧情，拉近了舞台与观众的距离。在这些剧目中，表现历史兴亡和民族意识的作品最受观众喜爱，如马致远的《汉宫秋》、白

[1] 元杂剧历史剧主要有《汉宫秋》《梧桐雨》《赵氏孤儿》《赚蒯通》《冻苏秦》《陈抟高卧》《马陵道》《王粲登楼》《昊天塔》《谢金吾》《渔樵记》《举案齐眉》《范张鸡黍》《谇范叔》《气英布》《薛仁贵》《单鞭夺槊》《哭存孝》《渑池会》《贬夜郎》《贬黄州》《单刀会》《西蜀梦》等。

朴的《梧桐雨》，其他如纪君祥的《赵氏孤儿》、关汉卿的《单刀会》等表现舍生取义、正直诚信的作品也是大受观众欢迎。从朝代更迭与世事沧桑中生发对悲凉现实的唱叹，正是元杂剧历史剧灵魂之所在。

公案剧是元代文化的特殊现象。元代官员多吏员出身，他们的政治素质和道德素质相对低下，吏治弛坏以及豪强横行导致冤狱极多，这是产生大量公案剧的现实基础。现存公案剧20多种，约占元杂剧总数的六分之一。

◎ 山西稷山马村1号金墓出土乐队砖雕

公案剧是元杂剧中最富现实性的作品。其重点不是为观众展示情节曲折、引人入胜的公案故事，而是描绘社会的黑暗和揭露恶势力的暴行，表现人民的抗争精神，进而歌颂清官的政治品行，呼唤清明盛世的到来。元杂剧公案剧强化了中国人善有善报、恶有恶报的道德传统，它在元代的成就标

◎ 山西稷山马村金墓副净砖雕面

志着古代公案类题材的作品开始走向成熟。

除了以上题材外，还有社会剧、水浒剧等题材，在此不一一赘述。元杂剧表现着广阔的社会生活，帝王后妃、忠臣义士、草莽豪杰、文人雅士、小姐娼妓、官吏商人、贩夫走卒、市井细民、农夫田女尽入戏中，三教九流、五行八作，无所不包。与传统诗文相比，植根于民间勾栏瓦舍的元杂剧其市民色彩更加浓重，泼辣跳脱的市井口语也增加了杂剧的生动活泼的生活色彩。元杂剧作为一种休闲文化和娱乐方式，虽是由文人所创造，但更是经艺人的反复演出而逐渐磨砺出来的，它之所以受欢迎，其创作主题、思想情志则是社会民众的自然选择，故元杂剧是一个时代精神面貌的真实映射。

2. 杂剧的基本类型

元杂剧在本土文化的土壤中孕育产生，古代剧作家在创作时把历史与现实中曲折多变的故事写进剧中，创作出具有时代特点的悲剧和喜剧。元杂剧绝少是一哭到底的悲剧，也绝少是一笑至终的喜剧，往往呈现出以悲为主、悲喜交集或是喜中含悲、苦乐交错的叙事结构。

◎ 山西稷山马村 1 号金墓
出土杂剧砖雕

◎ 山西稷山马村 1 号金墓
出土杂剧砖雕

一般认为元杂剧悲剧有20种左右[1]。与西方悲剧关注大人物命运不同，元杂剧更多关注的是小人物的命运，塑造普通人的悲剧形象。普通人无辜受难，他们面对强大的恶势力时能够顽强不屈抗争到底，表现出一种无所畏惧、刚健执着的民族性格。其凄婉哀伤的曲词、撼心移情的唱念、深邃苍凉的景致，共同营造了悲剧的舞台氛围，体现出一种悲剧的崇高和壮美。

[1] 元杂剧中的悲剧，除四大悲剧《窦娥冤》《汉宫秋》《梧桐雨》《赵氏孤儿》外，研究者经常涉及的还有《西蜀梦》《哭存孝》《火烧介子推》《东窗事犯》《豫让吞炭》《张千替杀妻》《生金阁》《魔合罗》《盆儿鬼》《灰阑记》《昊天塔》《荐福碑》《潇湘雨》《硃砂担》等。

元杂剧喜剧约有20种[1]，轻松自如、妙趣横生的歌颂性喜剧是其主流。论题材，爱情喜剧的比重最大；论作者，则关汉卿的喜剧最为上乘。元代是充满不平与压抑的时代，这使得喜剧作品也蕴藏着一股抑郁的悲剧情味，因为杂剧作品往往悲为喜衬，悲喜同炉。进而言之，元杂剧悲剧多大团圆式结局或在结尾处出现一抹“亮色”，是中国文化传统中“善恶有报”“正义终将战胜邪恶”的思想在戏剧中的完美展现；而元杂剧喜剧则多含有悲剧意蕴，体现了中华民族居安思危、防患于未然的忧患意识。

3. 勾栏文化的影响

勾栏（又作“勾阑”“钩栏”“构肆”等）作为杂剧演出的主要场所，在元代已相当繁荣，大都（今北京）、杭州、真定（今河北正定）、松江（今属上海）等南北方城市都是杂剧演出的中心，“内而京师，外而郡邑，皆有所谓勾栏者。辟优萃而隶乐，观者挥金与之”（元·夏庭芝《青楼集志》），可谓盛极一时。在“百戏杂陈”的勾栏中，元杂剧脱颖而出，成为市民文化生活的主体。此外，城乡庙台也是元杂剧演出的主要场

---

[1] 元杂剧中的喜剧，研究者经常涉及的有：《西厢记》《救风尘》《拜月亭》《墙头马上》《金线池》《望江亭》《诈妮子》《谢天香》《破窑记》《李逵负荆》《秋胡戏妻》《敬德不伏老》《看钱奴》《风光好》《陈州粜米》《玉壶春》《鸳鸯被》《对玉梳》《萧淑兰》《百花亭》《云窗梦》《紫云庭》等。

◎ 山西晋城高平的古戏台

所，至今山西临汾、洪洞、万荣等地尚保存有不少元代戏台或遗址，可见当时北方农村戏剧演出的繁盛景况。至于在乡野民间流动演出的戏班则随处作场，四民以此来“解尘网，消世虑”（元·胡祗遹《紫山大全集》卷八《优伶赵文益诗序》），在杂剧精彩的表演中达到物我两忘的境地。

元杂剧一反宋杂剧以男性为主的传统，女性艺人成了元杂剧舞台的主力。目前文献所见有名字可考的杂剧演员共79人，其中女演员就多达62人，男演员仅17人。[1]这些色技超绝的女性演员，用自己精湛的演技为观众带去了无与伦比的艺术享受，使“快者掀髯，愤者扼腕，悲者掩泣，羡者色飞”（明·臧晋叔《元曲选序》）。

元杂剧不仅繁盛于当时，也深远地影响于后世。七百年来，许多元杂剧作品经过改编、移植或再创作，历代传演不绝，有些至今仍见于戏剧影视舞台。如关汉卿的《窦娥冤》

[1]　李春祥：《元杂剧论稿》，开封：河南大学出版社，1988年，第297—307页。

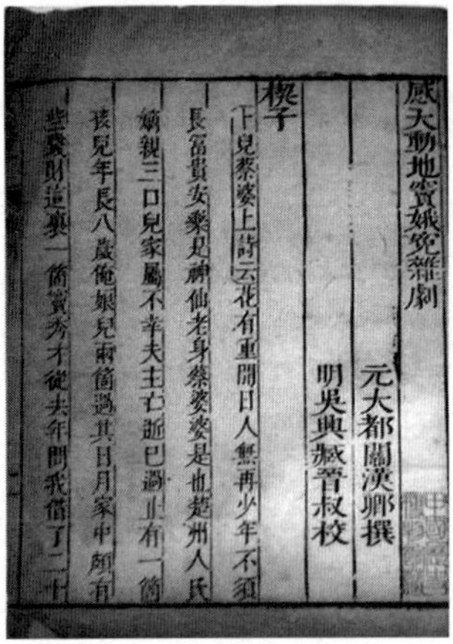
感天動地竇娥寃雜劇
元大都關漢卿撰
明吳興臧晉叔校
楔子
卜兒蔡婆上詩云花有重開日人無再少年不須
長富貴安樂是神仙老身蔡婆婆是也楚州人氏
嫡親三口兒家屬不幸夫主亡逝已過止有一箇
孩兒年長八歲俺娘兒兩箇過其日月家中頗有
些錢財這裏一箇竇秀才從去年問我借了二十

◎ 明刻本《窦娥冤》书影

曾于1959年被搬上银幕，2003年被拍成电视剧。王实甫的《西厢记》、关汉卿的《望江亭》以及马致远的《汉宫秋》、纪君祥的《赵氏孤儿》等均被改编成京剧，其中《西厢记》于1958年被重新编排首演于北京，剧中崔莺莺一角由著名京剧表演艺术家张君秋饰演，此外《赵氏孤儿》（京剧名《搜孤救孤》）成为谭（谭鑫培）派、余（余叔岩）派的代表性剧目。元杂剧在清初开始走向世界，以1731年《赵氏孤儿》被译成法文为发端。随后，《窦娥冤》《西厢记》《汉宫秋》及杨显之的《潇湘雨》、李潜夫的《灰阑记》、张国宾的《薛仁贵》等多部杂剧被译成法、英、德等文字在欧洲流传，成为人类文明的重要文化遗产。

贰

散曲：前期（1234—1320）作家作品

散曲兴起于宋元之际的北方，逐渐形成了以今天的北京（金中都、元大都）为创作活动的中心。北京自1012年辽朝改称燕京，后金、元两朝相继建都于此，金称中都，元称大都。金朝灭辽后于1153年迁都“中都”，并吸收了大批汉族士人及其他北方少数民族成员进入各级政权。后蒙古大军于1216年攻占中都，又于1234年灭金，统治了中国整个北方地区。1267年（元至元四年），元世祖忽必烈下令在“中都”城的东北郊建造新城以为国都，至1276年新城全部建成。1271年，忽必烈在扩建中的国都登基称帝，国号大元。由此可见，元大都自1153年以来作为政治、文化、商贸的中心长达60年，也是中原文化和北方少数民族文化的最重要的交汇地。

◎ 甘肃天水宋墓出土吹笙、击杖鼓乐人砖雕拓片

自中晚唐以来，民间长短句歌词经过长期的酝酿，到了宋金对峙时期又吸收了一些在北方流行的民间曲词和女真、蒙古等少数民族乐曲等文化因素，首先在金人统治的北方地区逐渐形成了一种新的诗歌形式——散曲，也称

北曲。入元后的散曲发展，研究者一般将其分为前期和后期：前期是1234年到1320年的80多年，又可分为两个阶段，即1234年到1267年前后的兴起期，1267年前后到1320年前后的繁盛期；后期是1321年前后到1368年的40多年。本章介绍元散曲发展前期的代表作家和作品。

（一）兴起期以词为曲的先驱

散曲萌芽于宋金之际，兴起于金末，到元世祖忽必烈在大都登基前后开始逐渐走向繁盛。从1234年金朝灭亡到1267年（元至元四年）元世祖忽必烈下令扩建金中都（元大都）为国都的30多年间，在元朝统治下的以金朝遗民为创作主体的散曲仍处于金末以来“以词为曲”的兴起时期，当时也有王和卿等少数作家走世俗生活化、民间口语化的自然本色、生动鲜活的

◎ 山西稷山马村3号金墓杂剧砖雕

创作道路，表现出与宋词大不相同的艺术风格。

所谓“以词为曲”，简单地说就是在词的形制中吸收了北方的俗语俚曲，故曰“金元以来，士大夫好以俚语入词……同时诸调时行，即变为曲之始”[1]；或在北方的俗语俚曲中融入了词的某些艺术特色。也就是说，元初的散曲还刚刚从词或俚曲脱胎出来，“说它是曲，它的韵味却更像词；说它是词，它的面貌却已是曲”[2]。所以《乐府余论》说：“宋元之间，词曲一也。”在金朝灭亡后的当时文人所作的散曲，呈现出明显“以词为曲”的特征，如刘秉忠自度的《干荷叶》一曲“犹是唐词之意”（明·蒋一葵《尧山堂外纪》）。

这一时期的曲家多为金朝遗民，如元好问、杨果、商道、杜仁杰、商挺、王和卿等，唯有刘秉忠等为元治故民。当元朝立国时（1271），元好问、杨果、商道及王和卿等已去世，其他如杜仁杰也都在五六十岁。他们在由金入元后，或携名士之风，或以新贵之重，介入散曲的创作。他们创作的散曲虽未能摆脱词的韵味，成就较之后来的关汉卿、白朴、姚燧、马致远等也不算高，但对元曲发展的影响则是不可低估的。

一些文人初作散曲，他们的创作特点主要在如下三个方面：在创作方法上是“以词为曲”；在体裁上是多作小令，对

---

[1] 吴梅：《南北戏曲概论》，转引自羊春秋《散曲通论》，长沙：岳麓书社，1992年，第233页。

[2] 羊春秋：《散曲通论》，长沙：岳麓书社，1992年，第233页。

套数很少或根本不予涉及，元好问、王恽等都是如此；更不涉足杂剧。故王国维说："元初名公，喜作小令、套数（笔者按：此指元好问之后）。如刘仲晦（秉忠）、杜善夫（仁杰）、杨正卿（果）……皆称擅长，然不作杂剧。"[1]套数来源主要在民间说唱曲艺，是杂剧中的唱词，又多为叙事体，故擅作抒情诗词的文人便更青睐小令，起初并不适应或根本不屑作套数，更不屑于杂剧了。

这个时期当以元好问、杜仁杰、王和卿等金朝遗民为代表。他们虽是金朝遗民，但入元后仍是往来于上流社会的名公，基本没有生活之累，所以根本不涉足杂剧的写作。其他如关汉卿、白朴、王恽、姚燧等大都出生于金朝灭国（1234）前后，且都活到14世纪初，其创作高峰基本在元开始扩建大都（1264）前后，成为繁盛期前期的代表作家。

1. 元好问：一代宗匠

元好问是由词向曲演变过程中的一位重要作家，也是金末元初最有成就的文学家、史学家，北方文学的主要代表，独步天下几30年，被尊为"北方文雄""一代文宗"。其诗、文、词、曲诸体皆工，尤以入元后的"丧乱诗"成就最高，词作可与两宋名家媲美。其散曲"有《锦机集》，其《三奠子》《小圣

---

[1] 王国维：《录曲余谈》，《宋元戏曲史》附录本，天津：百花文艺出版社，2002年，第160—161页。

◎ 元好问

乐》《松液凝空》皆自制曲”[1]，能够“用俗为雅，变故作新”（元·徐世隆《遗山先生文集序》），意思是说他擅长自制曲牌，用词作的一些旧调创作成当时民间通俗的新曲。故明人评其散曲“如穷崖孤松”（明·朱权《太和正音谱》），足见其在元初的曲坛上有着开文人自度散曲风气之先的倡导之功，对后来散曲的进一步发展影响巨大。清代顾嗣立编《元诗选》道：“北方之学，变于元初。自遗山以风雅开宗……一时才俊之士，肆意文章，如初阳始升，春卉芳茁宜其风尚之日趣于盛也。”

元好问（1190—1257）字裕之，号遗山，太原容秀（今山西忻州）人。氏系原出魏拓跋氏，是唐代著名诗人元结的后裔。父元德明是金朝的名士，博通诗文，科举失利而隐居山林。元好问幼有“神童”之名，8岁能诗，20岁学通经史百家。金宣宗定兴五年（1221）进士及第，历官至尚书省左司员外郎、翰林知制诰。45岁时亲身经历了金、元改朝换代的沧桑巨变，入元后的23年间，隐居不仕，以诗文、著述自娱，元

[1] 王文才：《元曲纪事》，北京：人民文学出版社，1985年，第90页。

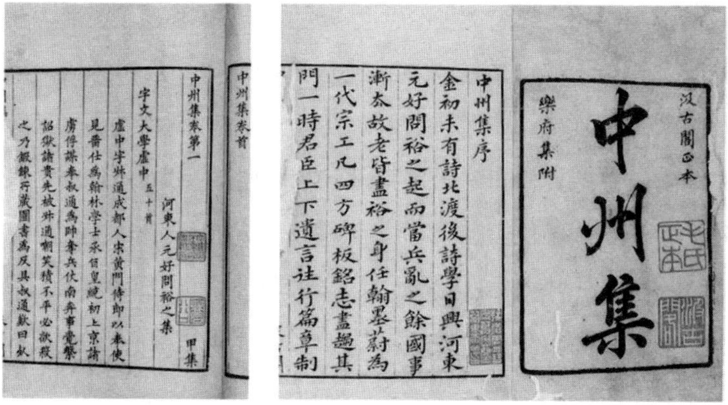
汲古閣正本
中州集
樂府集附

中州集序
金初未有詩北渡後詩學日興河東
元好問裕之起而當兵亂之餘國事
漸太故老皆盡裕之身任翰墨蔚為
一代宗工凡四方碑板銘志盡趨其
門一時君臣上下遺言往行篇章制

中州集卷首

中州集卷第一　河東人元好問裕之集　甲集
宇文大學虛中　五十首
虛中字叔通成都人宋黄門侍郎以奉使
見留仕為翰林學士承旨皇統初上京諸
虜俘謀奉叔通為帥奪兵仗南奔事覺繫

◎《中州集》书影

宪宗蒙哥七年（1257）卒，享年68岁。平生著作甚丰，有《元遗山先生全集》及所辑金诗总集《中州集》等行世。《全元散曲》存其小令9首，残曲2首。

元好问的所谓“自制曲”［三奠子］仅见于他的《锦机集》，由此可知是其“自制曲”之说并非虚言。［三奠子］《离南阳后作》：

> 怅韶华流转，无计流连。行乐地，一凄然。笙歌寒食后，桃李恶风前。连环玉，回文锦，两缠绵。芳尘未远。幽意谁传。千古恨，再生缘。闲衾香易冷，孤枕梦难圆。西窗雨，南楼月，夜如年。

这是一首悼亡小令。元好问18岁时（金章宗泰和七年，

1207）与同郡户部尚书张翰之女成婚。婚后夫妻感情甚笃，生有一子三女，两人在金末的战乱中颠沛流离，历尽苦难。元好问为之作有悼亡词《满江红·枕上吴山》《满江红·一枕余酲》等，这些悼亡曲说明其在词作之外确实存在有意以时调新声自度为曲的创作倾向。

［双调·小圣乐］《骤雨打新荷》是元好问晚年与名公显贵们饮宴酬醉时所作，是公认的北曲最早的名篇：

> 绿叶阴浓，遍池塘水阁，偏趁凉多。海榴初绽，妖艳喷香罗。老燕携雏弄语，有高柳鸣蝉相和。骤雨过，珍珠乱糁，打遍新荷。
>
> 人生有几，念良辰美景，一梦初过。穷通前定，何用苦张罗？命友邀宾玩赏，对芳樽浅酌低歌。且酩酊，任他两轮日月，来往如梭。

这首曲子清丽畅达，意趣隽永，朱彝尊称此曲“风流儒雅，百世之下犹想之”（《曝书亭集》），表现了金元之际知识分子典型的心态。人生贵在自适，这是元代文人反复吟唱的心灵追求，展现的是时代精英的精神境界。世事沧桑，家国巨变，文化兴替，其中蕴含着饱经战乱后深切的人生体验，同时仍然保持着文人对自然景色的一份天生的雅兴，对失意人生的一种自我解脱。

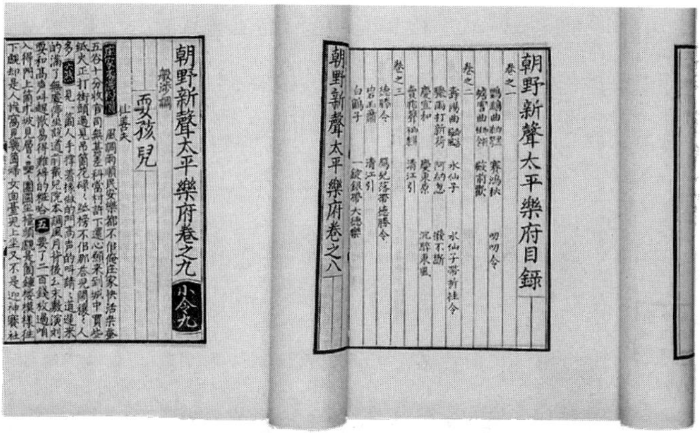

◎《朝野新声太平乐府》书影

此曲始见于元代杨朝英辑《朝野新声太平乐府》，牌名［骤雨打新荷］是根据宋代以来常以词中语拟名的惯例，以曲中“骤雨过，珍珠乱糁，打遍新荷”而拟。曲调与宋词［大圣乐］韵段、词式多有相类，当是用［大圣乐］翻作之“新声”，故后人又以［小圣乐］名之。其他如［仙吕·后庭花破子］（二首）、［黄钟·人月圆］（二首），体制与韵式皆与词相同，是散曲兴起期“亦词亦曲”的典型代表，与后来纯粹的散曲相比表现出明显的“以词为曲”的时代特征。

这恰好说明，在金末元初的散曲兴起时期，上层文人创作的曲辞最初和作“词”是难以区分的，其中既有对“时行小令”的直接吸收，也有用旧词衍成“新曲”的尝试。元好问作为这一时期最早的散曲作者，其曲作颇能体现文人从填词到写曲的演变过程。

元好问今存较为纯粹的散曲只有［中吕·喜春来］《春宴》四首，每首皆以“唱喜春来”结句，复咏本题，保留了“时行小令”的本貌：

春盘宜剪三生菜，春燕斜簪七宝钗，春风春酝透人怀。春宴排，齐唱喜春来。

梅残玉靥香犹在，柳破金梢眼未开，东风和气满楼台。桃杏折，宜唱喜春来。

梅擎残雪芳心奈，柳倚东风望眼开，温柔樽俎小楼台。红袖绕，低唱喜春来。

携将玉友寻花寨，看褪梅妆等杏腮，休随刘阮到天台。仙洞窄，且唱喜春来。

这是一组以梅比喻少女的散曲。其中的第二首最有意蕴：“梅残”实际就是说梅花凋谢，通过拟人写梅花凋谢。残、破，古代文人多用以形容年轻女子初尝情事或浓欢蜜意后的一种情状。看似婉约含蓄，实则直露通俗，元好问此曲正是元曲“直”“俗”特点在早期的一种体现，开了元曲风格之先河。尽管整首曲的精神和韵味还是词，可毕竟向曲跨出了关键性的一步。再如［黄钟·人月圆］《卜居外家东园》：

重冈已隔红尘断，村落更年丰。移居要就，窗中远岫，舍后长松。十年种木，一年种谷，都付儿童。老夫惟有，醒来明月，醉后清风。

曲中"窗中远岫，舍后长松"与"醒来明月，醉后清风"两句，在选词、着色、造境等方面，都与词的风格更加接近，其曲体疏放、自由、通俗浅近。

2. 杜仁杰：江湖散人

杜仁杰是金末元初文坛上独拔众流的著名散曲家。他诗文兼擅，尤以散曲最具特色而显名于世，深受赞誉。元人程钜夫《雪楼集》称其"豪宕滑稽善骂"，也不乏"凤池春色"（明·朱权《词品》）之作。散曲风格豪宕谐谑、通俗率直、质朴自然，为金元之际善写套曲的高手。

◎ 杜仁杰石刻画像

杜仁杰（约1198—约1280[1]），原

[1] 杜仁杰的生卒年，学术界研究分歧较多。孔繁信《重辑杜善夫集·元初著名曲家杜善夫生平行迹考》考证为约生于 1197 年，卒于 1282 前，享年约 85 岁。《全元散曲》也作约 1197—1282 年；吴晓铃《杜仁杰生卒新考》认为是约 1201—约 1284 年（《河北师范学院学报》1989 年第 2 期）；蔡美彪《杜仁杰生平考略》认为是约 1208—1290 年（《文学遗产》2002 年第 1 期）；邓绍基主编《元代文学史》（第 330 页）取其生卒年为 1205？—1285？。

名之元，字善夫（或作善甫），后改名仁杰，字仲梁[1]，号止轩，山东长清人。他出身书香门第，自幼接受良好的儒教，文学功底深厚，平生酷爱诗歌，与元好问、刘祈、胡祗遹、王恽等当世名士多有唱和、交游。他本是金朝遗民，与元好问相交甚深。金朝灭亡时，元好问曾向元朝荐保杜氏等54人，可他不屑仕进，婉言谢绝了朝廷的多次任用，曾上谢表曰："若求仕于致仕之年，恐无其理。不能为白居易，漫法香山居士之名；惟愿学陆龟蒙，拜赐江湖散人之号。"（蒋正子《山房随笔》）对于他这种淡泊名利的高洁品质，时人景仰不已，尊称其为"杜征君"。杜仁杰晚年隐迹故里，寄情山水，自称"散人"，卒时年逾80。所著《逃空丝竹集》《河洛遗稿》均佚，存世散曲也只有小令1首，套数4篇。

杜仁杰才学宏博，喜爱弹唱，性善谑，散曲亦以"善谑"（元·虞集《道园学古录》）著称。所作散曲内容均为世俗之事，曲词通俗而时尚、风趣而老辣，以［般涉调·耍孩儿］《庄家不识勾栏》最为著名：

风调雨顺民安乐，都不似俺庄家快活！桑蚕五谷十分收，官司无甚差科。当村许下还心愿，来到城中买些纸火。正打街头过，见吊个花碌碌纸榜，不似那答儿闹穰穰人多。

[1] 周郢：《新发现的元曲家杜仁杰史料》，《中国典籍与文化》，2004年第4期。

［六煞］见一个人手撑着椽做的门，高声的叫“请！请！”道“迟来的满了无处停坐”。说道“前截儿院本《调风月》，背后幺末敷演《刘耍和》”。高声叫“赶散易得，难得的妆合”。

［五煞］要了二百钱放过咱，入得门上个木坡，见层层叠叠团圞坐。抬头觑是个钟楼模样，往下觑却是人旋窝。见几个妇女向台儿上坐，又不是迎神赛社，不住的擂鼓筛锣！

［四煞］一个女孩儿转了几遭，不多时引出一伙。中间里一个央人货，裹着枚皂头巾，顶门上插一管笔，满脸石灰更着些黑道儿抹。知他待是如何过？浑身上下，则穿领花布直裰。

［三煞］念了会诗共词，说了会赋与歌，无差错。唇天口地无高下，巧语花言记许多。临绝末，道了低头撮脚，爨罢将幺拨。

［二煞］一个妆做张太公，他改做小二哥，行行行说向城中过。见个年少的妇女向帘儿下立，那老子用意铺谋待取做老婆，教小二哥相说合。但要的豆谷米麦，问甚布绢纱罗！

［一煞］教太公往前挪不敢往后挪，抬左脚不敢抬右脚，翻来覆去由他一个。太公心下实焦懆，把一个皮棒槌则一下子打作两半个。我则道脑袋天灵破，则道兴词告

状，刬地大笑呵呵。

［尾］则被一胞尿，爆的我没奈何。刚捱刚忍更待看些儿个，枉被这驴颓笑杀我。

此套曲以一庄稼汉口吻，自述其秋收后进城买纸火时看戏的见闻。这个不懂不识的庄稼汉朴诚乐观，带有童稚般的天真和傻气，从他眼中展露的戏曲演出的排场关目，更是别具情趣。此曲造词幽默诙谐，富有早期散曲本色质朴的特点，一些看来不堪入文或不堪出口的市民和乡间的通俗话语，像“花碌碌纸榜”“闹穰穰人多”“但要的豆谷米麦”“则被一胞尿，爆的我没奈何”“枉被这驴颓笑杀我”等皆入其中，令人捧腹喷饭。乡言村语虽然俚俗，却“点铁成金”。杜仁杰另辟蹊径，利用谐谑多端的笔调，细腻贴切地模拟出庄稼汉的心理活动和心理变化，尤其

◎ 山西稷山马村1号金墓副净俑残头

是最后［尾］曲，刻画出庄稼汉想看戏剧却不得不中途退场的矛盾且无奈的心理，制造出无与伦比的滑稽效果。

此外，曲中对当时勾栏院本、杂剧演出的广告宣传、舞台设施、建筑结构及演员表演情况等内容的描写细致入微。首曲中的“纸榜”即勾栏的广告宣传，直接吸引了懵懂好奇的庄稼汉，［六煞］描述门人招徕观众的情景，［五煞］勾勒勾栏的内部结构，［四煞］与［三煞］描绘正式演出的开场及开场演唱，［二煞］与［一煞］叙述《调风月》的演出。此曲再现了元代勾栏和院本表演体制的真实面貌，涉及演出剧场、戏台、道具、乐队、化装以及角色等，更为学者所重视，是研究戏曲表演及戏曲史的重要文献资料。而在散曲史上，该曲高度口语化的代言叙述方式、滑稽戏谑的风格、丰富活泼的语言成为此类风格的开山之作。刘时中的《代马诉冤》套即直接沿用其体，睢景臣的《高祖还乡》套、马致远的《借马》、姚守中的《牛诉冤》、曾瑞的《羊诉冤》诸套曲，在立意、叙事方式和语言上也明显受到此曲的影响。同时，也正是这一成功纯熟的套曲奠定了杜仁杰在戏曲史上的地位和高度。

杜仁杰的另一散套［般涉调·耍孩儿］《喻情》，通篇用村言俗语写成，运用直白浅俗的比喻和歇后语，谐谑逗人，绝妙至极：

［四］唐三藏立墓铭空费了碑，闲槽枋里躲酒无巴

避。悲田院里下象无钱递，左右司蒸糕省做媒。蓼儿洼里太庙干不济，郑元和在曲江边担土，闲话儿把咱支持。

［三］泥捏的山不信是石，相扑汉卖药干陪了擂。镜台前照面你是你，警巡院倒了墙贼见贼。大虫窝里蒿草无人刈，看山瞎汉，不辨高低。

［二］小蛮婆看染红担是非，张果老切鲙先施鲤。布博士踏鬼随机而变，囊大姐传神反了面皮。沙三烧肉牛心儿炙，没梁的水桶，挂口休提。

此套曲写女主人被遗弃后的内心痛苦、懊恼和诅咒之情，痛斥男性朝三暮四玩弄女子的恶劣品质，有着世俗社会的典型意义。曲中大量运用俗语、方言、典故、双关等，描摹出失恋女子恼恨的心态，塑造出一个栩栩如生的胆大泼辣却又心烦意乱的女性形象，充分表现出作者高超的语言技巧与“善谑”“善骂”的特点。散曲之所以不同于诗词，最鲜明的特点就是它的“谐趣”和“通俗”。因此，即使杜仁杰仅存数首散曲，但是作为世俗谐趣类散曲风格的开创者，他的地位无法撼动。

杜仁杰生活在散曲以词为曲的兴起期，因此除诙谐幽默的散曲外，他的套曲中也有清新之作，但内容仍是日常生活题材，如套曲［商调·集贤宾北］《七夕》（节选）：

暑才消大火即渐西，斗柄往坎宫移。一叶梧桐飘坠，万方秋意皆知。暮云闲聒聒蝉鸣，晚风轻点点萤飞。天阶夜凉清似水，鹊桥图高挂偏宜。金盆内种五生，琼楼上设筵席。

［节节高北］玉葱纤细，粉腮娇腻。争妍斗巧，笑声举，欢天喜地。我则见管弦齐动，商音夷则。遥天外斗渐移，喜阴晴今宵七夕。

［耍鲍老南］团圞笑令心尽喜，食品愈稀奇。新摘的葡萄紫，旋剥的鸡头美，珍珠般嫩实。欢坐间，夜凉人静已，笑声接青霄内。风淅淅，雨霏霏，露湿了弓鞋底。纱笼罩仕女随，灯影下人扶起，尚留恋懒心回。

此套曲描绘了金元时代少女们于七夕夜祭拜祈祷，嬉笑欢宴的行为活动。作者从第一人称和第二人称角度，分别用参与者、旁观者的视角写出了七夕夜的精彩场景，语言淡雅明快，情感愉悦积极，偶有通俗言语，营造出热闹欢快的情境，完整地记录了其生活地域七夕宴的细节和七夕特有的习俗，表现出截然不同的谐趣散曲风格，也为民俗研究提供了极其珍贵的史料。

杜仁杰“善谑”之名朝野皆知，元杂剧《宦门子弟错立身》戏文“你课牙比不得杜善甫（仁杰）”说的就是他“善谑”。“善谑”的个性实则蕴含着一种不为五斗米折腰，不肯摧眉侍权贵的刚正品格。他认为世人只看官禄而不“辨甚么贤共愚”，只认金玉而不“识甚么亲共疏”，故叹息自己“难合时务”，把“荣华”“品秩”看作“风中秉烛”“花梢滴露”（[双调]《蝶恋花》）。身处腐败残酷的政治环境，他只能洁身自好，“善谑”是他独特的表达方式。

杜仁杰卓尔不群，在元曲创作向雅致化方向发展的同时，以俗语、方言入曲，堪称散曲谐俗一格的开创者，是元散曲滑稽、诙谐、嘲谑取乐一流最初的典型代表。元代钟嗣成在《录鬼簿》中将其列入“前辈已死公才人”。在金元之交的曲坛上，“高名掩日”的杜仁杰是真正以曲作家面目出现的第一人，被誉为“独擅才名四十年”的“一代文人”。

3. 王和卿：滑稽佻达

王和卿是金元之际最重要的散曲家，也是散曲“打油体”的代表，《太和正音谱》将其列为“词林英杰”。他性格乐观豁达，为人诙谐，喜欢戏谑，所以其散曲也多具“滑稽佻达”的艺术风格。滑稽诙谐者想象离奇怪诞，在笔墨游戏中显示出狂放不恭；佻达轻狂者生逢金元改朝换代不屑仕进，自甘放浪，混迹青楼，也多有关情乐、妓女之作。故王和卿在元曲家中也以“滑稽佻达，传播四方”（元·陶宗仪《辍耕录》卷二十三“嗓”条），在元初散曲家中表现出独树一帜的“审俗”特征：在选材上以丑作乐，在意趣上以俗为归，语言多浅俗刻薄，也因此被后世的研究者所诟病，但从元曲发展史来看，其对元曲浅白本色的语言风格的形成则产生了深刻的影响。

王和卿（约1216—约1266）[1]，大名（今属河北）人。与关汉卿同时而早逝，据元代陶宗仪《辍耕录》记载："时有关汉卿者，亦高材风流人也，王常以讥谑加之，关虽极意还答，终不能胜。"王和卿与关汉卿交往颇密，且常相戏谑。散曲今存小令21首，套曲2篇及残曲［黄钟·文如锦］。他"滑稽佻达"的性格在他的散曲作品中也有所反映，尤以［仙吕·醉中天］《咏大蝴蝶》最为突出，同时王和卿也以此曲最为知名：

弹破庄周梦，两翅驾东风，三百座名园一采一个空。谁道风流种，唬杀寻芳的蜜蜂？轻轻的飞动，把卖花人扇过桥东。

此曲咏大蝴蝶，而这只大蝴蝶非同凡俗，它是挣破了庄周的梦境跨越历史的时空隧道驾着东风飞来的！一只蝴蝶被夸写得如此硕大、风流和强悍，给人滑稽诙谐之感，读者获得极大的审美快感。此曲综合运用了想象、夸张、比喻、象征的艺术手法，荒诞滑稽地写出了一个超级"风流种"所具有的非凡神力，语言诙谐风趣，生动幽默。晚明著名曲学家王骥德《曲

[1] 李昌集：《中国古代散曲史》，上海：华东师范大学出版社，1991 年，第 506 页。

◎［仙吕·醉中天］《咏大蝴蝶》（弹破庄周梦）曲意图

律·论咏物第二六》就特别推崇欣赏散曲创作中这样一种非是而是、不黏着于物的开篇技巧，《曲律》说：“元人王和卿《咏大蝴蝶》……只起一句，便知是大蝴蝶。下文势如破竹，却无一句不是俊语！”

［拨不断］《大鱼》也以神奇的想象、惊人的夸张、通俗的语言，诙谐地夸写大鱼胜过神鳌的伟力，与上曲有异曲同工之妙：

胜神鳌，夯风涛，脊梁上轻负着蓬莱岛。万里夕阳锦背高，翻身犹恨东洋小。太公怎钓?

此大鱼“翻身犹恨东洋小。太公怎钓”，使人联想到这是沦落到社会底层的文人对自身行为的一种无奈的解嘲与解脱，体现出王和卿玩世不恭的文人气质。

《咏大蝴蝶》和《大鱼》最能体现王和卿的曲学观。王和卿抹去了传统文学的高雅光环，不惮把最粗俗的题材引入散曲，如《王大姐浴房吃打》《胖妻夫》《咏秃》《胖妓》，以及

《绿毛龟》《长毛小狗》这些传统文学向来不取的世俗景态，即使用“俗人”之眼观之，恐怕也是“丑”，但却被王和卿摄入曲中。作者对之既无贬斥，也非欣赏，目的就是滑稽而发人一噱，由此而开元散曲纯粹嘲谑游戏的滑稽调侃一路。其后的这一类散曲，没有一首能在粗俗和“恶趣”上超过王和卿的。

◎《一半儿·题情》曲意图

王和卿写男女恋情的作品比较秾丽明艳，还善于采用生动的口语，有一种活泼乐观、诙谐幽默的情调，具有民歌俗谣的色彩。如［仙吕·一半儿］《题情》四首，写情窦初开的少女情态和爱情波澜，便富有健康的情趣，且举两首：

鸦翎般水鬓似刀裁，小颗颗芙蓉花额儿窄。待不梳妆怕娘左猜。不免插金钗，一半儿鬅松一半儿歪。

别来宽褪缕金衣，粉悴烟憔减玉肌。泪点儿只除衫袖知。盼佳期，一半儿才干一半儿湿。

其对生活极端化的戏谑，恰成一个悲剧性的映照：当王和卿以极端夸张、调侃的笔调把“丑”的生活毫无顾忌地摄入其曲之时，亦正是其现实生活中对美的追求无法实现和美的希望破灭之时。

元曲最突出的“蒜酪蛤汤”之味、滑稽调侃之风，以及摄丑入曲等等不同于传统诗歌的“本色”，王和卿可谓达其极端，而王和卿“声名益显”，正说明这种风格是一种时代的文学之潮。但是，将散曲变成一种逗笑的、引起滑稽感的审美工具，未免堕入恶俗，每为世所诟病。文人散曲中的俳优庸俗习气，最早似可溯源于王和卿。

（二）繁盛期豪放派的代表作家

从1267年（世祖至元四年）元开始扩建大都到元仁宗延祐（1314—1321）[1]的50多年间，是元曲发展的黄金时代，著名作家有关汉卿、白朴、卢挚、姚燧、王恽、马致远等。所谓的“元曲四大家”关汉卿、白朴、马致远、郑光祖[2]（元·周德清《中原音韵》），这一时期至少占有三位，而且都是兼擅散曲、杂剧的大家。他们的作品，无论散曲还是杂剧，都呈现出鲜明、独特的艺术魅力，富有迥异前人的时代风貌，形成以

---

[1] 邓绍基主编《元代文学史》，北京：人民文学出版社，1991年，第313页。

[2] 据周德清《中原音韵序》记载，泰定元年（1324）时郑光祖已去世。郑光祖现存散曲有小令6首，套曲2套，其中见于泰定元年前成书的《阳春白雪》就有小令5首。据此，他的主要创作活动也在1321年之前。

“本色”为主而又绚丽多彩的“盛元体”，奠定了与唐诗、宋词比肩并称的文学地位。

这一时期又可分为始盛期和鼎盛期。始盛期（1264—1294）：元曲刚从民间的通俗俚语进入诗坛，有鲜明的通俗化口语化的特点和犷放爽朗、质朴自然的情致。作者多为北方人，其中关汉卿、白朴、姚燧等人的成就最高。当时，大都城刚刚开始兴建，随之又定都于此，大批官员、工匠及社会服务人员涌入大都，满足人们精神需求的剧场和杂剧便迅速发达起来，很快就成为元曲创作活动的中心。鼎盛期（1295—1321）：在1279年南宋灭亡后，江南已在元朝的统治之下，一部分北方作家开始南迁，元曲的创作中心开始向江南转移，始盛期的作家大都还在从事创作，而且卢挚、马致远、纪君祥、王实甫等一批大家进入创作高峰，并且元曲的创作开始出现一定的雅化倾向。

1. 关汉卿：蕴藉风流

◎ 关汉卿

关汉卿是元代最具代表性和影响力的曲家，杂剧、散曲双辉。他放浪佻达，“博学能文，滑稽多智，蕴藉风流”（元 · 熊梦祥《析津志辑佚》）。论杂剧成就，其在当时就是极富声望的“驱梨园领袖，总编修帅首，捻杂剧班头”（明·贾仲明《凌波仙》吊词），造诣极高，是公认的“元曲四大家”[1]之首，对杂剧有开创之功。散曲也是丰富多姿，本色当行，既有“豪辣灏烂”[2]之作，又多妖娇婉丽之语，对元散曲的发展起到至关重要的作用，故有学者认为在散曲历史的初期，也当以“关汉卿为第一人”[3]。

关汉卿（约1220[4]—约1300），字汉卿，号已斋叟，大都（今北京）人[5]。由金入元，“不屑仕进”（元·郏经《青楼集·序》），《录鬼簿》言其为“太医院尹”，但未发现他有业医的记载。至元年间、大德初年活跃于大都的杂剧创作圈，是玉京书会里赫赫有名的书会才人。南宋灭亡（1279）后，曾南游杭州。他和杂剧作家杨显之为“莫逆之交”，与梁进之是“故友”，又与性格“滑稽佻达”的散曲家王和卿关系密切，与艺人歌伎亦有相当亲密的接触。在元曲作家中，关汉卿创作的作品最多，也是今存作品最多的一人。其著有杂剧60多种，今存《窦娥冤》《救风尘》《拜月亭》等18种，代表了我国古典

---

[1] 元代周德清《中原音韵·自序》：“乐府之盛、之备、之难，莫如今时。其盛则自缙绅及间阎歌咏者众，其备则自关（汉卿）、郑（光祖）、白（朴）、马（致远）一新制作，韵共守自然之音，字能通天下之语，字畅语俊，韵促音调。”

[2] 梁乙真：《元明散曲小史》，北京：商务印书馆，1934年，第71页。

[3] 郑振铎：《插图本中国文学史》，北京：人民文学出版社，1957年，第731页。

[4] 关汉卿的生年，有金末（郑振铎），13世纪20年代后（胡适），13世纪20年代中期或以后（王季思），金亡之后元统一之前的蒙古时代（1241—1250年左右，孙楷第）等多种说法。

[5] 关汉卿的籍贯，有大都（《录鬼簿》《析津志》）、解州（今山西运城，元人朱右《元史补遗》）、祁州（今河北，《祁州志》）三种说法。

戏剧的最高成就。散曲今存57首，套数13套，内容主要是自述身世、直抒胸臆；描写男女恋情，抒发离愁别恨；描绘世俗物景，抒写闲适之意等。

关汉卿生而倜傥，“高才风流”（元末明初·陶宗仪《南村辍耕录》卷二十三），不但将个人的情志投入元曲的创作之中，而且“躬践排场，面傅粉墨”（明·臧晋叔《元曲选·序二》），参加杂剧演出，在勾栏瓦舍中找到了传统道德规范以外的人生价值。他喜欢嘲风弄月，自称“普天下郎君领袖，盖世界浪子班头”，大胆向传统观念挑战。［南吕·一枝花］《不伏老》就是这样一份浪子宣言：

攀出墙朵朵花，折临路枝枝柳。花攀红蕊嫩，柳折翠条柔。浪子风流。凭着我折柳攀花手，直煞得花残柳败休。半生来折柳攀花，一世里眠花卧柳。

［梁州］我是个普天下郎君领袖，盖世界浪子班头。愿朱颜不改常依旧。花中消遣，酒内忘忧。分茶攧竹，打马藏阄；通五音六律滑熟，甚闲愁到我心头？伴的是银筝女银台前理银筝笑倚银屏，伴的是玉天仙携玉手并玉肩同登玉楼，伴的是金钗客歌金缕捧金樽满泛金瓯。你道我老也，暂休。占排场风月功名首，更玲珑又剔透！我是个锦阵花营都帅头，曾玩府游州。

［隔尾］子弟每是个茅草冈、沙土窝初生的兔羔儿乍

向围场上走，我是个经笼罩、受索网、苍翎毛老野鸡蹅踏的阵马儿熟。经了些窝弓冷箭蜡枪头，不曾落人后。恰不道“人到中年万事休”，我怎肯虚度了春秋。

［尾］我是个蒸不烂、煮不熟、捶不匾、炒不爆、响珰珰一粒铜豌豆，恁子弟每谁教你钻入他锄不断、斫不下、解不开、顿不脱、慢腾腾千层锦套头？我玩的是梁园月，饮的是东京酒，赏的是洛阳花，攀的是章台柳。我也会围棋、会蹴踘、会打围、会插科、会歌舞、会吹弹、会咽作、会吟诗、会双陆。你便是落了我牙、歪了我嘴、瘸了我腿、折了我手，天赐与我这几般儿歹症候，尚兀自不肯休。则除是阎王亲自唤，神鬼自来勾。三魂归地府，七魄丧冥幽。天哪，那其间才不向烟花路儿上走！

此曲风格豪放灏烂，被视为关汉卿散曲的压卷之作。作品以一种玩世不恭又极度自负的口吻，描绘了自己放浪形骸般的风流才子生活。“半生来折柳攀花，一世里眠花卧柳”，将岁月与才华都倾泻给烟花艺伎，抛洒于歌楼酒肆，“玩的是梁园月，饮的是东京酒，赏的是洛阳花，攀的是章台柳”，任真自在，既没有传统教条的约束，也没有登第升迁的忧虑。这种生活，看起来过于荒诞，过于放荡，实际上是在标举一种有别于传统儒家济世理想的人生追求，是元代文人在特殊历史文化背景下的精神宣言。这份宣言冲破了传统文人所尊崇的“达则兼济天下，穷则独善其身”的信仰，彰显了仕进无门的元代文人所独有的叛逆精神，是元代文人有感于生命意识和存在价值被正统社会所忽略的穷途高歌。

作为剧坛领袖，勾栏瓦舍是关汉卿尽显才华与风流的舞台。他侧身于歌伎舞女之间，与地位低微的伶人惺惺相惜，与当时著名杂剧演员朱帘秀、顺时秀，以及朱帘秀的弟子赛帘秀、燕山秀及侯要俏、黑驹头等都有亲密的接触，而尤与朱帘秀的交往最为密切。[南吕·一枝花]《赠朱帘秀》是一首充满深情的寄赠之作：

轻裁虾万须，巧织珠千串。金钩光错落，绣带舞蹁跹。似雾非烟，妆点就深闺院，不许那等闲人取次展。摇四壁翡翠浓阴，射万瓦琉璃色浅。

[梁州]富贵似侯家紫帐，风流如谢府红莲，锁春愁不放双飞燕。绮窗相近，翠户相连，雕栊相映，绣幕相牵。拂苔痕满砌榆钱，惹杨花飞点如绵。愁的是抹回廊暮雨萧萧，恨的是筛曲槛西风剪剪，爱的是透长门夜月娟娟。凌波殿前，碧玲珑掩映湘妃面，没福怎能够见？十里扬州风物妍，出落着神仙。

[尾]恰便似一池秋水通宵展，一片朝云尽日悬。你个守户的先生肯相恋，煞是可怜，则要你手掌里奇擎着耐心儿卷。

◎ 宋代的勾栏瓦舍图

此曲表面上歌咏珠帘的秀美，实际上暗用谐音，礼赞朱帘秀的才情技艺与绰约风姿，更表达自己对这位“当今独步”[1]的剧坛明星的倾慕和爱恋。此曲俊语如珠，美艳绝伦，诚如贾仲明所言：“珠玑语唾自然流，金玉词源即便有，玲庞肺腑天生就。”从以上两曲，我们亦领略了关汉卿“风月情，忒惯熟，姓名香四大神州”（明·贾仲明《凌波仙》吊词）的风流与风采。

男女恋情题材占关汉卿散曲的大多数，其中不但有民间男女的清纯恋歌，也有酒楼歌肆的妓家风月，写得“深刻细

[1] 夏庭芝著，孙崇涛、徐宏图笺注：《青楼集笺注》，北京：中国戏剧出版社，1990年，第82页。

腻”，且“浅而不俗，深而不晦”[1]，雅俗共赏，尤以刻画女子细腻微妙的心理活动和生动传情的神态见长。“鸟啼花影里，人立粉墙头。春意两丝牵，秋水双波溜。”（[正宫·白鹤子]）犹如一首小诗，轻灵隽永，使人感到似有泪珠儿在女子眼中闪烁。再如[双调]《大德歌》四首：

子规啼，不如归，道是春归人未归。几日添憔悴，虚飘飘柳絮飞。一春鱼雁无消息，则见双燕斗衔泥。

俏冤家，在天涯，偏那里绿杨堪系马。困坐南窗下，数对清风想念他。蛾眉淡了教谁画？瘦岩岩羞带石榴花。

风飘飘，雨潇潇，便做陈抟睡不着。懊恼伤怀抱，扑簌簌泪点抛。秋蝉儿噪罢寒蛩儿叫，淅零零细雨打芭蕉。

雪纷纷，掩重门，不由人不断魂，瘦损江梅韵。那里是清江江上村？香闺里冷落谁瞅问？好一个憔悴的凭阑人！

此曲描绘了深闺女子在一年四季思念久别情人的不同情态：春日空听子规啼，任凭柳絮飞；夏日嫉恨绿杨系马，任妆影浅淡懒画眉；秋夜泪点暗抛，卧听细雨打芭蕉；冬日掩门看雪，害相思瘦损断魂。以景语传真情，风格蕴藉，情致深婉，

[1] 郑振铎:《插图本中国文学史》，北京：人民文学出版社，1957年，第732页。

◎ 陕西韩城宋墓出土的北宋杂剧演出壁画

不愧“为一时之冠”(元·熊梦祥《析津志辑佚》)。

关汉卿也有描写直露的艳情散曲，写得大胆快意，放情恣肆。如［仙吕·一半儿］《题情》:

云鬟雾鬓胜堆鸦，浅露金莲簌绛纱，不比等闲墙外花。骂你个俏冤家，一半儿难当一半儿耍。

碧纱窗外静无人，跪在床前忙要亲。骂了个负心回转身。虽是我话儿嗔，一半儿推辞一半儿肯。

银台灯灭篆烟残，独入罗帏淹泪眼。乍孤眠好教人情兴懒！薄设设被儿单，一半儿温和一半儿寒。

多情多绪小冤家，迤逗的人来憔悴煞。说来的话先瞒过咱，怎知他，一半儿真实一半儿假。

用毫无遮拦的口语和泼辣质朴的俚语，将男子的急躁与莽撞、女子的爱怨与娇嗔刻画得荡魄惊魂。而［双调·碧玉箫］则市井气息浓重，全用白描，将女子诉说自己的痴情、指责情人的薄情之态刻画得栩栩如生，使人如闻其声，如见其面：

你性随邪，迷恋不来也。我心痴呆，等到月儿斜。你欢娱受用别，我凄凉为甚迭！休谎说，不索寻吴越！咱，负心的教天灭！

［双调·沉醉东风］更是将情事直接道出："想着云和雨，朝还暮，但开口只是长吁，纸鹞儿休将人厮应付，肯不肯怀儿里便许。"美艳娇媚，语出惊人，正如贯云石所云："造语妖娇，却如小女临杯，使人不忍对殢。"

关汉卿的有些散曲，反映了他追求适意的人生哲学。这种适意，不是简单的纵情山水、遥寄田园，而是带有经历了时代沧桑巨变后的理性思索。［南吕·四块玉］《闲适》对这种适意作出了形象的描绘："旧酒投，新醅泼，老瓦盆边笑呵呵，共山僧野叟闲吟和。他出一对鸡，我出一个鹅，闲快活。"（其二）既是对隐逸生活的向往，更是对闲适境界的追求。套曲［双调·乔牌儿］豪放热辣，是对追求适意人生哲学的深层阐释：

世情推物理，人生贵适意。想人间造构搬兴废，吉藏凶，凶暗吉。

［夜行船］富贵那能长富贵，日盈昃月满亏蚀。地下东南，天高西北，天地尚无完体。

［庆宣和］算到天明走到黑，赤紧的是衣食。凫短鹤长不能齐，且休题，谁是非。

［锦上花］展放愁眉，休争闲气。今日容颜，老如昨日。古往今来，恁须尽知。贤的愚的，贫的和富的。

［么］到头这一身，难逃那一日。受用了一朝，一朝便宜。百岁光阴，七十者稀。急急流年，滔滔逝水。

［清江引］落花满院春又归，晚景成何济。车尘马足中，蚁穴蜂衙内，寻取个稳便处闲坐地。

［碧玉箫］乌兔相催，日月走东西。人生别离，白发故人稀。不停闲岁月疾，光阴似驹过隙。君莫痴，休争名利。幸有几杯，且不如花前醉。

［歇拍煞］恁则待闲熬煎闲烦恼闲萦系，闲追欢闲落魄闲游戏；金鸡触祸机，得时间早弃迷途，繁华重念箫韶歇，急流勇退寻归计。采蕨薇，洗是非；夷齐等，巢由辈。这两个谁人似得：松菊晋陶潜，江湖越范蠡。

此曲表现出自我醒悟后的放旷洒脱：世事难料，人生无常，不管是贤是愚、是贫是富，总逃不了死亡之大劫，所以不要在名利场中沉浮而自寻祸机，“南亩耕，东山卧”才是最高的人生境界。这种自适旷达的人生哲学，是文人在“志不得伸”的境遇下产生的对现实的绝望情绪，其实内心真正渴望的仍是获得现世的功名。从这个意义上说，关汉卿是精神最受压抑的一代文人的代表。“在许多杂剧里，我们看不出汉卿的思想和生平来，但在散曲里，我们却知道他是马致远的同道，也是高唱着厌世的直捷的享乐的调子的。……这种态度和情绪，影响于后来的散曲的作家们是极大的。”[1]关汉卿正是在散曲中表现了真实的自我。

◎ 关汉卿墓

关汉卿的散曲成就多被其杂剧的光辉所掩，在杂剧中，他咒天骂地，充满着斗士风骨；而在散曲里，他深情缱绻，是一位放荡不羁的风流才子，他以浪子宣言“标举出一种新的人格”[2]，展现出一代文人的时代风采。其散曲本色天然，既有豪放泼辣之作，更多蕴藉婉丽、美艳娇娆之语，表现出蕴藉风

[1] 郑振铎：《插图本中国文学史》，北京：人民文学出版社，1957 年，第 732—733 页。
[2] 李昌集：《中国古代散曲史》，上海：华东师范大学出版社，1991 年，第 503 页。

流的个性特点，郑振铎谓其小令“写闺情，写别怨，写小儿女的意态，写无可奈何的叹息，写称心快意的满足，几乎没有一首不好，不入木三分”[1]。王国维更赞美他“一空倚傍，自铸伟词，而其言曲尽人情，字字本色，故当为元人第一”[2]。此语虽用以评价关汉卿杂剧成就，但是用来评价其散曲，同样精到准确。

2. 王恽：才气横溢

王恽是元代名公巨卿，他以传统的诗词观念进行散曲创作，呈现出以诗为曲的特征。王恽博涉经史，“才气横溢”（清·顾嗣立《元诗选》），其“文章尤苦心，杰出千仞表”（王约），独步当时。其散曲主要围绕宴游、议古、寿词而作，较少抒怀言志，更无元散曲中常见的咏唱男女风情、愤世嘲谑之作。风格豪放雅健，善于化用前人名句，是“文人染指于曲，把传统诗词的精神纳入市井小曲的框架之中的一个大胆的尝试”[3]。

王恽（1227—1304），字仲谋，别号秋涧，卫州汲县（今属河南）人。《元史》有传。为人耿直，恪守儒道，操履端方。中统元年（1260）入仕，曾任监察御史、燕南河北按察副

[1] 郑振铎：《中国俗文学史》，北京：商务印书馆，2005年，第392页。
[2] 王国维：《宋元戏曲史》，北京：中国书籍出版社，2006年，第156页。
[3] 羊春秋：《散曲通论》，长沙：岳麓书社，1992年，第237页。

使、福建按察使、翰林学士等。大德五年（1301）辞官退隐，卒谥文定，追封太原郡公。王恽是元好问的得意门生，一生勤奋好学，汇通经史百家之学，诗文雄深雅健，典丽端方，兼工书画。著有《相鉴》50卷、《秋涧先生大全集》100卷、《汲郡志》15卷等。散曲今存小令41首。

◎ 王恽

王恽和大多数贫困潦倒的元代文人不同，他一生官运亨通，生计无忧，身居庙堂而心游江湖。[正宫·黑漆弩]《游金山寺》是他的代表作：

苍波万顷孤岑矗，是一片水面上天竺。金鳌头满咽三杯，吸尽江山浓绿。蛟龙虑恐下燃犀，风起浪翻如屋。任夕阳归棹纵横，待偿我平生不足。

这首记游小令，大致作于大德六年（1302）以前，虽题名《游金山寺》，重点却在描绘风浪的险恶和金山的矗立，恰似一幅气势雄浑的金山观涛图。前两句描写地势的雄伟奇壮，第

三、四句则写登上金鳌峰，对江豪饮，豪情喷涌而泄。第五、六句用典，说蛟龙害怕燃犀，于是兴风作浪，因此出现了惊涛拍岸之景，“燃犀”典故见载于《异苑》和《晋书·温峤传》，据说温峤听说牛渚矶水深不可测，且多有怪兽，就点燃犀角，看到了形态各异的水怪。此曲任想象驰骋，大抒登高之豪兴，体现出作者开阔的胸襟和乐观进取的情怀。如此廓大的境界和苍劲雄浑的气象在元代散曲中是极为少见的。

至元九年（1272），王恽以承直郎出判平阳路（治今山西临汾），任上有［越调·平湖乐］（10首）之作：

采菱人语隔秋烟，波静如横练。入手风光莫流转，共留连，画船一笑春风面。江山信美，终非吾土，问何日是归年！（其五）

这是一首感情深厚的思乡曲，曲中句句用典，化用无痕，生动地写出了采菱人的思乡之情。“采菱人语隔秋烟”，化用李白《采莲曲》中“若耶溪旁采莲女，笑隔荷花共人语”句，为此曲增添了朦胧之美。“波静如横练”则化用谢朓《晚登三山还望长安》中“澄江静如练”句，反衬对故乡的思念之情。水乡景色优美，水乡姑娘甜美，人美与景美兼至，令人“莫流转，共留连”！“画船一笑春风面”化用杜甫“画图省识春风面”，秋日波光涟涟中，画船上姣好佳人的嫣然一笑，使天涯游子不知今夕何夕。此时忽出“江山信美，终非吾土，问何日是归年！”三句点出归意，在无奈与落寞中使人感受到羁旅之人的困顿悲凉，化用王粲《登楼赋》“虽信美而非吾土兮，曾何足以少留”与杜甫《绝句二首》“今春看又过，何日是归年”中的诗句，以一种令人惊愕的反常思绪摹写对家园故国刻骨铭心的思念，感情真挚蕴藉。

王恽是元代汉族少数达官之一，亦是一个才堪大用之人。金末元初，社会动乱，在这种独特经历下，他希冀人们能够有风调雨顺、天下大治的富足生活。在其出判平阳路时，又作有［越调·平湖乐］《尧庙秋社》：

社坛烟淡散林鸦，把酒观多稼。霹雳弦声斗高下，笑喧哗，壤歌亭外山如画。朝来致有，西山爽气，不羡日夕佳。

相传平阳乃唐尧、虞舜的建都之地，这首散曲描绘了尧庙祭社的欢快场景。“多稼”语出《诗经·小雅·大田》：“大田多稼，既种既戒。”在酒酣耳热之后，人们的兴奋达到极致。“霹雳弦”据柳宗元《霹雳琴赞引》：“霹雳琴，零陵湘水西，震余枯桐之为也。”“壤歌亭”出自《击壤歌》：“日出而作，日入而息。”琴声悠扬，言笑晏晏，汇成一片，此情此景，于古朴的山野村中，人们仿若回到尧舜时代。后三句中

◎ 王恽《尧庙秋社》曲意图

“朝来致有，西山爽气”语出《世说新语·简傲》：“王子猷作桓车骑参军。桓谓王曰：‘卿在府久，必当相料理。’初不答，直高视，以手版拄颊云：‘西山朝来，致有爽气。’”借此来形容山野之村的怡人景致，同时也暗含了作者无为而治的政治主张。本曲遣词雅致，善用典故，朴素本真。

王恽的散曲善于化用唐人诗句，如咏史叹世之作［正宫·双鸳鸯］《乐府合欢曲》（一名《百衲锦》）九首，即其阅读《开元遗事》和观赏金人任南麓《华清宫图》时“去取唐人诗而为之”，咏写唐玄宗开元遗事。兹选录其中三首：

驿尘红，荔枝风，吹断繁华一梦空。玉辇不来宫殿

闭，青山依旧御墙中。（其一）

乱横戈，奈君何，扈从人稀北去多。尘土已消红粉艳，荔枝犹到马嵬坡。（其二）

雨霖铃，却归秦，犹是张徽一曲新。长记上皇和泪听，月明南内更无人。（其四）

三曲都是化用唐人诗句而成，书卷气很重，诗意醇厚而曲味寡淡。

王恽认为曲学是“小道”，命子辈“屏而绝之”；反对散曲“劝淫为佚”，故所作不涉艳情。即使涉笔，亦绝无元曲的艳丽和妖娇之态。如［正宫·双鸳鸯］《柳圈辞》：

暖烟飘，绿杨桥。旋结柔圈折细条。都把发春闲懊恼，碧波深处一时抛。

这组散曲共六首，此为第一首。阳春三月，万物复苏，柳杨掩映下的溪水小桥周边，暖暖轻烟四处弥漫，人们摘下嫩柳枝编成圈，投入河中，任其随波而荡，希冀带走不祥，带来吉祥。此曲通过对清明节令人们活动的描写，表现出男女对自由爱情的向往和渴望，清丽婉约，典雅纯真。

王恽的散曲豪迈爽劲，典丽雅重，是元散曲以诗为曲的典型代表，这与他的曲学观念密切相关。他认为：“昔汉儒家畜声妓，唐人例有音学。而今之乐府，用力多而难为工。纵使有成，未免笔墨劝淫为侠耳。渠辈年少气锐，渊源正学，不致费日力于此也。”（［正宫·黑漆弩］《游金山寺》序）在这里他强调：当前文坛的散曲，用力虽大但很难达到精妙的境地，作品虽多但多将笔墨花在艳情的渲染上，并奉劝那些气锐年少之士应该继承圣贤的学问，不要把写曲子当成正事，耗费气力。由此可见，王恽对散曲多以描写儿女风情的内容极为不满，他希望提高曲的格调和拓宽曲的表现领域。

3. 姚燧：一代名儒

◎ 姚燧

姚燧是元朝一代大儒和显官，是元初以巨儒显宦身份进行散曲创作的典型代表。他不仅才情禀赋极高，而且“器识豪迈过人”（《元史》本传），耿直洒脱，一生潜心经史，雅好辞章诗赋，也兼作散曲。其文“闳肆该洽，豪而不宕，刚而不厉，舂容盛大”（《元史》本传），开有元一代新风。散曲多为小令，深受其诗词风格的影响，既“伉健雄伟”[1]、豪放疏宕，也不乏“婉丽可诵”之作，朱权《太和正音谱》中把他列为“词林英杰”。姚燧以“正统派的儒学大师”染指“市井小曲”并卓有成就，“说明散曲到了这个时候，已经为达官大儒所接受，并逐渐取得了‘一代文学’的地位”[2]。

姚燧（1238—1313），字端甫，号牧庵，祖籍营州柳城（今辽宁朝阳），后迁河南洛阳。[3]三岁而孤，由伯父即元初名臣、理学家姚枢养育。及长，受业于名儒许衡，入仕后身历世祖、成宗、武宗、仁宗四朝，历任大司农丞、江东廉访使、江西行省参知政事、太子宾客、太子太傅，授荣禄大夫翰林学士承旨、知制诰兼修国史，曾主持修撰《世祖实录》，于至大四年（1311）告老南归。《元史》有传。姚燧以文著名，撼动士林，名倾京师，“甜斋”贯云石即拜在他的门下。原有《牧庵集》50卷已亡佚，今本《牧庵集》36卷是清代四库馆臣从《永乐大典》中辑出，载诗147首，词47阕，散曲今存小令29首，套数1套。

姚燧的散曲主要有言志抒怀、写景咏物和男女风情三类，内容丰富多姿，曲风以豪放见长，又多格并存。抒发心志之作

[1]　（元）虞集《桂隐文集序》：“国朝广大，旷古未有，起而乘其雄深之气以为文者，则有姚文公其人，其为言不尽同于古人，而伉健雄伟，何可及也？”

[2]　羊春秋：《散曲通论》，长沙：岳麓书社，1992年，第239页。

[3]　杨新勋：《姚燧籍贯家世考》，《文献》，1998年第4期。

有踌躇满志时的豪情，有豁达参悟后的感喟，亦有向往隐逸的情思，豪迈洒脱，磅礴大气；描摹咏叹之作有清风晓月的素雅，有“烟笼浅沙”的淳朴，亦有舟拨涟漪的情趣，古朴清雅，富于机趣；男女风情之作有千里相思的缠绵，有依依惜别的眷恋，亦有似嗔还喜的娇羞，清新雅致，风流蕴藉。其早年作品［中吕·阳春曲］便是抒发个人情怀的代表：

墨磨北海乌龙角，笔蘸南山紫兔毫，花笺铺展砚台高。诗气豪，凭换紫罗袍。

借助所用笔墨纸砚的珍奇名贵，表达所作诗文的非同一般，作者对自我才能的高度自信与博取功名的豪情壮志溢于言表，曲中昂扬乐观的情怀与盛唐诗歌雄壮开朗的基调有异曲同工之妙，这在元曲中实不多见。再如［双调·寿阳曲］《咏李白》也是展现其豪放气韵的佳作：

贵妃亲擎砚，力士与脱靴。御调羹就飱不谢。醉模糊将吓蛮书便写，写着甚杨柳岸晓风残月。

李白本性狂放孤傲，曾自称“龙巾拭吐，御手调羹，力士脱靴，贵妃捧砚”（宋·刘斧笔记《青琐高议》），又有醉草《吓蛮书》吓退番国图谋进攻的逸事。作者将贵妃捧砚磨墨、高力士脱靴结袜、唐玄宗御手调羹及李谪仙醉草吓蛮书这四件逸事合写，突出了李白豪迈奔放的个性和傲视权贵的气度。末句尤奇，番使胆战心惊，然诗仙信笔书写的居然是“杨柳岸晓风残月”，将李白的放荡不羁跃然纸上。姚燧此曲借咏李白来抒发自己的意气风发的豪情，纵横开阖，充满谐趣，而以典故入曲，使小令表现出一种“诗文化”特征。

姚燧出身名门又师从硕儒，一生仕途通达，与元代大多数位居下僚怀才不遇的文人不同，他只是偶有牢骚和不平，且极少有义愤填膺之语，多表现出冷静沉稳之态。如［中吕·阳春曲］：

笔头风月时时过，眼底儿曹渐渐多。有人问我事如何？人海阔，无日不风波。

他慨叹岁月蹉跎，在辽阔艰险的宦海沉浮，虽时时风浪迭起，但已经历练得平静淡然。“人海阔，无日不风波”，曲辞浅易流畅，而迂曲处尽显其豁达风度，非身居高位、胸襟豪迈者所不能道也。

姚燧的言志感怀之作往往有一种矛盾的心理，既有志于功名，亦向往宁静闲适，这在［中吕·满庭芳］中表现得较为明显：

天风海涛，昔人曾此，酒圣诗豪。我到此闲登眺，日远天高。山接水茫茫渺渺，水连天隐隐迢迢。供吟笑，功名事了，不待老僧招。

此曲境界开阔，气势浩荡。“日远”引用东晋明帝“日近长安远”[1]的典故，喻指向往京师而不能达到，“天高”则用杜甫“天意高难问，人情老易悲”的诗意（《（暮春江陵送马大卿公思命追赴阙下》），表达壮志未酬之慨。目览“山接水茫茫渺渺，水连天隐隐迢迢”的壮美景色，作者心中激起“功名事了”归隐山林的愿望，然而功名之心何时能了，读罢令人有“身在江湖”之叹。此曲深沉雅炼，体现出一种豪放雄劲、洒脱疏宕的风格，这与后代文士阶层牢骚满腹的归隐之曲大有不同，由此可见社会地位、性情禀赋对创作风格的影响。

仕宦日久，光阴渐疏，姚燧归隐林泉之念逐渐变得强烈，如［中吕·醉高歌］《感怀》：

十年燕月歌声，几点吴霜鬓影。西风吹起鲈鱼兴，已在桑榆暮景。

[1]　（南朝宋）刘义庆《世说新语·夙惠》载：晋明帝数岁，坐元帝膝上。有人从长安来，元帝问洛下消息，潸然流涕。明帝问何以致泣，具以东渡意告之。因问明帝：“汝意长安何如日远？”答曰：“日远。不闻人从日边来，居然可知。”元帝异之。明日，集群臣宴会，告以此意，更重问之。乃答曰：“日近。”元帝失色，曰：“尔何故异昨日之言邪？”答曰：“举目见日，不见长安。”

全曲对仗工整，以平淡俭省的语言概括了几十年的人生得失，进而引用典故，抒发了归隐之思。“西风吹起鲈鱼兴”引自《世说新语·识鉴》：“张季鹰辟齐王东曹掾，在洛，见秋风起，因思吴中莼菜羹、鲈鱼脍，曰：‘人生贵得适意尔，何能羁宦数千里以要名爵？’遂命驾便归。”“鲈鱼脍”喻指思乡赋归。“桑榆”用曹植《赠白马王彪》“年在桑榆间，影响不能追”诗句，喻指垂老暮年。此曲苍凉古雅，诗味浓厚，惆怅之情、迟暮之感，纷至沓来，充分体现了姚燧“一以经史为师，淡丽而不谀，奥雅而雄深”（元·姚燧《冯氏三世遗文序》）的行文理念，亦深得明代杨慎力赞，称“此词高古，不减东坡、稼轩也”（明·杨慎《词品》）。又如［中吕·满庭芳］：

帆收钓浦，烟笼浅沙，水满平湖。晚来尽滩头聚，笑语相呼。鱼有剩和烟旋煮，酒无多带月须沽。盘中物，山肴野蔌，且尽葫芦。

打鱼归来，人们相聚岸边佐鱼赏月、把酒言欢，盘中虽尽是粗肴淡羹，却趣味盎然。而这样一幅淳朴素雅的生活画面，不过是作者幻化的想象，画面上的欢声笑语、月色烟波、山肴野蔌，都给人以无限向往。此曲文辞浅白，雅致清丽，仅用几个静态画面的切换，却达到了情景交融、妙合无垠的艺术境界。

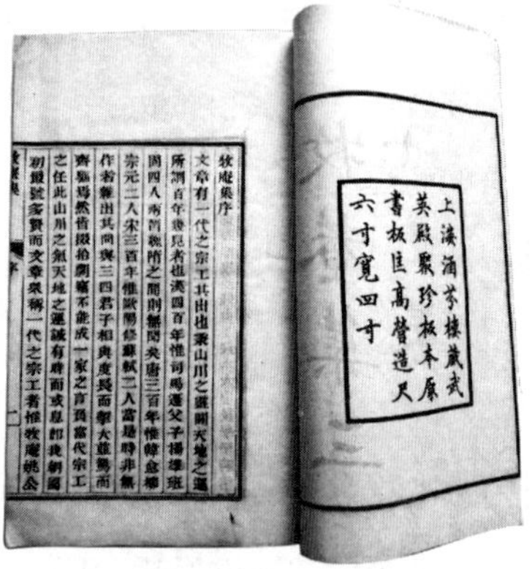

◎ 姚燧《牧庵集》书影

姚燧散曲在描写男女风情、离愁别绪方面亦极具特色。风流蕴藉，清秀婉丽，在刻画人物心理上堪称一绝，所存篇目不多却传诵久远。[越调·凭阑人]《寄征衣》就是一支脍炙人口的名曲：

欲寄君衣君不还，不寄君衣君又寒。寄与不寄间，妾身千万难。

小令书写一位少妇为久未还家的丈夫寄寒衣时曲折微妙的思绪：若寄去征衣，担心丈夫有暖衣在身迟迟不归；若不寄征衣，又担心丈夫离家在外无法御寒。“寄与不寄间，妾身千万难”，思前想后，进退维谷，以致心神不宁，通过写妻子内心的犹豫表现对丈夫的无限思念。构思精巧，韵味无穷，“深得词人三昧”（清·吴长元《宸垣识略·识余》）。

姚燧写情人话别的小令，还注重离别情景的描写，通过截取具有诗情的画面，把刹那间的澎湃相思、愁肠百结等意态生动地表现出来。其[中吕·醉高歌]《感怀》即是代表：

岸边烟柳苍苍，江上寒波漾漾。阳关旧曲低低唱，只恐行人断肠。

江边饯行迟，柳下执手看，依依惜别的情思尽融于烟柳寒波中。送行者浅声吟唱离歌，唯恐远行人相思肠断。由景入情，饶有情思，意蕴隽永。又如［越调·凭阑人］写夫妻离别的场景："两处相思无计留，君上孤舟妾倚楼。这些兰叶舟，怎装如许愁。"将难舍难分之情直言道出，直率浅露。

姚燧以重臣名儒的特殊身份和"文章巨公"的才学修养而弄笔于散曲，在散曲中书写深沉的人生感悟和高雅的志怀，表现出传统士大夫的思想情趣，风格豪迈浑厚，然又"不能设一格待之"[1]，或豪放疏宕，雄劲洒脱，或典雅清秀，婉丽可诵，因而"自成一家"（元·周德清《中原音韵》），在散曲发展史上有着不可磨灭的贡献。

（三）繁盛期清丽派的代表作家

1. 白朴：诗酒天真

白朴是元代从事散曲、杂剧创作的著名两栖作家，博学多才，诗、词、曲兼擅，尤以杂剧著名，与关汉卿、马致

[1] 李昌集：《中国古代散曲史》，上海：华东师范大学出版社，1991 年，第 520 页。

◎ 白朴

远、郑光祖并称“元曲四大家”（元·周德清《中原音韵》）。其《梧桐雨》最负盛名，被王国维称为“元曲冠冕”，与《西厢记》《窦娥冤》并称为元杂剧的“三大杰作”；《墙头马上》也被列为元曲“四大爱情剧”之一。白朴的散曲“俊逸有神，小令尤为清隽”[1]，明代著名曲评家朱权列其名仅在马致远、张可久之后，且盛赞其“风骨磊块，词源滂沛，若大鹏之起北溟，奋翼凌乎九霄，有一举万里之志，宜冠于首”（《太和正音谱》），尤以超脱旷达的叹世隐逸之作为上，是元代散曲走向成熟的标志，在散曲发展史上具有里程碑的意义。

白朴（1226—1306后），初名为恒，字仁甫，后改字太素，号兰谷，自幼生长于金朝的南京（今河南开封），元初久居真定（今河北正定）。其父白华[2]在金朝官至枢密院判官，

[1] 梁乙真指出：白朴的散曲“颇俊逸有神，而小令尤为清隽。当我们读他的剧曲时，每为他华美婉妍的辞句所感动，但一读到他的散曲，则知其中更包含着豪放、俊爽、秀美诸点，其成就却高出其剧曲之上”（梁乙真：《元明散曲小史》，北京：商务印书馆，1998 年，第 108 页）。蒋伯潜也认为“白朴的散曲较其剧曲更佳”（蒋伯潜、蒋祖怡：《词曲》，上海：上海书店出版社，1997 年，第 49 页）。
[2] 金亡后，白华先投宋再降蒙古，其失节的行为深为时人讥嘲。

与元好问有通家之好。1233年蒙古大军占领南京城，白朴在逃难中仓皇失母，由元好问携行出逃，元对其倍加关爱，视如己出[1]。白朴幼年亲历家世荣辱和亡国之难，使他对政治和功利深有戒惧和厌倦之感，故多次拒绝元朝的征召，一生未仕。青壮年时开始漫游各地，曾两次到大都，并开始创作，中年以后曾游历江南和杭州一带，55岁时徙居建康（今江苏南京）[2]，过着与诗酒往还、纵情山水的风雅名士生活。交游者既有宋金两朝的遗老，也有一时公卿名流，如散曲家杨果、胡祗遹、曹光辅、卢挚[3]等。《录鬼簿》著录其杂剧16种，今完存者只有《墙头马上》《梧桐雨》《东墙记》三种，另残存《流红叶》《箭射双雕》二种。

散曲今存小令37首，套曲4篇，大多是描写隐逸生活、自然风光和男女情爱、笑傲尘世之作，风格曲词清新秀丽而不失疏放旷达之风，兼清丽、沉雄之长，语言质朴自然，“清丽俊美”，有些小令颇有民歌风味。

白朴幼年亲历的家国之难在其内心深处产生了深刻影响，故而“恒郁郁不乐”，终生都无法摆脱“山川满目之叹”（元·王博文《天籁集序》）。如中年有词云：“千古神州，一旦陆沉，高岸深谷。梦中鸡犬新丰，眼底姑苏麋鹿。少陵野

[1] 为此，白华曾写诗致谢元好问：“顾我真成丧家狗，赖君曾护落巢儿。”
[2] 可能与其子白自镛（官阶至少达正三品）到江南任官有关。
[3] 卢挚之妹是白朴弟白恪之妻。

老，杖藜潜步江头，几回饮恨吞声哭。”（词作［石州慢］上阕）然其散曲却很少直接表现这样的情感，而是常用看似放旷超脱的风格来表达内心的抑郁和哀怨。如［双调·庆东原］（三首之二）：

忘忧草，含笑花，劝君闻早冠宜挂。那里也能言陆贾，那里也良谋子牙，那里也豪气张华？千古是非心，一夕渔樵话。

曲中劝世人莫贪功名富贵、及早挂冠辞官，像历史上帮助汉高祖刘邦的能言善辩的陆贾、辅佐周武王的足智多谋的姜子牙、协助晋武帝灭吴的满怀豪气的张华，虽然都是功勋卓著的名臣，可是最终也只是渔民樵夫闲聊的谈资而已。所谓的“劝君”不过是一种语言表达方式，实际上是在述说自己的人生观念，其淡泊功名、超然洒脱的性情跃然纸上。

白朴幼年遭遇的家国之痛几乎使其一生都怀有难以排遣的愤懑，他在咏史叹世的散曲中反复表达着对功名荣辱的人生态度。如［仙吕·寄生草］《饮》：

长醉后方何碍，不醒时有甚思。糟腌两个功名字，醅渰千古兴亡事，曲埋万丈虹霓志。不达时皆笑屈原非，但知音尽说陶潜是。

所谓“不达时皆笑屈原非”，嘲笑屈原以自沉汨罗江的方式表现对政治理想的追求和执着。嘲笑屈原是元曲家普遍存在的现象，如卢挚、马致远、贯云石、张养浩、郑光祖、刘时中、张可久等都有这样的作品，这也反映出一种对现实政治极其冷漠、对功名利禄彻底抛弃的时代倾向。[1]小令寄托了作者笑傲功名、借酒言志、寄情于曲的人生追求，蕴含着超然于外而哀叹于内、长醉于形而清醒于心的复杂情感，可谓“哭尽今朝，泪中还笑”，堪称白朴曲中佳品。又如［中吕·阳春曲］《知几》：

知荣知辱牢缄口，谁是谁非暗点头。诗书丛里且淹留，闲袖手，贫煞也风流。

今朝有酒今朝醉，且尽樽前有限杯。回头沧海又尘飞。日月疾，白发故人稀。

不因酒困因诗困，常被吟魂恼醉魂。四时风月一闲身。无用人，诗酒乐天真。

张良辞汉全身计，范蠡归湖远害机。乐山乐水总相宜。君细推，今古几人知。

白朴在曲中频频用典，反映了内心对现实深沉的郁愤和

[1] 田守真：《元散曲家为什么嘲笑屈原》，《四川师范大学学报》，1985年第5期。

冷漠。这支曲表达了作者一生寄情诗酒，超然物外，“乐山乐水”“乐天真”的生活追求和人生感悟，这也是作者身经乱世、彻底放弃功名荣辱后总结出的人生哲学。

正是这种对功名、荣辱的彻底放弃，使白朴放达洒脱，他寄情山水，放情自然，于山水田园中寄托人生的情怀；放浪形骸，沉沦市井，于勾栏歌伎中消遣人生的情志。歌咏自然、描写恋情是白朴创作较多的两大题材。

白朴写景咏物的散曲有20首，几乎是其散曲的一半。这类散曲是他“乐山乐水”“四时风月”的诗酒人生的写照。如［越调·天净沙］《春》《夏》《秋》《冬》：

《春》：春山暖日和风，阑干楼阁帘栊，杨柳秋千院中。啼莺舞燕，小桥流水飞红。

《夏》：云收雨过波添，楼高水冷瓜甜，绿树阴垂画檐。纱橱藤簟，玉人罗扇轻缣。

《秋》：孤村落日残霞，轻烟老树寒鸦，一点飞鸿影下。青山绿水，白草红叶黄花。

《冬》：一声画角谯门，半庭新月黄昏，雪里山前水滨。竹篱茅舍，淡烟衰草孤村。

春天“啼莺舞燕”“流水飞红”，山明水秀，春意盎然；夏天“纱橱藤簟”“罗扇轻缣”，闲适宁静，一派生机；秋天“青山绿水”“红叶黄花”，色彩斑斓，绮丽灿烂；冬天“雪里山前水滨”“淡烟衰草孤村”，萧瑟衰飒而不失山村野趣。此曲如同一幅描绘四季景致的画卷，曲辞清丽典雅，尤其是写《秋》一曲，意境放旷俊逸，鲜亮明快。

白朴写景散曲多是借景抒情、情景交融，尤以套曲［双调·乔木查］《对景》为代表：

海棠初雨歇，杨柳轻烟惹，碧草茸茸铺四野。俄然回首处，乱红堆雪。

［幺篇］恰春光也，梅子黄时节，映日榴花红似血。胡葵开满院，碎剪宫缬。

［挂搭沽序］倏忽早庭梧坠，荷盖缺。院宇砧韵切，蝉声咽，露白霜结。水冷风高，长天雁字斜，秋香次第开彻。

［幺篇］不觉的冰澌结，彤云布，朔风凛冽。乱扑吟窗，谢女堪题，柳絮飞玉砌。长郊万里，粉污遥山千叠。去路赊，渔叟散，披蓑去，江上清绝。幽悄闲庭院，舞榭歌楼酒力怯，人在水晶宫阙。

［幺篇］岁华如流水，消磨尽，自古豪杰，盖世功名总是空，方信花开易谢，始知人生多别。忆故园，谩叹嗟，旧游池馆，翻做了狐踪兔穴。休痴休呆，蜗角蝇头，名亲共利切。富贵似花上蝶，春宵梦说。

［尾声］少年枕上欢，杯中酒好天良夜，休辜负了锦堂风月。

这一套曲通过描写四季景物的循环更替，抒发了对人世沧桑、韶华易逝、功名虚幻的无限感慨。人生的一切功名、富贵犹如庄周梦蝶，不过是“春宵梦说”。对政治的冷漠，对功名的抛弃，使他自然沉情于“杯中酒”和“枕上欢”，而“休辜负了锦堂风月”，此曲表达出作者沉沦于勾栏歌伎的生活意趣。

白朴长期沉沦于市井，写下了很多描写男女风情的散曲，内容多写女子失欢、相思的情感，善将失恋女子的心理层层铺叙，并以一种含蓄的手法揭示出来。因善写男女风情之作，白朴得到了“拈花摘叶风诗性，得青楼，薄幸名”（明·贾仲明［双调·凌波仙］《吊白仁甫》）的评价。其［中吕·阳春曲］《题情》（六首）、［双调·得胜令］（又四首）诸曲可与关汉卿的同类散曲相抗衡。兹录《题情》二首：

笑将红袖遮银烛，不放才郎夜看书，相偎相抱取欢娱。止不过迭应举，及第待何如?（其五）

百忙里铰甚鞋儿样，寂寞罗帏冷篆香，向前搂定可憎娘。止不过赶嫁妆，误了又何妨!（其六）

曲中塑造了一对青年男女谈情说爱的情景，声口毕肖，大胆泼辣，毫不掩饰地向对方坦露自己的欲望，于浑俗中流淌着可爱可人的本色。语言执着有力，颇有民歌小调的风情。

白朴与当时其他曲家如关汉卿、马致远等有着不同之处。关汉卿沉落民间，做了“浪子班头”，作品中处处洋溢着风流才子的激情，白朴虽也风流放浪，却更多是“烟波钓叟”式的学士风流；马致远羁旅奔波，壮志难酬，满腔幽怨，白朴却彻底放弃了功名利禄，诗酒人生。白朴既没有关汉卿那么多激愤，也没有马致远那么多牢骚，他是一位“诗酒天真”的隐士，是一位“傲杀人间万户侯”的文人，他的抑郁与悲愤都隐含在优哉游哉的高雅气度中。

白朴一生致力于杂剧、散曲的创作，散曲令、套皆备，清丽超旷，文词华赡，深沉放达，“当歌对酒，感事兴怀，皆自肺腑流出”（元·王博文《天籁集序》）。他以诗文入曲，于绮丽中含朴质，清新中蕴豪放，代表了元代散曲的最高成就，故有学者盛赞白朴“在同辈作家中当推为第一人”[1]。

2. 卢挚：师表当代

卢挚是元初诗、词、文、曲皆颇负盛名的达官文人，文与姚燧齐名，世称“姚、卢”；诗与刘因比肩，世称“刘、

[1] 李昌集：《中国古代散曲史》，上海：华东师范大学出版社，1991 年，第 494 页。

◎ 李修生辑笺《卢疏斋集辑存》书影

卢”。[1]但在文学史上卢挚却以散曲家著称后世，《录鬼簿》列于“前辈名公”，《太和正音谱》列入“词林英杰”。元初曲家“踵金宋余习，率皆粗豪衰恭，涿郡卢公始以清新飘逸为之倡”（元·苏天爵《滋溪文稿·书吴子高诗稿后》），可见其散曲风格基本倾向是清丽“媚妩，如仙女寻春，自然笑傲”（元·贯云石《阳春白雪·序》），是元前期清丽派的重要代表曲家。

卢挚（1243?—1315后[2]），字处道，一字莘老，号疏斋，又号嵩翁，涿郡（治今河北涿州）人。作为元代散曲家中为数不多的汉族高官之一，他曾任陕西提刑按察使、河南府路总管，大德年间（1297—1307）任集贤学士、岭北湖南道廉访使

---

[1] （清）顾嗣立《元诗选》：“推能文辞有风致者曰姚（燧）卢（挚），推诗家必以刘静修（刘因）与疏斋（卢挚）为首。”

[2] 卢挚的生卒年文献无载，今人研究其生年有1235年（姜亮夫）、1242年（李修生、吕薇芬）、1248年左右（张建清）、1249年（罗慷烈）；其卒年有1300年（姜亮夫）、1311年（李修生、张建清）、1315年之后（吕薇芬）、1314—1315年间（罗慷烈）。诸家研究分见于：姜亮夫《历代人物年里碑传综表》，李修生《元代文学家卢疏斋》（《北京师范大学学报》，1982年第6期），吕薇芬《关于元散曲家卢挚的生平》（《中国古典文学论丛》1辑，1984年），张建清《卢挚生卒年考辨》（《晋阳学刊》，1986年第5期），罗慷烈《卢挚的出生、生卒年代及其佚作——兼评〈卢疏斋集辑存〉》（罗慷烈《两小山斋杂著》，中国和平出版社，1994年）。

等，官至翰林承旨。足迹遍及河北、陕西、河南、湖南等地，与散曲家白朴、姚燧、马致远、张可久等都有交往，与当时大都著名杂剧女演员朱帘秀往来密切且多有唱和。卢挚散曲今存小令120首，残曲1首，在前期曲家中数量仅次于马致远，位居第二。[1]

卢挚散曲题材广泛，几乎涉及咏史怀古、乐隐闲居、男女恋情、写景咏物等元代散曲的所有领域，但尤以咏史怀古的题材数量最多，约占作品总数的四分之一。经历元初这样一个饱经战乱之苦的时期，卢挚反思国家民族苦难皆源于宋朝腐败而致外族入侵，其曲借思古之幽情，悟世态之翻覆，叹人生之虚幻，慨时势之兴替。如［双调·蟾宫曲］《京口怀古·镇江》：

道南宅岂识楼桑，何许英雄，惊倒孙郎。汉鼎才分，流延晋宋，弹指萧梁。昭代车书四方，北溟鱼浮海吞江。临眺苍茫，醉倚歌鬟，吟断寒窗。

此曲通过追忆三国时期魏、蜀、吴三足鼎立至南北朝对峙的历史，映射辽、金、元及南宋改朝换代、分裂割据的局面。作为一介书生，面对海内一统的大宋王朝被“北溟鱼”吞

---

[1]　《全元散曲》辑其小令120首，另有残曲1首。李修生《卢疏斋集辑存》（北京师范大学出版社，1984年），辑得卢挚佚曲20余首。

噬的惨痛政局，作者怀念“车书四方”的清明时代，无奈中只得“醉倚歌囊，吟断寒窗”。其在异族统治下内心忧愤却又无可奈何的悲痛心境可想而知。这类咏怀历史遗迹的散曲以［双调·蟾宫曲］《××怀古》为题者共17首，抒发历史更替与世事沧桑之感。

此外，卢挚的散曲对张丽华、西施、绿珠、杨贵妃、萧娥、苏小卿、巫娥、商女等古代女子也有咏悼，其命意是借题发挥，或借佳丽悲剧命运感叹帝王因“万劫情缘”（［双调·蟾宫曲］《绿珠》）而亡国，或借红颜薄命感慨“料想人生，乐事难终”（［双调·蟾宫曲］《绿珠》）。如［双调·蟾宫曲］《丽华》：

叹南朝六代倾危，结绮临春，今已成灰。惟有台城，挂残阳水绕山围。胭脂井金陵草萋，后庭空玉树花飞。燕舞莺啼，王谢堂前，待得春归。

此曲慨叹陈后主逸乐荒淫，导致与宠妃张丽华投“胭脂井”亡国的结局。昔日奢华无比的结绮阁与临春阁“今已成灰”，胭脂井边青草萋萋，倾国倾城的宠姬与流光溢彩的玉树已然不再，唯有水绕山围的台城，在如雪的残阳下，向人们诉说着南朝六代的倾颓。作者借一系列人文意象，不仅表现了对陈朝灭亡的感叹，也表现了对南朝六代及历朝历代兴亡原因的认知。

◎ 卢挚墨迹

卢挚虽身居高位，但始终向往一种“乐以忘忧”的人生境界。故其散曲也多表达乐隐闲居的情志。此类散曲虽赞赏淡泊闲适的生活意趣，但是他向往的不是远离人间烟火的林泉深壑，而是充满生活情趣、淳朴而亲切的田园风情。如［双调 · 蟾宫曲］《田家》：

沙三伴哥来嗏，两腿青泥，只为捞虾。太公庄上，杨柳阴中，磕破西瓜。小二哥昔涎剌塔，碌轴上渰着个琵琶。看荞麦开花，绿豆生芽，无是无非，快活煞庄家。

此曲是当时农村质朴生活的剪影，用朴实的口语刻画了三个农村少年的生动形象。沙三、伴哥是北方农村对顽劣少年的称呼。沙三、伴哥在“两腿青泥”地捞虾，小二哥则“昔涎剌塔”。这样的描写极富乡村情调，充满生活情趣。乡土生活与俗语相得益彰，人物栩栩如生，情趣盎然多姿，表现了作者对田园生活的赞赏。

［双调·沉醉东风］《闲居》三首同样是用近乎口语的语言，书写农村生活的纯朴与欢乐，抒发对闲居隐逸生活的向往之情，读来妙趣横生：

雨过分畦种瓜，旱时引水浇麻。共几个田舍翁，说几句庄家话，瓦盆边浊酒生涯。醉里乾坤大，任他高柳清风睡煞。

恰离了绿水青山那答，早来到竹篱茅舍人家。野花路畔开，村酒槽头榨，直吃的欠欠答答。醉了山童不劝咱，白发上黄花乱插。

学邵平坡前种瓜，学渊明篱下栽花。旋凿开菡萏池，高竖起荼蘼架，闷来时石鼎烹茶。无是无非快活煞，锁住了心猿意马。

三首小令即紧扣一个“闲”字立意构思，曲中画面清晰，形象鲜明，情感真挚，极富表现力，生活情趣十足，表现出作者对山野生活的无限向往。

卢挚企盼放旷闲居，但他一生也未能真正享受到归隐的快乐，至多是在“力疾治事”后偶尔“恰离了绿水青山那答，早来到竹篱茅舍人家”，去享受一下“柳影中，槐阴下，旋敲冰沉李浮瓜”（［双调·沉醉东风］《避暑》）的农家生活，而“桑柘外秋千女儿，髻双鸦斜插花枝”（［双调·蟾宫曲］《寒食新野道中》）的赏心悦目也多是走马观花式地游览罢了。卢挚虽然渴望达到笑傲尘俗、超然物外的心灵境界，但这些及时行乐的喟叹只是他在为官疲惫时的一种感悟。纵使将高官厚禄视作虚名，他也是身在江湖，无法淡忘尘世，所以竹篱茅舍、闲居醉翁的快意只是作家的一种向往。

卢挚写男女恋情也十分在行。他与女艺人朱帘秀曾相知极深，有过一段风流情缘，曾作［双调·蟾宫曲］《醉赠乐府朱帘秀》一曲，对朱帘秀的仪态、才情、技艺给予了高度赞美，写出了朱帘秀超凡脱俗的娴雅风度，表现出对朱帘秀的爱重。分手时他又作［双调·寿阳曲］《别珠帘秀》：

才欢悦，早间别，痛煞煞好难割舍。画船儿载将春去也，空留下半江明月。

小令语短情长，欢情激荡。前三句直白口语，大胆泼辣。“才”字极言欢悦之短促，“早”字更显间别之骤然，这自然使人领会到作者与朱帘秀难以割舍的离愁别绪。后二句典雅婉曲，含蓄而有余味。采用象征手法，通过具体的形象来表现其离情如一江寒水，滔滔不绝；似冷月清辉，茫茫无际。全曲雅俗相融，各得其宜。朱帘秀读此曲，也用原曲牌作了《答卢疏斋》，情恨绵绵，感人至深，留下了一段曲坛佳话。

卢挚写男女之情的散曲，俗中见雅，清雅之气贯穿始终。这是卢挚与其他曲家同类题材散曲的不同之处。

小楼红，隔纱窗斜照月朦胧，绣衾薄不耐春寒冻。帘幕无风，篆烟消宝鼎空，难成梦，孤负了鸾和凤。山长水远，何日相逢？

（[双调·殿前欢]）

离人易水桥东，万里相思，几度征鸿。引逗凄凉，滴溜溜叶落秋风。但合眼鸳鸯帐中，急温存云雨无踪。夜半衾空，想象冤家，梦里相逢。

（[双调·蟾宫曲]《咏别》）

两首小令，一写朦胧月夜寂寞孤独“难成梦”，盼与亲人相逢的情怀；一写征夫离愁，借用荆轲“秋风易水”的故实，无限感伤溢于言表，写尽了人生离别的烦恼之情。全曲于清丽典雅、平淡朦胧中透出丝丝情缕，寓意情深。

写景咏物是卢挚散曲中的又一题材。卢挚一生四海为官，有机会领略大自然的美好风光，其散曲往往以自然轻松之笔描绘明丽的景物，风格清丽妩媚。如［双调·湘妃怨］《西湖》重头小令四首，分咏西湖春、夏、秋、冬四季之美景，其《冬》：

梅梢雪霁月芽儿，点破湖烟雪落时。朝来亭树琼瑶似，笑渔蓑学鹭鸶，照歌台玉镜冰姿。谁僝僽鸱夷子，也新添两鬓丝，是个淡净的西施。

此曲将冬日西湖夜雪初晴、银装素裹的绰约风姿表现得淋漓尽致。冬季最有特色的景象莫过于雪景。作者欲写冬日西湖，便抓住西湖的雪景加以描绘。在卢挚的笔下，西湖好似一面玉镜，映照着周围所有景物的冰洁之姿：宛若瑶台琼宫一般，冰清玉洁；仿佛是一位纯洁的少女，“天然去雕饰”。以比喻、拟人手法咏西湖雪霁，赋予西湖以淡净恬适的性格特征，给人以清丽淡雅、赏心悦目之感，令人心驰神往。又如［双调·折桂令］《红梅》：

缀冰痕数点胭脂，莫猜做人间，繁杏枯枝。天竺丹成，山茶茜染，照映参差。共倚竹佳人看时，索饶他风韵些儿。脉脉奇姿，应解痴翁，鉴赏妍媸。

此曲描绘的红梅，姿态、色调超凡脱俗，妩媚而不浅俗，

◎（元）邹复雷《春消息图》

秾丽而不妖艳，别是一番神韵。“丹成”与“茜染”突出红梅之红，“参差”“奇姿”表现风韵和姿态。此曲虽咏物，然并未刻画红梅的一枝一叶，只从神韵入手，点染情思。

卢挚作为元初第一位大量写作散曲的名公大臣，其散曲是从词到曲走向成熟的一个重要阶段。杨维桢将卢挚列为与关汉卿风格、成就相近的曲家：“士大夫以今乐府鸣者，奇巧莫如关汉卿、庾吉甫、杨淡斋、卢疏斋。”（《周月湖今乐府序》）姚云称颂他：“明公文学，师表当代。”（《答疏斋书》）正是由于卢挚等达官显贵的有力推动，散曲才成为一种与诗、词并列的文学体裁进入上层社会，进一步被更多的达官文人所认可和接受。

3. 马致远：曲中状元

马致远是元散曲前期清丽派的重要代表作家，杂剧、散曲双绝。杂剧《汉宫秋》有“元杂剧第一”的美誉，小令［越调·天净沙］《秋思》被誉为“秋思之祖”，故有“曲状元”之称，列名“元曲四大家”[1]。明代朱权《太和正音谱》将其列于元曲家187人之首，谓其曲“典雅清丽”，“有振鬣长鸣，万马皆喑之势。又若神凤飞鸣于九霄，岂可与凡鸟共语哉！宜列群英之上”。其散曲在数量上仅次于张可久、汤式、乔吉、张养浩而位列第五，在成就上则是“散曲史上坐第一把交椅的”[2]，所以有学者把他和后期的张可久并称为“元代散曲坛上的‘双璧’”[3]。可见马致远作为“元人称为第一”（明·王世贞《曲藻》）的“胜国名手”（明·王骥德《曲律》）确实是众望所归，当之无愧。

马致远（约1250—1324前后[4]），号东篱，大都（今北京）人[5]。自幼深受儒学熏陶，青年时热衷功名，曾献诗“龙楼”，可惜他生不逢时，统治者对汉人及知识分子的政策使他仕进无门，长期沦落于市井之中，在大都加入了元贞书会，成为一名

---

[1] 元人周德清《中原音韵序》：“乐府之盛之备之难，莫如今时……其备则有关、郑、白、马，一新制作。”明代何良俊《四友斋丛说》：“元人乐府称马东篱、郑德辉、关汉卿、白仁甫为四大家。”

[2] 刘荫柏：《马致远及其剧作论考》，北京：文化艺术出版社，1990年，第25页。

[3] 罗斯宁：《以剧曲为曲与以词为曲——马致远与张可久散曲之比较》，《东南大学学报（哲学社会科学版）》，2007年第5期。

[4] ［韩］李淑宁：《马致远生平新考》，《艺术百家》，2002年第1期。

[5] 马致远的籍贯一直存在争议，有诸如许州、集庆、东光、广平等说法。今从黄卉先生的考证结果（黄卉：《马致远生平籍贯考》，《文献》，1996年第3期）。

◎ 马致远故居

致力于元曲创作的“才人”。他在大都先后生活了约20年，故自谓“九重天，二十年，龙楼凤阁都曾见”（[双调·拨不断]）。大约在元贞（1295—1297）年间，他曾到杭州“任江浙行省务官[1]”（元·钟嗣成《录鬼簿》），从此在江南又度过了“二十年漂泊生涯”（[大石调·青杏子]《悟迷》）。虽有此任，但他一生抑郁不得志，最终无奈地退居林泉，在杭州郊外过着“闲快活”的隐居生活。他曾与卢挚、刘致、张可久等十多位曲家有所交往，互有唱和。其作品杂剧存目有15本，传世者7本，其中《汉宫秋》和《岳阳楼》在至元二十四年至二十八年间（1287—1291）已在江淮一带流行。散曲存小令115首，套

[1] 据考证，元朝于至元十三年（1276）置江淮行省，治扬州；至元二十二年（1285）改称江浙行省，治所迁杭州；后复迁扬州，仍旧称；至元二十八年（1291），再改为江浙行省，后遂成定制。马致远在行省改治时的1285年后出任此官，从此便定居杭州（参见徐沁君《元曲四大家名剧选·马致远小传》）。省务官，从五品，掌税收（《元史·百官志》），多招募汉人担任。

数16套，残套7套，[1]题材涉及怀古感时、咏志抒情、写景咏物、世俗风情、民间故事等，但以叹世归隐题材为数最多。

马致远在人生中有着极其强烈的功利之心，为了达到目的他还创作了“扇祥风太平朝世，赞尧仁洪福天齐”，“八方齐贺当今帝，稳坐盘龙亢金椅”（［中吕·粉蝶儿］）等歌功颂德、谄媚当朝的作品，可悲的是并未因此改变他官场失意的命运，只能混迹于市井勾栏或屈居于下僚小吏，因此也导致了他愤世嫉俗、抑郁难平的创作心绪。这种具有悲剧性的人生困境，在［南吕·金字经］《无题》中有充分的体现：

絮飞飘白雪，鲊香荷叶风，且向江头作钓翁。穷，男儿未济中，风波梦，一场幻化中。

担头担明月，斧磨石上苔，且做樵夫隐去来。柴，买臣安在哉？空岩外，老了栋梁材。

夜来西风里，九天雕鹗飞，困煞中原一布衣。悲，故人知未知？登楼意，恨无上天梯。

马致远早年的人生追求就是一心想登“上天梯”以施展其“栋梁”之才，然最终不过“一场幻化”梦，仍处于“困煞中原一布衣”“且向江头作钓翁”的困境。此曲充分地反映了

[1]　此据《全元散曲》所录。而《东篱乐府全集》著录其小令117首，套数22套，残套4套。

◎ 马致远［南吕·金字经］《夜来西风里》曲意图

马致远一生的尴尬境遇，表现了一个才情文人失意后的痛苦和寻求解脱的情感挣扎。从曲中我们可以感知其人生内在的矛盾冲突：一方面是传统文人自恃“栋梁才”“佐国手”的自信和豪情，一方面是“命里无时莫刚求”的自悯和绝望；一方面是“恨无上天梯”的自强不息、积极进取的入仕情怀，一方面是“人间宠辱都参破”的消极放旷、隐居山林的厌世心绪。进取绝望却故作超旷之态，超旷之中却难舍入世情怀，二者交互作用注定了他生命之中无法隐略的悲剧特性。因此，在其作品中无论是抒发积极进取的人生追求，还是表达参破荣辱的人生感悟，都深含着一种无法掩饰的消极厌世之音和无法克服的怨愤不平之气。因而其散曲中多有慨叹世事、感悟人生、抒写情怀的作品，较为典型者如套曲［双调·夜行船］《秋思》：

百岁光阴一梦蝶，重回首往事堪嗟！今日春来，明朝花谢，急罚盏夜阑灯灭。

［乔木查］想秦宫汉阙，都做了衰草牛羊野。不恁么渔樵没话说。纵荒坟横断碑，不辨龙蛇。

［庆宣和］投至狐踪与兔穴，多少豪杰。鼎足虽坚半腰里折。魏耶？晋耶？

［落梅风］天教你富，莫太奢，没多时好天良夜。富家儿更做道你心似铁，争辜负了锦堂风月？

［风入松］眼前红日又西斜，疾似下坡车。不争镜里添白雪，上床与鞋履相别。休笑巢鸠计拙，葫芦提一向装呆。

［拨不断］利名竭，是非绝。红尘不向门前惹，绿树偏宜屋角遮，青山正补墙头缺，更那堪竹篱茅舍。

［离亭宴煞］蛩吟罢一觉才宁贴，鸡鸣时万事无休歇，何年是彻？看密匝匝蚁排兵，乱纷纷蜂酿蜜，急攘攘蝇争血。裴公绿野堂，陶令白莲社。爱秋来时那些：和露摘黄花，带霜分紫蟹，煮酒烧红叶。想人生有限杯，浑几个重阳节？人问我顽童记者：便北海探吾来，道东篱醉了也。

此曲雅俗兼备，意蕴深邃，抒发了作者的人生感悟和疏放情怀，被誉为元代套曲“万中无一”（元·周德清《中原音韵》）的压卷之作。曲中一方面揭露了社会的争名夺利、钻营功名的丑恶现实，刻画了那些醉心于名利者如“密匝匝蚁排兵，乱纷纷蜂酿蜜，急攘攘蝇争血”的无耻丑态；一方面又热情歌颂了裴度、陶渊明等远离红尘、辞官归隐的人生境界。全套将人与景、雅与俗、情与理融为一体，深切透辟，意蕴悠长，生动感人，“纵横交错的视野，尖锐透辟的哲理，意蕴深长的意境，激越奔放的情感，放旷超脱的胸怀，交融成一个有机整体，在东篱之前，达此境界的无一人，在东篱之后也不多见”[1]，成为散套创作史上的一座高峰，标志着文人对套曲的创作已发展到了一个新的阶段，因而被誉为元曲散套中的“绝唱”。

由于官场的黑暗、种族的歧视以及道教的影响，马致远由热衷功名逐渐走上了不满时事、消极避世的道路，也终于认清了自己不过就是个“命薄的穷秀才”（［南吕·四块玉］《天台路》），并“无甚经济才”（［南吕·四块玉］《恬退》），直至离开官场，晚年隐居于杭州郊外，而“回首往事堪嗟”——“争名利，夺富贵，都是痴”（［南吕·四块玉］《叹世》之二），“楸梧远近千官家，一场恶梦”（［双调·拨不断］），

[1] 李昌集：《中国古代散曲史》，上海：华东师范大学出版社，1991 年，第 528 页。

什么功名利禄都不过是“繁华一梦”（［双调·新水令］《题西湖》套）。当马致远觉悟了功名利禄犹如一场梦，“不如醉还醒，醒而醉”（［双调·庆东原］），就真正过起了“会作山中相，不管人间事”的“林泉隐居”（［双调·清江引］《野兴》之六）的田园生活。集中表现其田园闲适生活的当是［南吕·四块玉］《恬退》（四首）和［双调·清江引］《野兴》（八首）、套曲［般涉调·哨遍］（半世逢场作戏）等。兹列《恬退》四首如下：

绿鬓衰，朱颜改，羞把尘容画麟台，故园风景依然在。三顷田，五亩宅，归去来。

绿水边，青山侧，二顷良田一区宅，闲身跳出红尘外。紫蟹肥，黄菊开，归去来。

翠竹边，青松侧，竹影松声两茅斋，太平幸得闲身在。三径修，五柳栽，归去来。

酒旋沽，鱼新买，满眼云山画图开，清风明月还诗债。本是个懒散人，又无甚经济才，归去来。

这组小令表达的是退隐后田园生活闲适快乐与悠然自得的情趣。所谓“东篱本是风月主，晚节园林趣”是在表明自己晚年的节操和爱好，也是对以往官场生涯的总结。曲中描摹出一幅无限风光的田园生活画卷：绿水、青山、翠竹、青松、黄菊之间自有“二顷良田一区宅”“竹影松声两茅斋”，这是何等优雅秀美的自然环境；“酒旋沽，鱼新买，满眼云山画图开，清风明月还诗债”，这是何等悠闲惬意的人生意境，较之陶渊明“采菊东篱下，悠然见南山”意趣更加超迈悠然，隐含着作者“闲身跳出红尘外”的淡泊和宁静，寄情山水的闲适和畅怀。这种闲适的生活状态也许未必是马致远亲历，但至少在其内心深处是极度渴望的。这种隐居自适是元代文人在特定的环境下所追求的一种理想的人生境界，是失意后的放达与超脱，是在愤懑中“归去来”。

马致远的咏史之作与叹世之作思想倾向基本一致，主要是感叹兴亡，抒怀不遇。如［双调·庆东原］《叹世》：

拔山力，举鼎威，喑呜叱咤千人废。阴陵道北，乌江岸西，休了衣锦东归。不如醉还醒，醒而醉。

小令是借项羽在楚汉相争中失败而自刎乌江的历史，抒发自己对功名之争“不如醉还醒，醒而醉”的人生态度。［南吕·四块玉］题下有10首以历史或传说为题材的怀古作品，《天台路》《紫芝路》《浔阳江》等数首则是吟咏几个古时的爱情故事，都是借历史人物抒发个人的哀怨与悲愁，这是其咏史之作的基本内容。

马致远写景之作清俊闲适，虽寥寥数笔，然意境无穷。

其笔下的景象多有一种世俗生活的气息，如［双调·寿阳曲］《远浦帆归》：

夕阳下，酒旆闲，两三航未曾着岸。落花水香茅舍晚，断桥头卖鱼人散。

◎ 马致远［双调·寿阳曲］《远浦帆归》曲意图

此曲大有“江村渔火”之意境。再如［越调·天净沙］

《秋思》[1]：

枯藤老树昏鸦，小桥流水人家，古道西风瘦马。夕阳西下，断肠人在天涯。

◎《天净沙·秋思》曲意图

此曲被誉为“秋思之祖”，写深秋季节游子羁旅天涯，目睹萧瑟苍凉之景而产生的无尽悲愁，千百年来广为传诵。这首小令，前三句用九种景物绘成一幅深秋孤旅图，写出了元代知

[1] 关于这首小令的作者，王国维在《宋元戏曲史·元剧之文章》中将其归于无名氏：“此词《庶斋老学丛谈》及元刊《乐府新声》，均不著名氏，《尧山堂外纪》以为马致远撰，朱竹垞《词综》仍之，不知何据。”李昌集《中国古代散曲史》则以此曲非马致远所作，“故本曲实是北地流传的无名氏曲”。作为传世名篇，作者之归属应不影响对作品的评价，今仍置马致远名下，特予以说明。

识分子欲投无门、怀才不遇的坎坷困顿，反映了那一时代汉族文人备受压抑的境遇和心态。后世遭遇困境的知识分子每读此曲，总能找到一种心灵的默契，激起无数读书人的情感共鸣，因此也赢得后世文人的极大青睐。

马致远不仅写景之作清新淡雅，描写恋情的作品也充满活泼的生活情趣。如［双调·寿阳曲］《无题》23首是其情词的代表：

从别后，音信绝，薄情种害煞人也。逢一个见一个因话说，不信你耳轮儿不热。（其五）

人初静，月正明，纱窗外玉梅斜映。梅花笑人休弄影，月沉时一般孤另。（其八）

思今日，想去年，依旧绿杨庭院。桃花嫣然三月天，只不见去年人面。（其十三）

相思病，怎地医？只除是有情人调理。相偎相抱诊脉息，不服药自然圆备。（其十六）

青纱帐，白象床，晚凉生月轮初上。谁家玉箫吹凤凰，教断肠人越添惆怅。（其十九）

蔷薇露，荷叶雨，菊花霜冷香庭户。梅梢月斜人影孤，恨薄情四时辜负。（其二十一）

因他害，染病疾，相识每劝咱是好意。相识若知咱就里，和相识也一般憔悴。（其二十三）

这组小令描写了女主人公对羁旅他乡的情人的深切怀念，文笔生动传神，不落俗套，感情深挚动人。文句又浅显易懂，妇孺能解，雅俗共赏。

马致远也有极风趣的谐俗之作，如套曲［般涉调・耍孩儿］《借马》，以严肃不拘的笔法，通过生动诙谐的细节描写和细腻的心理描摹，刻画了一位爱马如命的小市民的吝啬形象，曲中虽有嘲戏却无鄙薄轻蔑，其意就在从民间世俗攫取的生活情趣，而这恰是元散曲与传统诗词相比常透露着某种“俗”气的根本所在。

马致远的散曲多以诗文格调熔铸而成，其高明之处在于善于截取有典型意义的生活片段，或通过描摹人物言行，或以内心独白方式，或借助杂剧表现手法，揭示人物内心世界，表现人物鲜明个性。[1]正因为如此，明代蒋一葵称其散曲“放逸宏丽，而不离本色”（《尧山堂外纪》），明代王世贞称其曲作“大都是名言”，“疏俊可爱”（《艺苑卮言》）。

[1] 丁睿：《马致远散曲的艺术特点》，《贵州金筑大学学报》，2002年第2期。

叁

散曲：后期（1321—1368）作家作品

这一时期大致始于元仁宗延祐（1314—1320）末或英宗至治（1321—1323）年间，到1368年元朝灭亡。首先，前期的重要曲家关汉卿、白朴、王恽、姚燧、卢挚、马致远等在1321年前或稍后相继谢世，而张养浩、张可久、乔吉、徐再思、杨朝英、周德清、钟嗣成等后期代表曲家相继达到创作高峰，如张养浩虽已年达50岁，但其创作高峰则在至治元年（1321）致仕之后。其次，自张可久、乔吉及贯云石、薛昂夫等进入散曲的创作高峰以来，元曲的创作中心开始从以大都为中心的北方，真正转移到了以杭州为中心的江南。再次，这个时期出现了散曲的文献整理、理论总结等多种形式的元曲新成果，如周德清的《中原音韵》、杨朝英的《太平乐府》、钟嗣成的《录鬼簿》。再次，元曲的创作题材、写法、美学追求在这个时期都发生了显著变化，尤其是散曲从元初带着宋词的积习，到至元中后期脱离词风、形成独特成熟的曲风，而到延祐年间又逐渐向词回归，开始走上雅化的道路，从而也失去了繁盛期那种“本色”的特征，失去了鲜活的生命力和艺术特色，逐渐走向衰落。

（一）衰落期雅俗融合的作家

这一时期虽有张养浩这样的豪放派作家，但其风格也颇具清丽典雅的色彩，其他主要代表曲家如张可久、乔吉、徐再思等的创作都以清丽典雅为主，具有明显的雅化倾向。他们以弄曲为专业，讲究格律词藻，艺术上刻意求工，崇尚婉约细腻、典雅秀丽。元代少数民族的散曲代表作家贯云石、薛昂夫等也都出现在这一时期，表现出明显的中原文化和少数民族文化的高度融合的趋势。

1. 张养浩：都道好官人

张养浩是元代后期颇具代表性的仕途显达的散曲作家，也是比较多产的散曲作家。他的散曲作品题材广泛，但真正能体现其散曲影响的是那些数量不多的反映民生疾苦、忧国忧民的作品。张养浩把反映社会现实的重大题材引入散曲，拓宽了散曲的创作天地，成为散曲发展史上别开生面独具魅力的一位重要作家，其散曲作品也赢得了“如玉树临风”（明·朱权《太和正音谱》）的赞誉。

◎ 张养浩

张养浩（1270—1329），字希孟，号云庄，自称齐东野人，山东济南人。他是少有的几个《元史》有传的散曲作家之一，史称其幼年好学，少有才名。约元世祖至元二十五年（1288）前后，张养浩以山东东平学政入仕，后三年游京师，深得平章不忽木赏识荐拔，历任礼部令史、御史台掾史、中书省掾属等下级官吏等十余年。成宗大德九年（1305）授堂邑县（治今山东聊城堂邑镇）尹。武宗至大元年（1308）升为监察御史，至大三年因上疏直论时政而为当国者所不容，被定罪罢官。仁宗皇庆元年（1312）复出，历任陕西行台治书侍御史、礼部侍郎、礼部尚书等，在这期间与吴澄等主持了元代恢复科举后在仁宗延祐二年（1315）的第一次和延祐五年的第二次进士考试。英宗即位（1320），命为中书省参知政事，进入元朝的决策机构，但不久即因上书谏言激怒了英宗，于至治元年（1321）以父老为由辞官归隐故里。自公元1312年至1321年十年间，当是张养浩一生在政治上最得意的时期。归隐八年间先后拒绝了朝廷的七次征聘，隐居不出。文宗天历二年（1329）关中大旱，诏命为陕西行台中丞前往赈灾，张养浩“闻命，即

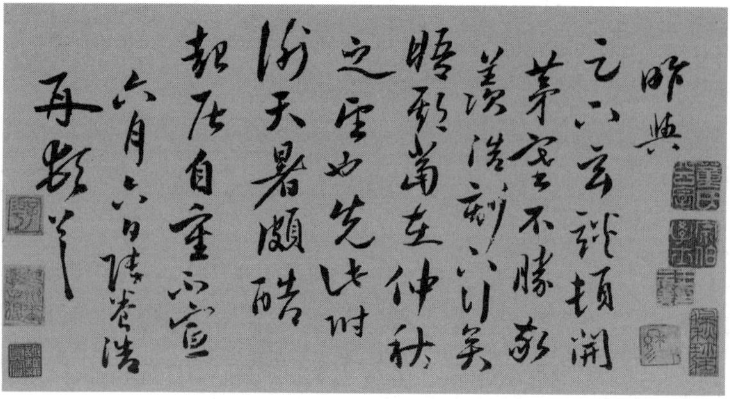

◎ 张养浩书法作品

散其家之所有与乡里贫乏者”然后赴任，到任四月而卒，封滨国公，谥文忠。有诗文集《归田类稿》，其散曲收入《云庄休居自适小乐府》。

张养浩与姚燧、元明善等散曲作家多有交往，存世的散曲有小令161首，散套2套，大都是至大三年（1310）罢官闲居之后所作，其创作高峰和代表作品大都在1321年归隐后的8年间。题材一是反映民生疾苦及忧民情怀，二是反映隐居生活的闲情逸致和自然山水。

关心社会时事、哀叹民生疾苦，在张养浩的散曲作品中虽然涉及数量不是太多，但已属难能可贵。元代的散曲作家大都以作家个人为中心，热衷于写人生感愤、逍遥放达、隐逸乐闲、恋情思绪和山水情怀等题材内容，对于社会时政、民生疾苦等似乎漠不关心。张养浩与他们相比则有所不同，他自幼深受儒家思想道德浸润，为官清正爱民，“居庙堂之高则忧其民，处江湖之远则忧其君”，任官30多年直言劝谏，关心民生疾苦，勇于为国受命，这在其散曲作品中有一定的体现，其中最著名的是［中吕·山坡羊］《潼关怀古》：

峰峦如聚，波涛如怒，山河表里潼关路。望西都，意踌躇，伤心秦汉经行处，宫阙万间都做了土。兴，百姓苦！亡，百姓苦！

元代散曲作家笔下的山水风月、牢骚怨叹、恋情相思不可谓不好，但其中所缺少的正是张养浩这种富有社会使命感的哀民散曲。他清醒地认识到无论历代王朝的盛衰与兴亡都改变不了百姓受苦受难的悲惨命运，“兴，百姓苦！亡，百姓苦”，仅仅八字饱含着作者无限深切的悲天悯人之心，其对历史认识的深刻程度绝不亚于任何一位社会学家、历史学家，可谓元散曲中的千古绝唱！像张养浩那样勤于民事、哀于民忧于民者，在元曲作家中极为罕见，这与张养浩作为封疆大吏的特殊社会地位和人生追求密切相关。

张养浩作为元代中期一位刚正不阿、直言敢谏、政绩卓著的清官，因得罪权贵先后被罢官或被迫归隐两次凡十年，两次归隐闲居的生活，使其在回味官场的体验中冷静地思索历史和现实，进一步感悟到官场的险恶。他在［双调·水仙子］《隐逸》中写到：

中年才过便休官，合共神仙一样看，出门来山水相留恋。倒大来耳根清眼界宽，细寻思这的是真欢。黄金带缠着忧患，紫罗襕裹着祸端，怎如俺藜杖藤冠？

这当是他第一次被罢官时所写，当时40岁刚过，正是“中年才过便休官”的年龄。此时他虽然已经认识到“黄金带缠着忧患，紫罗襕裹着祸端”的官场险恶，可是他的思想并不平静，对仕途的追求并未真正放弃：

在官时只说闲，得闲也又思官，直到教人做样看。从前的试观，哪一个不遇灾难？楚大夫行吟泽畔，伍将军血污衣冠，乌江岸消磨了好汉，咸阳市干休了丞相。这几个百般，要安，不安，怎如俺五柳庄逍遥散诞？

（［双调·沽美酒兼太平令］《叹世》）

这次的退隐是被迫的，他的心里非常矛盾，只好用历史上某些失败人物来自我安慰，但内心里仍然渴望有机会来实现“济苍生”的政治理想，“得闲也又思官”正是他当时最真实的心里感叹。所以两年后，当武宗病死、仁宗继位，朝廷再次起用他时，张养浩便满心欢喜、义无反顾地再次踏入了官场，成就了他后来官场最得意的十年辉煌。应该说，当至治元年（1321）他再次被迫辞官时才对仕途彻底绝望和放弃。他在此时创作的［中吕·普天乐］《辞参议还家》中写道：

昨日尚书，今朝参议。荣华休恋，归去来兮！远是非，绝名利。盖座团茅松阴内，更稳似新筑沙堤。有青山劝酒，白云伴睡，明月催诗。

又如［中吕·山坡羊］《述怀》：

休图官禄，休求金玉，随缘得过休多欲。富何如？贵何如？没来由惹得人嫉妒，回首百年都做了土。人，皆笑汝；渠，干受苦！

在这两首散曲里坚定地表达了“荣华休恋，归去来兮！远是非，绝名利”的归隐意志，和“休图官禄，休求金玉”“富何如？贵何如”的绝意仕进的人生态度，所以才有归隐“山中八九年，七见征书下日边”的事情，面对朝廷的屡次征召就是坚辞不出，似乎真的成为一名隐士。

但是，深受儒家思想浸润的中国知识分子，永远也无法放弃对国家社稷、对黎民苍生的社会责任。张养浩虽然不再贪恋功名利禄，但他仍然无法放下内心深处的忧国忧民的情怀，当天历二年关中大旱民不聊生，朝廷召他任陕西行台负责赈灾时却不再推辞，在散家财后毅然登车赴任。对于此番再度出山，他在［南吕·西番经］《乐隐》中表白了自己的心迹：

天上皇华使，来回三四番，便是巢由请下山。取索檀，略别华鹊山。无多渐，此心非为官。

既然是“无多渐，此心非为官”，那么这位已近耳顺之年的老人所为的就只有“兴，百姓苦！亡，百姓苦”的爱民情怀了。这是张养浩的可贵之处，也是所有接受了儒家“民为贵”

思想熏陶的知识分子的可贵之处。也正因为这种可贵的民本思想的影响，张养浩才能把自己的生命献给灾民，并写出了那些哀民忧民的散曲作品。他当时的心情是：

> 无穷名利无穷恨，有限光阴有限身，也曾附凤与攀鳞。今日省，花鸟一般春。
>
> （[中吕·喜春来]《隐逸》）

这次陕西任职救灾的时间不过短短的四个月，却成为他人生的一次重大转折，也成就了他散曲创作中的重大突破，即从抒发个人的隐逸闲情，开始转向社会民生的重大题材。他在这短暂却意义非常的人生最后阶段，写出了其散曲创作中最有价值的作品，他的代表作小令[中吕·山坡羊]《潼关怀古》就是此时作品。又如[中吕·喜春来]《赠廉能》中有：

> 亲登华岳悲哀雨，自舍资财拯救民，满城都道好官人。还自哂，比颜御史费精神。
>
> 路逢饿殍须亲问，道遇流民必细询，满城都道好官人。还自哂，只落得白发满头新。
>
> 乡村良善全生命，廛市凶顽破胆心，满城都道好官人。还自哂，未戮乱朝臣。

这些作品或记述他“自舍资财拯救民”的善行义举，或表现他“路逢饿殍须亲问，道遇流民必细询”的亲民爱民的官德，或表现他“廛市凶顽破胆心”的惩处奸恶的官威，从而赢得了“满城都道好官人”声誉。

◎ 张养浩云庄别墅所藏旧物“水月松风”石屏

为了解除陕西大旱，张养浩曾“亲登华岳悲哀雨”，祈祷上天降雨以救万民。或许是他的爱民之心和善行义举感动了上苍，就在他“祷雨于岳祠，泣拜不能起”的时候，“天忽阴翳，一雨二日；及到官，复祷于社坛，大雨如注，水三尺乃止，禾黍自生，秦人大喜”（《元史·张养浩传》）。张养浩刚一到任就天降甘露，他更是喜不自胜，连写了小令［双调·得胜令］《四月一日喜雨》以及散套［南吕·一枝花］《咏喜雨》：

万象欲焦枯，一雨足沾濡。天地回生意，风云起壮图。农夫，舞破蓑衣绿。和余，欢喜的无是处！

（［双调·得胜令］《四月一日喜雨》）

用尽我为民为国心，祈下些值玉值金雨。数年空盼望，一旦遂沾濡。唤省焦枯，喜万象春如故。恨流民尚在途，留不住都弃业抛家，当不的也离乡背土。

［梁州］恨不的把野草翻腾做菽粟，澄河沙都变化做金珠，直使千门万户家豪富。我也不枉了受天禄。眼觑着灾伤教我没是处。只落的雪满头颅。

［尾声］青天多谢相扶助，赤子从今罢叹吁。只愿的三日霖霪不停住，便下当街上似五湖，都淹了九衢，犹自洗不尽从前受过的苦！

（［南吕 · 一枝花］《咏喜雨》）

这场“唤醒焦枯”“天地回春”的一场及时雨令他兴奋得手舞足蹈，为“赤子从今罢叹吁”而感到由衷喜悦，其意义可与杜甫《春夜喜雨》、苏轼《喜雨亭记》相媲美。曲中一方面抒发了久旱逢甘雨的喜悦和快慰，一方面又表达了对仍处于困境的黎民百姓的悲悯之情，至今读来仍令人感动不已。正因为这种解生民于涂炭、救百姓于水火的情怀，使他在陕西赈灾中殚精竭虑，“出币发粟，全活生灵，不知纪极”，终因积劳成疾而亡，“秦民闻之，疾首痛哭”，并在曲江池畔建祠纪念。

张养浩称得上是位中国老百姓心目中理想的廉政爱民的清官，总结三十年的官场经历和历史教训，使他明白了许多为官之道，并以此来告诫人们“休行非义”“休图官禄，休求金玉”“休趋富汉欺穷汉”，他晚年的理想人生境界是：

于人诚信，于官清正，居于乡里宜和顺。莫亏心，莫贪名，人生万事皆前定，行歹暗中天照临。疾，也报应；迟，也报应。

（［中吕 · 山坡羊］《述怀》）

骊山屏翠，汤泉鼎沸，说琼楼玉宇今俱废。汉唐碑，半为灰，荆榛长满繁华地，尧舜土阶君莫鄙。生，人赞美；亡，人赞美。

（［中吕 · 山坡羊］《骊山怀古》）

其所表现出的“诚信”“清正”“和顺”观念以及对“尧舜”的崇拜，完全是中国先秦儒家思想的体现。他在［中吕 · 山坡羊］《述怀》中劝诫人们：

无官何患？无钱何惮？休教无德人轻慢。你便列朝班，铸铜山，止不过只为衣和饭，腹内不饥身上暖。官，君莫想；钱，君莫想。

休学谄佞，休学奔竞，休学说谎言无信。貌相迎，不实诚，纵然富贵皆侥幸，神恶鬼嫌人又憎。官，待怎生；钱，待怎生。

所谓的“官”与“钱”，实际上讲的是“富贵”与“诚信”之间的辩证关系，如同一位德高望重的长者在劝导自己的亲人，娓娓如叙家常，平淡如吐心声，饱含着深刻的人生哲理和无限的情感期待，虽清和而威严，令人不敢有一点点的亵渎轻慢。

张养浩的散曲创作题材比较广泛，在两次归隐闲居的十年间写下了大量的体现隐居生活闲情逸致和歌咏田园风光的散曲作品，但其风格或真朴沉郁如前论之《潼关怀古》；或豪放清逸如［双调·雁儿落带得胜令］《知机》：

云来山更佳，云去山如画。出因云晦明，云共山高下。［得胜令］倚仗立云沙，回首见山家，野鹿眠山草，山猿戏野花。云霞，我爱山无价。看时行踏，云山也爱咱。

开篇四句［雁儿落］写浮云与青山相映成趣、绮丽多姿的变幻，语言简约而意境宏阔生动。下曲［得胜令］由“云山”写到“人家”，写主人公被云山之间美景所陶醉，更为清逸的是“野鹿眠山草，山猿戏野花”，宛如人间仙境般的淡雅恬静，“我爱山无价”“云山也爱咱”，作者与云山似乎是一对相互倾心、脉脉含情的恋人。全曲行文自然流畅，意境清俊疏放，写景述怀相益生辉，颇得传统诗词共有的艺术精妙。“仁者爱山”，是说仁德之人的情怀志向犹如高山一样的崇高开阔，张养浩的仁者情怀不仅从济世忧民的行为中可以看到，也可从此曲爱山恋山的旨趣中体现出来。又如［双调・折桂令］《凿池》：

般勤凿破苍苔，把湖泺风烟，中半分开。满意清香，尽都是千叶莲栽。看镜里红妆弄色，引沙头白鸟飞来。老子方才，陶写吟怀，忽见波光，摇动亭台。

此曲语虽不奇而意境灵动，“老子”二句“清逸”中透着几分“豪气”，是全曲恬淡意境的点睛之笔，而末二句“忽见波光，摇动亭台”更是绝妙之笔，富有艺术韵味，然又极自然而不露雕饰之痕，堪称元散曲中一流作品。

在豪放清逸的作品之外，张养浩也有一些近似卢挚明丽风格的散曲，其中较有代表性的有［双调・水仙子］《咏江南》以及［双调・殿前欢］《对菊自叹》：

一江烟水照晴岚，两岸人家接画檐，芰荷丛一段秋光淡。看沙鸥舞再三，卷香风十里珠帘。画船儿天边至，酒旗儿风外飐。爱杀江南！

（［双调・水仙子］《咏江南》）

◎［双调·水仙子］《咏江南》曲意图

可怜秋，一帘疏雨暗西楼。黄花零落重阳后，减尽风流。对黄花人自羞。花依旧，人比黄花瘦。问花不语，花替人愁。

（［双调·殿前欢］《对菊自叹》）

这两首小令从锤字炼句到境界所体现出来的艺术特色都与卢挚的清丽作品极为相似。《咏江南》写江南秋季却没有萧瑟愁杀之感，将江南优美的自然景象与繁华富庶错落成文，写出了元时江南水乡特有的祥和景象，构成了一幅生动的江南风俗画卷，深切地表达对江南的热爱与赞美之情。

《对菊自叹》当是作者辞官归隐时所作，以暮秋黄花为背景，烘托渲染自己高雅惆怅的情怀。“可怜”一词确定了此曲的情感基调，并作为情感线索贯穿始终。北方秋天的雨后“黄花零落”“减尽风流”固然令人怜惜感伤，此曲妙在不单是人怜自然的菊花，而在自然之物的“花替人愁”，原因是人与黄花相比，人之零落更甚于花——“人比黄花瘦”，所以面对“黄花人自羞”可怜可叹。此曲意境凄美，清丽婉约，以菊喻人，隐喻着作者对自我人生“凋零”的感叹，引发世间多少失意之人的强烈共鸣。

2. 张可久：词林宗匠

张可久是元散曲后期清丽派最重要的代表作家，也是元代第一高产的散曲作家。他不涉杂剧而专写散曲，小令尤著，备受时人推重，成为当时曲家的一面旗帜。贯云石评其散曲“文丽而醇，音和而平”，可“奴苏（轼）隶黄（庭坚）”（《今乐府序》），认为其在元曲中的地位超过苏轼、黄庭坚在宋代诗坛上的地位；明代宁王朱权称其“诚词林之宗匠也”（《太和正音谱》）。他与乔吉在散曲雅化、完善曲体方面都有特殊贡献，被并称为“曲中双璧”，甚至认为“乐府之有乔、张，犹诗家之有李（白）、杜（甫）”（《乔梦符小令·序》），但是明清人或以“乔（吉）多凡语，似又不如小山（张可久）更胜”（明·王骥德《曲律》），“惟张（可久）尤悠然独远耳”（刘熙载《艺概·词曲概》）。可见张可久确为元代后期散曲创作的“一代巨手”“曲中翘楚”。

◎ 张可久

张可久（1280—1352前后[1]），名久可，字可久，号小山，庆元（治今浙江宁波）人，晚年居杭州。其仕历据《录鬼簿》

[1] 杨镰：《张可久行年汇考》，《文学遗产》，1995年第4期。

记载，曾由“路吏转首领官”[1]，此外还任过昆山幕僚[2]、桐庐典史[3]、监税松源，也曾在会稽、三衢等地任职[4]。他一生奔走官场，多任幕僚和小吏，足迹遍及浙江、江苏、安徽、湖南、江西等地，但主要活动都在元代江浙行省（治今浙江杭州）域内。当时元曲的创作活动中心已转移到江南，所以张可久和当时的曲家都有交往，与卢挚、贯云石、刘时中、大食惟寅等著名曲家多有唱和。他的散曲被江浙儒学副提举钱惟善称誉为“君家乐府号《吴盐》，况是风姿美笑谈。公干才名倾邺下，小山词赋擅江南”（《送小山之桐庐典史》）。大食惟寅也称其为“词林谁出先生右？独占鳌头”，“声传南国，名播中州”（［双调·燕引雏］《奉寄小山先辈》）。元代就有他的散曲集《今乐府》《吴盐》《苏堤渔唱》及《小山乐府》等刊行于世，并得到明初大儒宋镰、方孝孺的校刻，《张小山小令》（二卷）是《四库全书总目》“词曲类”所收别集唯一存目的散曲集。《全元散曲》收其小令855首，套曲9套，数量占现存元散曲五分之一强。

张可久一生都在官场为吏，诗人的才情使他在官场抑郁

---

[1] 首领官：明代李开先在《张小山小令·序》中认为“即所谓民务官，如今之税课大使”。今人孙楷第说：“务官与首领官不同。务官掌收税，即宋、金所谓监当官。首领如都事、经历、知事，掌省署文牍，元人谓之佐幕。以其控辖属曾，故谓之首领官。开先以谓务官即首领官，其言殊不清晰。”

[2] 李祁《云阳集·跋贺元忠遗墨》可证。

[3] 钱惟善《江月松风集》有《送张小山之桐庐典史》可证。

[4] 张可久有［越调·柳营曲］《自会稽迁三衢》可证。

不得志，而终身为吏屈居下僚的经历又决定了他怨而不怒的人生态度，因此，其内心的思想情感和人生烦恼，自然难以无所顾忌、淋漓痛快地放开情怀加以倾诉。这种特殊的人生际遇在其散曲中常有体现，如［双调·庆东原］《和马致远先辈韵九首》（之五）：

诗情放，剑气豪，英雄不把穷通较。江中斩蛟，云间射雕，席上挥毫。他得志笑闲人，他失脚闲人笑。

九首小令皆以“他得志笑闲人，他失脚闲人笑”作结，这正是他多年混迹官场的人生感悟。他身为僚属小吏在达官显贵前的卑微和任人驱使的劳碌，使他更羡慕那种“难开眼，懒折腰，白云不应蒲轮召”（《和马致远先辈韵九首》之六）的人生清高，也向往“门长闭，客任敲，山童不唤陈抟觉”（《和马致远先辈韵九首》之二）的人生闲适。他也深知官场人心的险恶，甚至在描写景物时也融入了这种情绪：

绝顶峰攒雪剑，悬崖水挂冰帘，倚树哀猿弄云尖。血华啼杜宇，阴洞吼飞廉，比人心山未险。

（［中吕·红绣鞋］《天台瀑布寺》）

这首小令描写山崖冰雪的奇绝及各种景物的幽凌，而他从中领悟到的竟是“比人心山未险”。作为一个读书人，为生计所迫，他选择了谋生官场的人生道路，而屈居下僚显达无望，其内心的凄怆和幽怨在作品中时时可见：

> 美人自刎乌江岸，战火曾烧赤壁山，将军空老玉门关。伤心秦汉，生民涂炭，读书人一声长叹。
>
> （［中吕·卖花声］《怀古二首》之二）

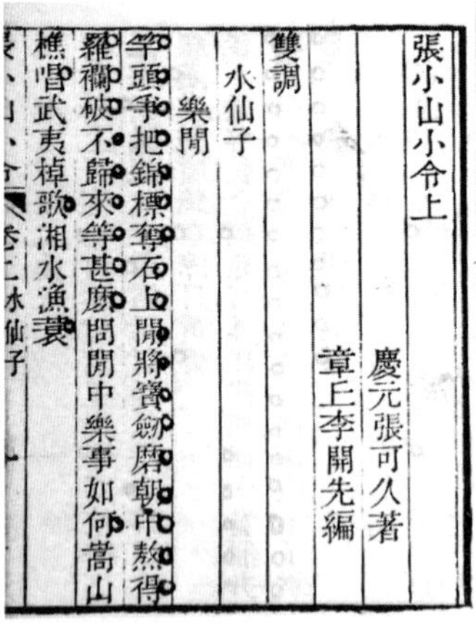
張小山小令上
慶元張可久著
章上李開先編
雙調
水仙子
樂閒
竿頭爭把錦標奪石上閒將寶劍磨朝中熬得
羅襴破不歸來等甚麽問閒中樂事如何嵩山
樵唱武夷棹歌湘水漁蓑

◎《张小山小令》书影

面对历史的沧桑巨变和民生涂炭，作为一介书生所能做的只是“读书人一声长叹”。此曲借助思古之幽情，表达的仍是个人命运的哀叹。他也有类似乔吉“不占龙头选，不入名贤传”的想法，但他的“名不上琼林殿，梦不到金谷园”（［双调·水仙子］《次韵》）仅仅是一种自我表白而不是人生信念，事实是“春花秋月诗才，两字功名困尘埃”（［中吕·红绣鞋］《次归去来韵》），直到悬车之年（70岁）还在为“昆山幕僚”的职位而努力，所以自然就有了“望长安，前程渺渺鬓斑斑”（［双调·殿前欢］《客中》）的悲情。因此张可久也时常有功名不就归隐田园的动念，特别是在其晚年，如［双调·水仙子］《归兴》：

淡文章不到紫薇郎，小根脚难登白玉堂，远功名却怕黄茅瘴。老来也思故乡，想途中梦感魂伤。云莽莽冯公岭，浪淘淘扬子江，水远山长。

此曲可视为作者晚年对自己人生的总结："淡文章"句是指散曲这一新诗体尚不被权贵认同，"小根脚"句说他出身微寒难以显贵，"远功名"句是说放弃小吏的职位怕无计生活，此时回望来路可谓"水远山长"，令人"梦感魂伤"，自然会生出"一身行路难，两鬓秋霜染，老来莫起功名念"（［正

◎［双调·水仙子］《归兴》曲意图

宫·塞鸿秋]《道情二首》之二）的无奈和凄惶，而思乡归隐的心绪变得格外强烈。

归隐是历代诗人大都喜欢的主题，在元代由于文人普遍感到仕进无望而格外盛行。张可久在游思、酬唱、春情、秋愁、唱和等作品中也常常流露出对归隐田园和闲适生活的向往。其中《乐闲》《山中》两曲颇具意趣：

远是非，寻潇洒，地暖江南燕宜家，人闲水北春无价。一品茶，五色瓜，四季花。

（[南吕·四块玉]《乐闲》）

寡见闻，乐清贫，逍遥百年物外身。麋鹿相亲，巢许为邻，仙树小壶春。住青山远却红尘，挂乌纱高卧白云。杏花村沽酒客，桃源洞打鱼人。因，闲问话到柴门。

（[越调·寨儿令]《山中》）

这两首曲子反映了他对官场是非生涯的厌倦，对“挂乌纱高卧白云”“一品茶，五色瓜，四季花”那种清幽生活的渴望，对“桃源洞打鱼人”“寡见闻，乐清贫”“麋鹿相亲，巢许为邻”那种恬静幽远生活的赞美，隐逸生活被他表现得深婉恬静，轻松优美。

张可久作为清丽派的代表，其作品以浓艳奇巧、典丽雅正为宗，有些作品甚至已具有词的意境和特色。如[商调·梧叶儿]《春日书所见》：

蔷薇径，芍药栏，莺燕语间关。小雨红芳绽，新晴绮陌干，长日绣窗闲，人立秋千画板。

这首描写春天景物的小令工丽含蕴，清丽典雅，炼句、对仗、用典、造境都具备了词的特点，与其说是曲无宁说是词，与元代前期散曲的真率自然的艺术特色大不相同。这在被后人高度评价的套曲［南吕·一枝花］《湖上晚归》中表现得更加完美：

◎［南吕·一枝花］《湖上晚归》曲意图

长天落彩霞，远水涵秋镜，花如人面红，山似佛头青。生色围屏，翠冷松云径，嫣然眉黛横。但携将旖旎浓香，何必赋横斜瘦影。(［梁州］略)

［尾］岩阿禅窟鸣金磬，波底龙宫漾水精。夜气清，酒力醒，宝篆销，玉漏鸣。笑归来仿佛已二更，煞强似踏

雪寻梅灞桥冷。

这组散套语言隽永，对仗工整，意境清幽，勾画出西湖恬雅秀丽的景色。其中化用前人名句如［一枝花］首四句及“横斜瘦影”等比比皆是，且多用典故，凡此则竭力另出新意，表现出明显的骚雅典丽的艺术特色，与词作相比几乎无二。

正是张可久的人生经历和艺术素养，决定了其散曲遣词精巧、文词绮秀、整饬雅丽的创作风格和艺术特色。前人有评论他的散曲“清而且丽，华而不艳，有不食烟火食气”（明·朱权《太和正音谱》）；称他为“词中仙才”（明·李开先《张小山小令·序》）；许光治说他“俪辞追乐府之工，散句撷唐宋之秀”（《江山风月谱》），意思是说张可久凝字炼句的功夫已经达到出神入化的境界。他们都从自己的艺术欣赏眼光出发，大大肯定了张可久清丽雅正的艺术特色。

张可久的散曲虽以清丽著称，但也有一些以俗语、口语入曲的雅俗兼赅的作品，一些不乏真率疏放的曲作，特别是一些闺思艳情之作，其中最具代表性的是［越调·寨儿令］《次韵》：

你见么？我愁他，青门几年不种瓜。世味嚼蜡，尘事抟沙，聚散树头鸦。自休官清煞陶家，为调羹俗了梅花。饮一杯金谷酒，分七碗玉川茶。嗏，不强如坐三日县官衙？

此曲写弃官前后两种完全不同的生活情状，表现了作者对官场生活的厌倦和隐居田园的快意。用典虽多，但纯用通俗口语，用韵也带有浓厚的民间气息，本色当行，极具早期散曲自然本真的艺术特色，这在张可久的创作中实属罕见。再如［中吕·朝天子］《春思》《闺情》两曲：

见他，问咱，怎忘了当初话？东风残梦小窗纱，月冷秋千架。自把琵琶，灯前弹罢，春深不到家。五花，骏马，何处垂杨下。

（《春思》）

与谁，画眉，猜破风流谜。铜驼巷里玉骢嘶，夜半归来醉。小意收拾，怪胆矜持，不识羞谁似你。自知，理亏，灯下和衣睡。

（《闺情》）

两曲也能用口语、用白描的手法，通过闺房中“忘了当初话”的一句怨情悄语，把少妇娇嗔的神情描画得细腻鲜活；卧寝中“灯下和衣睡”的一个生活细节，把丈夫风流后的理亏心虚和少妇识破后的懊恼委屈表现得生动具体。两句常语常情在这里却成了巧思妙语，雅俗兼赅，自然天成。

其实张可久也是一个眠花卧柳的风流才子，他曲意周旋于官场四十年，常与官吏、名士交往应酬，这些人无不出入青楼歌肆，眠柳狎妓。所以在张可久的散曲中多有艳情之作，其中较为典型的如［仙吕·一半儿］《情》和《寄情二首》：

数层秋树隔雕檐，万朵晴云拥玉蟾，几缕夜香穿绣帘。等潜潜，一半儿门开一半儿掩。

（《情》）

寄情虚把彩笺缄，排砌偷将底句搀，隔帘怪他娇眼馋。话儿嘶，一半儿佯羞一半儿敢。

（《寄情二首》之一）

臂销闲把玉纤掐，髻袒慵拈金凤插，粉淡偷临青镜搽。劣冤家，一半儿真情一半儿假。

（《寄情二首》之二）

这三首小令皆以“一半儿”结句，将情场故事描写得深透入微，非深谙男女私情和风月场事者力所不能为，间有世俗口语入曲，更体现了当时的世俗人情，颇有几分放达疏狂的意趣。据说，元武宗曾在中秋夜“与嫔妃泛月禁苑太液池中，开宴张乐，令宫女披罗曳縠，前为八展舞，歌张可久［一半儿］词”（清·朱彝尊《日下旧闻》），可见他的作品也已流入禁苑。

与其典雅清丽的作品相比，这些口语化、世俗化的散曲确实描写细致，体验深切，给人以新奇的感受，读之令人怦然心动，因此也巩固了张可久在元代散曲创作中的特殊地位。

张可久散曲艺术特色主要表现在三个方面：一是讲究格律，用韵规正。元曲本以中原音为准，而张可久生长于江南，若非对格律与音韵深入推敲斟酌是难以达到完美的境地。如［中吕·红绣鞋］《次崔雪竹韵》等用“对偶、音律、语句、平仄俱好”，为“知音杰作也”（元·周德清《中原音韵》）。二是对仗工整，字句精巧。散曲常以口语、方言、衬字入曲，而张可久除少数作品如某些写恋情的小令外，则很少用口语、俗语，遣词命意必咀嚼英华，力求工巧奇秀。三是喜用典故，善化诗句，意境蕴藉典雅。也正因为如此，他的散曲创作太注重形式之美，过分追求典雅，总是以词法绳曲，加之思想情绪比较低沉，从而失去了前期散曲固有的鲜活辛辣、自然率真的本色之美和超迈放达的人文情怀。

3. 乔吉：江湖状元

乔吉是元代后期曲坛上少有的散曲、杂剧两栖的作家，而散曲的影响尤大，与张可久大致相当，二人在融汇雅俗、完善曲体方面都有特殊贡献，被并称为“曲中双璧”“曲中翘楚”“一代巨手”，甚至视二人为“曲中李（白）杜（甫）”[1]。无论这种比喻是否恰当，但至少说明乔、张二人

---

[1] （明）李开先《乔梦符小令·序》：“乐府（此指散曲）之有乔、张，犹诗家之有李、杜。”

◎ 乔吉

齐名曲坛，在散曲发展史上的地位和影响极其显赫。他一生浪迹江湖，寄情诗酒，留情青楼，所以其散曲多是啸傲山水、戏谑青楼之作。其散曲风格以清丽为归，雅俗兼赅，生动活泼，以奇制胜；其散曲创作讲究曲调和声律，少用衬字、衬句，表现出明显的雅化倾向，但仍能承继前期曲家的通俗泼辣的特色。

乔吉（约1275或1280[1]—1345），一作乔吉甫，字梦符，一作孟符，号笙鹤翁，又号惺惺道人。原籍太原，流寓杭州，是南方戏剧圈中最重要的作家和散曲名家。关于他的生平事迹，仅见钟嗣成《录鬼簿》（曹楝亭刊本）略有记载，称其“美容

[1] 《录鬼簿》说乔吉是卒于至正五年（1345），又说“江湖间四十年”，研究者据此推测乔吉的生年：李修生《乔吉集·前言》假定乔吉25岁开始浪迹江湖，推断其生年约为1280年；李昌集《中国古代散曲史》则以乔吉30岁开始浪迹江湖，推断其生年约为1275年。其生年无论是1275年还是1280年，都是一种推测，不可确信。

仪，能词章，以威严自饬，人敬畏之。居杭州太乙宫前，有题西湖［梧叶儿］百篇，名公为之序。江湖间四十年，欲刊所作，竟无成事者。至正五年（1345）二月，病卒于家”。又作吊词云：

平生湖海少知音，几曲宫商大用心。百年光景还争甚？空赢得，雪鬓侵，跨仙禽，路绕云深。

他一生未仕，漂泊江湖40年，足迹遍布大都、湖南、浙江、福建、江苏、安徽等地[1]，所到之处被视为文人雅士，所以有机会与地方高官名士相交往，成为地方大员的座上宾。同时他也和许多青楼歌伎交情深厚，仅其散曲所见就有十多位，他自称是“不应举江湖状元，不思凡风月神仙”，表现为十足的风流才子的名士派头。诗文多未传世，曾编撰杂剧11种，今仅存《金钱记》《扬州梦》《两世姻缘》3种，题材都是假托唐代著名文人韩翃与王柳眉、杜牧与歌女张好好、韦皋与妓女韩玉箫的恋情故事，都是典型的才子佳人戏，语言清丽俊雅，故事凄婉感人，其中不无作者的人生境遇和理想。

其传世的散曲在数量上仅次于张可久。《全元散曲》收

[1]　李修生《乔吉行踪考略》一文，根据乔吉的散曲记载考证，乔吉除在杭州定居外，还曾活动于湖南、浙江、福建、江苏、安徽等地。（载李修生等辑《乔吉集·附录》，太原：山西人民出版社，1988年）

其小令209首，散套11套，或为混迹江湖、穷困潦倒的伤情之作，或为寄情青楼、题赠歌伎的放情之作，或为交往达官、奉樽侍宴的应酬之作。内容以男女艳情最多，其次愤世、写景，风格属清丽派。而代表其散曲水平的精品多是咏物抒怀、写景遣兴一类的作品，表现出一个落魄文人无奈的人生追求和情感寄托，或歌咏逍遥自在的生活，或抒发散诞超脱的情怀。如［正宫·绿幺遍］《自述》：

不占龙头选，不入名贤传。时时酒圣，处处诗禅；烟霞状元，江湖醉仙。笑谈便是编修院，留连，批风抹月四十年。

此曲最能表达作者的人生情怀，虽然在仕途上“不占龙头选，不入名贤传”，功名无望，但作者以乐观旷达的态度，自谓独占天地自然之灵秀，享尽山林湖海之风光，快意于诗酒人生，故自称是“烟霞状元，江湖醉仙”，而朝中那些所谓满腹经纶的“编修”和官场只是他谈笑的对象，其人生最“留连”的则是四十年来“吟风弄月”的悠然自得的诗酒人生。这里的“批风抹月”是双关语，既指自然美景，也指风月场中的男女情爱。在［双调·折桂令］《自述》中也有相近的表示：

华阳巾鹤氅蹁跹，铁笛吹云，竹杖撑天。伴柳怪花妖，麟祥凤瑞，酒圣诗禅。不应举江湖状元，不思凡风月神仙。断简残编，翰墨云烟，香满山川。

曲中的“酒圣诗禅”“江湖状元”“风月神仙”都显现出了作家清高和风雅，这正是其布衣心理和名士情怀的客观表现。

在乔吉的时代，虽然朝廷恢复了科举考试，文人传统的仕途意识也开始复苏，然而残酷的现实让那些本已落寞的文人产生了更加强烈的失落感。在乔吉抒怀遣兴的作品中，潜在的仕宦意识和难以解脱的失落孤独感交织在一起，构成一种文人特有的悲情。这种悲情是当时有才华作家普遍的心态，［双调·水仙子］《寻梅》一曲最有代表性：

冬前冬后几村庄，溪北溪南两履霜，树头树底孤山上。冷风来何处香？忽相逢缟袂绡裳。酒醒寒惊梦，笛凄春断肠，淡月昏黄。

在这首曲子里“梅花”是一种象征，是作者所追寻的人生理想的象征。全曲从冬至前后的苦苦寻梅开始，以酒醒伤梅结束。首两句写作者对梅花艰苦的踏寻，最终在杭州的孤山上“忽相逢缟袂绡裳”，一下进入一个美丽销魂的神话境界：相传隋代的赵师雄在罗浮山梦遇“梅花仙子”一同饮酒，梦醒发现自己睡在一棵大梅树下（唐·柳宗元《龙城录》）。作者用此典的意思是说自己执着追寻的人生理想如同醉梦中“缟袂绡裳”的梅花仙子一样，在现实生活中是根本不存在的，她只是作者心灵上的一个梦幻，“酒醒寒惊梦，笛凄春断肠，淡月昏黄”三句写尽了梦醒后的伤感，当作者“酒醒”回到现实中时，“梅花仙子”已散去，只在作者的心灵上留下一缕令人心碎而无限凄怆的余香，现实是昏黄的月光映照着寒冷凄清的世界。“淡月昏黄”点明时间，烘托氛围，月光昏暗与断肠之笛一起，有声有色地再现了作者伤梅的心绪。这表面看是伤梅，实际上是作者借助梅花对人生理想无法实现的在无奈和清高心绪下产生的一种隐逸、风雅的情怀表达。

在乔吉的散曲中依托梅花来抒发类似情调的作品较多，如［中吕·山坡羊］《冬日写怀》（之三）：

冬寒前后，雪晴时候，谁人相伴梅花瘦。钓鳌舟，缆汀洲，绿蓑不耐风霜透，投至有鱼来上钩。风，吹破头；霜，皴破手。

其他如“愁缕成痕，一枕余香，半醉黄昏”（［双调·折桂令］《登毗陵永庆阁所见》）；“今日又逢冬至节。酒，何处赊；梅，何处折？”（［中吕·山坡羊］《冬日写怀》之一）；“淡淡梅魂。这气味温柔可人，那风流旖旎生春。声迹相闻，多少余芳，散在乾坤”（［双调·折桂令］《赠张氏天香善填曲时在阳羡莫侯席上》）；“坦然对客高轩，烂醉梅边，占得春先”（[双调·折桂令]《仲明同知坦然斋集苏老琵琶吴国良箫歌者王玉莲》）等，不仅体现出了乔吉的风雅和清高，更真实地反映出其心灵深处的冲突和悲苦。作为一名清客和江湖名士，他潇洒而放达；作为一个传统意识有所复苏的文人，一个有所追求而不能实现的才学之士和寄人篱下的布衣，他又显得孤独而冷漠，他只能感叹“多少余芳，散在乾坤”。而最能反映其人生境遇的是：

◎［中吕·山坡羊］《冬日写怀》曲意图

肝肠百炼炉间铁，富贵三更枕上蝶，功名两字酒中蛇。尖风薄雪，残杯冷炙，掩清灯竹篱茅舍。

（[双调·卖花声]《悟世》）

作者在历尽坎坷、饱经风霜后所悟出的人生意境是：人的情操和意志是历久磨炼则愈加坚定，富贵如黄粱一梦，功名如杯弓蛇影，“残杯冷炙”“清灯竹篱茅舍”的艰苦生活并不能改变其风雅和清高，具有一种儒家所倡导的“富贵不能淫，威武不能屈，贫贱不能移”的铮铮傲骨，这正是中国传统士人文化精神的写照。

乔吉是元代后期清雅一派的重要代表作家，这类散曲多是描写闺情之作，而宴饮赠答之作也多近典雅，表现出一定的散曲“词化”倾向。这类风格的代表作如：

红梨叶染胭脂，吹起霞绡，绊住霜枝。正万里西风，一天暮雨，两地相思。恨薄命佳人在此，问雕鞍游子何之。雁未来时，流水无情，莫写新诗。

（［双调·折桂令］《秋思》）

千山落叶岩岩瘦，百尺危栏寸寸愁，有人独倚晚妆楼。楼外柳，眉暗不禁秋。

（［中吕·喜春来］《秋望》）

两曲与宋词婉约一派的风格颇为相似，几乎读不出多少散曲的气息。元散曲的“词化”倾向早在元初已经出现，到后期开始趋于普遍，而乔吉的“类词化”散曲则是这一分界的一个非常重要的坐标：其这类散曲体现为婉约、幽深、缠绵，更注重文采，这与当时已恢复科举而文人受此影响欲恢复传统文人形象的意愿相契合。而现实是科举并未让其实现内心的寄望，因此乔吉的“类词化”散曲多以描写恋情之凄苦来抒发自己内心的伤情，以此来消解自己内心的凄苦，曲折反映了本时期一些文人共同的心理状态。

他与当时著名歌伎来往密切，或描写她们“脸儿嫩难藏酒晕，扇儿薄不隔歌尘。佯整金钗暗窥人。凉风醒醉眼，明月破诗魂，料今宵怎睡得稳”（［中吕·红绣鞋］《书所见》），或描绘她们“合欢髻子楚云松，斗巧眉儿翠黛浓。柔荑指怯金杯重，玉亭亭鞋半弓，听骊珠一串玲珑。歌触的心情动，酒潮的脸晕红，笑堆著满面春风”（［双调·水仙子］《赠姑苏朱阿娇会玉真李氏楼》），甚至要将她们“怀儿里放，枕袋里藏”。这说明他不仅是一个隐于诗酒的才子，还是一个放浪形骸于花柳丛中的狂士，是一个杜牧式的风流才子，所以他常以杜牧自况：“文章杜牧风流”，“老我江湖，少年谈笑，薄幸名留”。他所写的杂剧《扬州梦》也是他这种生活的写照。因为他在这方面有着深切的生活体验，故其笔下的恋情歌曲特别细腻生动，缠绵悱恻，深深地颤动着人们的心扉。但他并非彻底甘心于温柔香梦，仍渴望做一番轰轰烈烈的大事，因此才有“英雄事业何时办？空熬煎两鬓斑”（［南吕·玉交枝］《闲适》）的无可奈何的呐喊和悲叹。甚至自我解嘲说“黄金不富英雄汉，一片世情天地间”（［中吕·山坡羊］《寓兴》），确实有几分孤芳

◎［双调·殿前欢］《登江山第一楼》曲意图

自恋的味道。

元代的散曲作家大都具有这种双重人格和矛盾心态，使他们的散曲创造必然呈现出多样化的风格。乔吉也自不例外，他的散曲虽以典雅见长，但也不无豪放、冷峭、本色之作。明初朱权《太和正音谱》称其散曲“如神鳌鼓浪。若天吴跨神鳌，噀沐于大洋，波涛汹涌，截断众流之势”，指的大致就是其豪放一类的散曲，其代表作如：

拍阑干，雾花吹鬓海风寒。浩歌惊得浮云散，细数青山，指蓬莱一望间。纱巾岸，鹤背骑来惯，举头长啸，直上天坛。

（［双调·殿前欢］《登江山第一楼》）

此曲之豪气几不亚于李白，冷峭之风也是乔吉散曲极为突出的风格。明人王骥德、胡应麟称其散曲如同唐诗中李贺，指的主要是此类风格的散曲和其独特的境界。冷峭一类的作品如：

江南倦客登临。多少豪雄，几许消沉。今日何堪，买田阳羡，挂剑长林。霞缕烂谁家昼锦，月钩横故国丹心。窗影灯深，磷火青青，山鬼喑喑。

（［双调·折桂令］《毗陵晚眺》）

问荆溪溪上人家，为甚人家，不种梅花？老树支门，荒蒲绕岸，苦竹圈笆。寺无僧狐狸样瓦，官无事乌鼠当衙。白水黄沙，倚遍阑干，数尽啼鸦。

（［双调·折桂令］《荆溪即事》）

乔吉的若干曲作或多或少都浸着一股“冷”气，这与梦符的悲剧心理和孤独感正相应合。元散曲的“本色”之风是终有元一代但仍未消失的。

乔吉的散曲也有极本色之作，如：

怎生来宽掩了裙儿？为玉削肌肤，香褪腰肢。饭不沾匙，睡如翻饼，气若游丝。得受用遮莫害死，果诚实有甚推辞？干闹了多时，本是结发的欢娱，倒做了彻骨儿相思。

（［双调·折桂令］《寄远》）

此曲与前举典雅之作相比，其本色之风一目了然。但与前期马致远的曲作比较又多了一点“雅”的迹象，故明人李开先评其“句句用俗，而不失之文”，评价比较中肯，说明乔吉的散曲语言特点是将“文”与“俗”融合在一起。

由于乔吉散曲色彩斑斓，笔调通脱，喜用华美、工丽的语言描写艳情，很能投合封建文士们的口味，因此，他的杂剧在过去曾得到很高的评价。乔吉散曲内容驳杂，常于恬淡中透豪气，浓艳中含天然，雅秀中蕴清浅，热闹中寓凄凉，它始终融俗于雅，使散曲定位在雅俗兼赅的新层面上。在文化选择不断多元化的今天，乔吉散曲在文化导向方面发挥了更深远的意义。

4. 徐再思：相思高手

徐再思与张可久、乔吉同是元代后期清丽派的代表曲家。他的散曲以骚雅端丽见长。他专攻小令，以清丽精巧著称，在清丽柔媚之中饱含着一种俚俗轻快之风，时有神来之笔，常发“人不能道”之语，尤以写相思闺情冠绝于世，被称为写相思高手。近人吴梅称其“语语俊，字字绝，真可压倒群英，奚止为一时之冠”（《顾曲麈谈》卷下）。

徐再思（1285？—1345后[1]），字德可，自号甜斋，嘉兴（今属浙江）人。《录鬼簿·徐德可》（天一阁本）称其与张可

[1] 其生卒年文献无载，当今学界也无定论，今仅知与张可久、贯云石同时。赵义山认为其生年在1285年前后，卒年在1345年之后（赵义山：《元散曲通论》，上海古籍出版社，2004年，第292页）。此采用赵义山的说法。

◎ 徐再思

久“同时”，曾任“嘉兴路吏[1]……为人聪敏秀丽”。贾仲明《挽词》称其“交游高上文章士，习经书、看鉴史”，可见他也是位颇有学问的散曲作家。他一生的活动似乎仅限于江浙一带，其间曾离开故居，“旅寄江湖，十年不归”（清·褚人获《坚瓠集·丁集》），所以其散曲中有“十年不到湖山”（[双调·蟾宫曲]《西湖》）、“枕上十年事，江南二老忧”（[双调·水仙子]《夜雨》）等语。他的作品与当时自号“酸斋”的贯云石（1286—1324）齐名，但二人的散曲风格实有不同，贯云石的散曲大都豪放超逸，徐再思的散曲以清丽文雅为主，偶有豪放之篇。后世将二人的散曲合刊为《酸甜乐府》二卷，尽收徐氏的存世散曲凡小令103首，内容多为情思、归隐及景物、咏史等题材。

徐再思是散曲中抒写相思的第一高手，情思之作深沉隽

[1] 路吏，为元代诸路总管府属吏，无定制，随事繁简而配员额，级别较低。有众多的元曲作家曾做过此职。

秀，其中最受称道的是［双调·蟾宫曲］《春情》：

平生不会相思，才会相思，便害相思。身似浮云，心如飞絮，气若游丝。空一缕余香在此，盼千金游子何之。证候来时，正是何时？灯半昏时，月半明时。

此曲写一位情窦初开“才会相思，便害相思”的年轻女子的相思之情，首三句写少女初尝爱情的甜美便深深陷入不能自拔的相思之中。接着用“身似浮云，心如飞絮，气若游丝”三个比喻的手法，形容地写出了少女深陷思病之苦而坐卧不安、魂不守舍的神态，心烦意乱、恍惚迷离的心绪，以及相思成疾、气微力弱的病态。第七、八两句点出少女害相思病的病因，使她魂牵梦绕的是一位在外远游的富家“千金游子”，“空一缕余香在此”，望穿秋水般地企盼得到他的音信。最后四句以问答的方式指出少女苦思最难挨的“灯半昏”“月半明”的时刻，含蓄地表露出此时少女独守闺房的情感波澜和孤枕难眠的身心期盼。此曲对相思之情描写深切含蓄，真挚自然，极富意蕴，其意境比李清照词《声声慢》“乍暖还寒时候，最难将息。三杯两盏淡酒，怎敌他、晚来风急？……梧桐更兼细雨，到黄昏、点点滴滴”更加深切感人，写法更加大胆自然，把人们常说的“相思苦”描写得入木三分，惟妙惟肖。正因为如此，民国著名曲学家吴梅称此曲与［双调·蟾宫曲］《赠名姬玉莲》（荆山一片玲珑）为“镂心刻骨之作，直开玉茗（汤显祖）、粲花（吴炳）一派[1]”（《顾曲麈谈》卷下）。徐再思写相思的佳作还有［双调·水仙子］《春情》和［商调·梧叶儿］《春思》等。

九分恩爱九分忧，两处相思两处愁，十年迤逗十年受。几遍成几遍休，半点事半点惭羞。三秋恨三秋感旧，三春怨三春病酒，一世害一世风流。

（［双调·水仙子］《春情》）

这是一首由数字组成的绝妙散曲小令，在诗人的笔下，抽象的数字成为表达离情思绪的绝妙语言。前三句通过三组六个数字巧妙地表达与恋人分别的相思之情，以“九分”比喻爱情牵挂之深，以“两处”表达爱情的纯真，以“十年”说明两情相悦之久，但有一分恩爱，也就要付出一分忧念。十年之间有多少相思之苦，反反复复有多少情感的纠葛，最终也不过是说不尽的春愁秋恨，留下了一生也难以偿还的风流债！曲中“九”“两”“十”“几”“半”等数字重复嵌用，其中“三”嵌

---

[1] 玉茗即明代杰出戏剧家汤显祖（1550—1616），别号玉茗堂主人，代表作是《牡丹亭》（又名《还魂记》），与《邯郸记》《南柯记》《紫钗记》合称“玉茗堂四梦”。粲花指晚明著名戏剧家吴炳（1595—1648），编撰剧本多种，尤以《绿牡丹》《画中人》《西园记》《情邮记》《疗妒羹》五剧最为著名，后人合称为《粲花五种》，其中《绿牡丹》名列中国十大古典喜剧。

用四次，小令巧妙地吸收民歌中用数字进行修辞的创作手法，表达了两情之间的聚散离合与泣笑悲喜，为两情相思平添了多少缠绵和哀怨！

而［商调·梧叶儿］《春思》所写的则又是一种意趣：

芳草思南浦，行云梦楚阳，流水恨潇湘。花底春莺燕，钗头金凤凰，被面绣鸳鸯。是几等儿眠思梦想。

全曲写一位女子在春天对远行情人的思念和追忆，写尽了孤独女子无尽的离愁别恨和情思梦想。前三句为一层，首句是追忆与情人的分别，次句追忆昔日与情人在一起的欢爱，用楚王与巫山神女欢合的典故，借以表达与情人同处时有如神仙般的快乐和美妙，所以才生出“流水恨潇湘”的伤感，用娥皇、女英因思恋溺水湘江而死的典故做比，表现出思恋之深达到痛不欲生的程度。以下四句是一层，运用睹物思人的比兴手法来追忆共度时光的美好：窗外是在花间比翼齐飞的莺燕，撩起女子孤独的情思，对镜是头上成双的凤凰金钗，走进卧室是被面上交颈相依的鸳鸯，这些无不衬托着女子独处的孤苦情愁，只能借助无数次的“眠思梦想”来排遣这无休无歇的相思。

“向来写情感的，多半是以含蓄蕴藉为原则，像那弹琴的弦外之音……但是有一类的情感，是忽然崩进，一泄无余的。……含蓄蕴藉是一点也用不着的。”[1]徐再思的散曲在表现相思恋情时，直白地描写对爱情的大胆追求、表达奔放热烈的真挚情感、歌颂爱情的自然之美的作品也颇多，其中有《春情》两首极具代表性：

髻拥春云松玉钗，眉淡秋山羞镜台。海棠开未开？粉郎来未来？

（［越调·凭阑人］《春情》）

一自多才间阔，几时盼得成合？今日个猛见他门前过。待唤着怕人瞧科。我这里高唱当时水调歌，要识得声音是我。

（［双调·沉醉东风］《春情》）

这是两首大胆泼辣、风趣俚俗的情歌，由女子口吻道出，前一首直白真切地表达了女子对恋人到来的期盼，表现出痴情女子激荡的情感；后一首生动勾勒出怀春少女与心上人离隔多日而骤然相见的情景，塑造了一个机智、热情、大胆、纯真的追求爱情的民间少女形象。

徐再思不愧是写相思之情的高手，他的相思曲确实写得真切动人，若没有深切的生活体验是无法构想出来的。清初褚人

---

[1] 梁启超：《中国韵文里头所表现的情感》，载《梁启超选集》，北京：中国文联出版社，2006年，第344页。

获认为他的“相思词”真是“得其相思三味”(《坚瓠集·壬集》卷三“相思词”)。徐再思正是以自己对“情”的痴迷与执着，用全部才情写下了占其散曲半数以上的表达恋情相思的散曲，无论是心理刻画还是情态描写，都有独到精妙之处，可谓闺中的知音、情场的老手，从而赢得了“语语俊，字字绝，真可压倒群英，奚止为一时之冠”(吴梅《顾曲麈谈》卷下)的评价。应该说，在闺情相思散曲的创作上，徐再思确在众家之上，即便是名列元代清丽派作家之首的张可久，在这类题材上也不得不屈居其下。正因徐再思的小令精品多为恋情相思之作，因而也被众多评论家责为格调不高。

徐再思也善于抒写离情之忧，感叹人生总带有一种感伤悲凉的情绪，这大概和他一生的经历有关。其中颇受后人称道的当属［双调·水仙子］《夜雨》:

> 一声梧叶一声秋，一点芭蕉一点愁，三更归梦三更后。落灯花，棋未收，叹新丰逆旅淹留。枕上十年事，江南二老忧，都到心头。

本曲描绘凄婉的羁旅之情，写出了人生旅途上的满腹愁思，细腻动人。曲中用夜雨落在梧桐叶、芭蕉叶上的声音，渲染出秋雨淅沥、秋夜愁闷的气氛，以衬托主人公“三更归梦三更后”的夜不能寐、乡愁万缕、情愁凄楚，表达委婉含蓄，无半点雕凿痕迹。“叹新丰逆旅淹留”句用唐人马周在新丰旅馆遭人冷落来感叹自己怀才不遇。“枕上十年事”三句，写作者头在枕上回忆离乡十年来的往事，以及“江南二老”对他的牵挂和忧虑，在这个秋雨凄凄的夜半一起涌上心头，不绝如缕。此曲确实堪称“人不能道”（清·李调元《雨村曲话》上）的曲中上品，语言工炼，形象鲜明，感情真挚，给人以极大的美感。

徐再思作品也有怀古忧时、隐居闲适、醉情山水之篇。徐再思的“济世”情怀多通过怀古感时的作品来表现，他的某些咏史小曲总结历史兴亡多能言简意赅，有一定的警世意义。如［双调·蟾宫曲］《姑苏台》：

荒台谁唤姑苏？兵渡西兴，祸起东吴。切齿仇冤，捧心钓饵，尝胆权谋。三千尺侵云粪土，十万家泣血膏腴。日月居诸，台殿丘墟。何似灵岩，山色如初。

此曲用大量的典故来描述吴越争霸的历史，精深之处在于结尾四句：当年吴王建造的极尽奢华的姑苏台早已“台殿丘墟”，唯有那姑苏城外的灵岩寺“山色如初”，具有以古醒今的深刻内涵和对历史、现实的理性思考，颇具哲学意味。又如［越调·凭阑人］《无题》深刻地揭示了古代帝王“始为天下忧，后为天下羞”的人生过程，他们在夺取政权时总以忧国忧民来号召人民，但在夺得江山后便作威作福，终落得被推翻的可耻下场。至于对唐明皇与杨贵妃的爱情悲剧，在［双调·水仙子］《马嵬坡》中也表达得深沉凝重，“拥鸾舆蜀道行，妾虽亡天子还京”“马嵬坡尘土虚名”，对杨贵妃的悲剧人生寄予了无限的同情。

“智者乐水，仁者乐山”，所以饱经沧桑的作家大都要寄情于自然山水之间，并在山川胜境的描写中寄托他们的归隐闲适之情。徐再思也在写景咏物的散曲中得到了一种精神慰藉与情感寄托，很多作品都打上了山林隐逸、村野闲适的色彩。如［中吕·喜春来］《皋亭晚泊》：

水深水浅东西涧，云去云来远近山，秋风征棹钓鱼滩。烟树晚，茅舍两三间。

旧时杭州皋亭山一带因遍植桃树而有桃花坞胜境。此曲写景清丽典雅，于云水秋风、炊烟茅舍中微微透出淡淡乡愁，意境清旷恬静，是清丽的典型风格。

徐再思还有一些极富诗情画意的绘画咏物的作品，充满着宁静祥和之美，借此寻求内心的平静。如［中吕·普天乐］《太湖春波》：

碧琼纹，玻璃甃。离情汲汲，潭影悠悠。古渡头，长桥右。一片青縠风吹皱，洗桃花昨夜新愁。浮沉锦鳞，高

◎［中吕·普天乐］《太湖春波》曲意图

低紫燕，远近白鸥。

作者正是通过对潭影、渡头、长桥、青縠、桃花、紫燕、锦鳞、白鸥等景物如同在一幅画卷上一一描绘，寄托着“离情汲汲”和“昨夜新愁”，用大自然的清新美好来化解内心的离情新愁，达到心绪的淡定与平和。与此意境极为相近的还有［商调·梧叶儿］《即景》“鸳鸯浦，鹦鹉洲，竹叶小渔舟。烟中树，山外楼，水边鸥，扇面儿潇湘暮秋。”其他如［双调·蟾宫曲］《西湖寻春》：

清明春色三分，湖上行舟，陌上游人。一片花阴，两行柳影，十里莎茵。……处处开樽，步步寻春。花下归来，带月敲门。

此曲也是意境高远、构思奇巧的上乘之作，写景则如在目前，写人则呼之欲出。从这些作品中都可以看出他清新秀丽、抒情深细的风格，擅长白描的表现手法，对仗工整、精于炼字的语言特色。明·朱权《太和正音谱》评其散曲“如桂林秋月”，盖言其皎洁圆润，纤尘不染。

（二）崛起于少数民族的曲家

元代是各族文化大融合的时代，各个少数民族深深受到汉文化的熏陶，而元曲的音乐性与蒜酪味又深深植根于各个少数民族的土壤之中，所以少数民族的作者灿若繁星，在元代的曲坛上放出耀眼的光辉。如伯颜、不忽木、奥敦周卿、阿里耀卿、阿里西瑛、萨都剌、大食惟寅等，都是元代曲坛的佼佼者，而尤以后期散曲家中的贯云石、薛昂夫、阿鲁威等最为杰出。[1]为了反映这种大文化背景下的散曲创作中的少数民族作家的创作面貌，本书将少数民族散曲家独立出来专门加以介绍。

1. 贯云石：当行之冠

贯云石是元代散曲成就最高的少数民族作家，晚期豪放派

[1] 羊春秋：《散曲通论》，长沙：岳麓书社，1992年，第231页。

的主要代表，“所制乐府、散套，骏逸为当行之冠”（元·姚桐寿《乐郊私语》），被誉为“一时之捷才”（元·孔齐《至正直记》）。马致远是后世公认的元曲状元、豪放派代表，但事实上“在延祐、至治的曲坛上”，贯云石的名声“是远远高于马致远的，大约才是真正领时代风骚的曲状元”[1]，也就是说马致远的影响在后世更大，贯云石的名声在当时更响。所以清人或以“马、贯音学”（清·邹祗谟《远志斋词衷》）作为豪放派的代称。贯云石的散曲“如天马脱缰”（明·朱权《太和正音谱》），豪放俊逸、率真洒脱，同时又不乏清新典雅、婉转含蓄之作，“不独在西域人中有声，即在汉人中亦可称绝唱也”[2]。

贯云石（1286—1324），维吾尔族人，原名小云石海涯。取父名“贯只哥”的首字为姓，汉名贯云石，字浮岑，号酸斋、成斋、芦花道人等。出身显贵，祖父阿里海涯是元朝开国元勋，父亲贯只哥久为封疆大吏，舅父许有壬是著名文学家。他自幼习武，勇武超群，“稍长，折

◎ 贯云石

[1] 赵义山：《元散曲通论》，上海：上海古籍出版社，2004年，第258页。
[2] 陈垣：《元西域人华化考》，上海：上海古籍出版社，2008年，第71页。

节读书，目下五行。吐辞为文，不蹈袭故常，其旨皆出人意表”（《元史·小云石海涯传》），以祖荫授宣武将军，出镇两淮、永州（治今湖南零陵）。但他宦情淡薄，让爵位于弟，自己北上求学，拜文坛大家姚燧为师。姚燧“见其古文峭厉有法，歌行古乐府慷慨激烈，大奇其才”（元·欧阳玄《元故翰林学士、中奉大夫、知制诰、同修国史贯公神道碑》，以下简称《贯公神道碑》），荐为英宗（继位之前）的“潜邸说书秀才”，仁宗即位后命为翰林侍读学士、中奉大夫、知制诰、同修国史，时年27岁，一时名噪京师。曾上《万言书》切中时弊，仁宗笑而未纳。一年后称疾辞官，移居杭州，卒时年仅39岁。贯云石才情丰赡，生前文名颇著，他不仅深通音律，散曲之外还有诗、词、诸体文，皆自成一家。所撰《〈阳春白雪〉序》《〈今乐府〉序》[1]是最早的散曲批评文献。散曲与徐再思（号甜斋）齐名于当时，民国时任讷辑刊二人散曲为《酸甜乐府》二卷，得其小令86首，套曲9套。

正是这种显贵的家世、少数民族的风情与汉族传统文化的交融，养成了贯云石散曲粗犷豪迈、率真奔放的艺术风格，不拘常格、奇思妙想的意蕴。在题材方面尤以咏史怀古、歌咏隐逸、描写爱情的作品最为突出。

贯云石的祖父作为政治斗争牺牲品而自尽身死的隐痛，

---

[1] 《阳春白雪》是时人杨朝英所编的散曲选集，《今乐府》是时人张可久的散曲集，贯云石应邀为之序。

使他对官场比一般人多了几分清醒，虽居身官场却“宦情素薄”，仕途顺畅却有飘然世外之志，自愿抛弃高官厚禄做个逍遥世外的闲散之人，且自号“疏仙”“芦花道人”以明情志。［双调·殿前欢］《和阿里西瑛〈懒云窝〉》[1]表现了他笑傲尘俗、高蹈物表的心迹：

懒云窝，阳台谁与送巫娥？蟾光一任来穿破，遁迹由他。蔽一天星斗多，分半榻蒲团坐。尽万里鹏程挫，向烟霞笑傲，任世事蹉跎。

月明星稀之夜，想到自己鹏程万里的功名事业遭遇挫败，不禁愤懑满胸。但烟霞深处，自有人生真意，想此完全可以笑傲尘世，而一任世事蹉跎。

贯云石虽生于官宦世禄之家，但他弃之若敝履，淡泊以终身。加之他生性洒脱旷达，归隐更多是他心灵超越后的一种自我解脱，所以他的抒写隐逸情志的散曲大都表现出自信豪放、刚健洒脱的风格，尤为时人和后世所称道。如［双调·清江引］其一：

弃微名去来心快哉，一笑白云外。知音三五人，痛饮

[1] 《懒云窝》是阿里西瑛的一首散曲。阿里西瑛的居室号“懒云窝”，曾作散曲《殿前欢》，一时名士皆有和曲。

何妨碍？醉袍袖舞嫌天地窄。

这首曲子作于延祐元年（1314）辞官后的南游途中，意趣与陶渊明辞去彭泽令后所作《归去来兮辞》颇为近似。抛弃了芥微功名回家，发出快意的大笑。邀上三五个知己，痛饮美酒，畅叙怀抱，自觉天地变小而心胸阔达。风格飘逸俊放，响彻云霄。

贯云石身为“北人”和贵卿，他没有遭遇民族歧视的压抑和愤懑，也没有因生计之累的忧怨和痛苦。所以，他的散曲没有仕进无门、功名不就的悲凉和酸楚，也没有漂泊异乡、茫然无归的孤独与彷徨，亦少有隐逸之后黯然失落的抱怨与惆怅。他能够全身心地投入到自然中去，将生命推向天人合一的境界。如［双调·殿前欢］《道情》：

畅幽哉，春风无处不楼台。一时怀抱俱无奈，总对天开。就渊明归去来。怕鹤怨山禽怪，问甚功名在？酸斋是我，我是酸斋。

怕西风，晚来吹上广寒宫。玉台不放香奁梦，正要情浓。此时心与造物同，听甚霓裳弄，酒后黄鹤送。山翁醉我，我醉山翁。

“山翁醉我，我醉山翁”“酸斋是我，我是酸斋”，意态潇洒，酣畅淋漓，这与马致远、张养浩等作家的故作放达截然不同，贯云石真正超越了尘世的羁绊，达到了身心的全然解放。

贯云石在归隐后畅游佳山秀水，常浩然忘归。他咏唱逍遥恬淡的世外生活，无一点矫饰，完全发自真心。如［双调·水仙子］《田家》：

> 绿阴茅屋两三间，院后溪流门外山，山桃野杏开无限。怕春光虚过眼，得浮生半日清闲。邀邻翁为伴，使家僮过盏，直吃的老瓦盆干。

茅屋掩映在绿树青山之间，院后溪流潺潺，山桃野杏花开烂漫，邀邻翁畅饮，欢笑间酒尽盆干！多么淳朴，多么惬意。小令语言清新明快，营造出一种舒朗自在、尽享自然的绝美之境。受道家文化的熏陶，他道味日深，世情日淡。“其视死生若昼夜，绝不入念虑，翛翛若欲遗世而

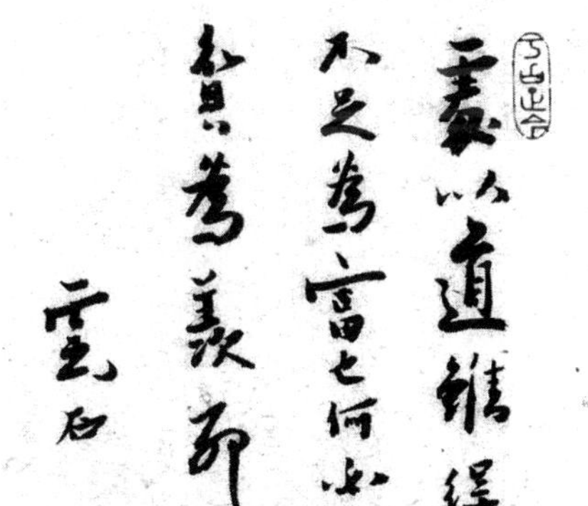

◎ 贯云石《跋赵孟頫瓮牖图卷》书法作品

独立云。”（《元史·小云石海涯传》）他在散曲中写道：“富贵在于天，生死由乎命，且开怀与知音谈笑饮。”（[双调·清江引]《惜别》）贯云石如此超擢尘外之志绝无半点做作。

逍遥散诞，放旷自适，贯云石有着如此高情逸志，曲中似乎不应该有太多写闺怨情愁、怜香惜玉的艳曲，然而在他的作品中，小令中有二分之一，套曲中有大半都是写男女恋情的。而且，贯云石以他的高才妙笔，将思情之曲写得风格迥异。[中吕·红绣鞋]《欢情》是贯云石此类散曲的代表作：

挨着靠着云窗同坐，偎着抱着月枕双歌，听着数着愁着怕着早四更过。四更过情未足，情未足夜如梭，天哪，更闰一更儿妨甚么！

写恋人的欢会，以欢娱嫌夜短表达缠绵缱绻的难解难分之情。挨着靠着，同坐同歌，怎奈相聚时间飞快而过，感情绸缪难分，于是突发奇想，竟然提出“闰一更”的无理要求。情感率真，大胆泼辣。再如[双调·清江引]《惜别》：

若还与他相见时，道个真传示：不是不修书，不是无才思，绕清江买不得天样纸。

不是不修书，也非为缺少才情，而是因为相思海阔天长，

"买不得天样纸"，便写不下她那满怀的离愁别恨。妙想天开，俏皮爽俊，非同凡响。再如［正宫·小梁州］：

> 桃花如面柳如腰，他生的且自妖娆。醉阑乘兴会今宵，低低道，无语眼儿瞧。［么］揣着个羞脸儿娘行告，百般的撒吞妆夭。气的我心下焦，空懯懆。莫不姻缘簿上，前世暗勾消？

"撒吞"指扯淡，"空懯懆"指白白地懯了一肚子闷气。曲中加进了这些俗语，粗豪泼辣，充满俚歌风味。元代文人多出入青楼，故元曲家写情者在绝大多数，又各具风格。如关汉卿写得袒露生动；白朴写得直白通俗；徐再思写得深沉隽永；张可久写得颇具世俗味道；贯云石则写得真，写得妙，才华横溢，笔下生花。

朱权在《太和正音谱》中评价贯云石"如天马脱缰"，其实这只概括了他散曲中豪迈奔放的一面；"清新俊逸"（元·孔齐《至正直记》）也是他的风格。前者多体现在叹世归隐类作品中，后者则多体现在男女恋情类散曲中。这两类题材，构成了贯云石散曲的全部内容。又如［双调·蟾宫曲］《送春》：

> 问东君何处天涯，落日啼鹃，流水桃花。淡淡遥山，萋萋芳草，隐隐残霞。随柳絮吹归那答，趁游丝惹在谁

家。倦理琵琶，人倚秋千，月照窗纱。

以落日、啼鹃、流水、桃花、遥山、芳草、残霞、柳絮、游丝等几种物象，极力刻画出春归之境。女主人公因伤春而倦理琵琶，她慵倚秋千，天色已晚，月照窗纱，仍然呆坐不觉。这首曲子清丽雅致，如同一首清丽婉约的情词。

贯云石不但善作散曲，还是散曲评论家。《阳春白雪》是其友杨朝英编选的一部散曲选集，他为此作序，对元初名家的散曲进行品评，其中对徐子芳、杨果、卢挚、冯海粟、关汉卿、庾天锡等散曲的评价极为精到，是后世研究元代散曲的重要文献。[1]

贯云石辞官隐退后，在杭州一带过着半为隐士、半为道士的生活。“十余年间，历览胜概，著述满家。”所到之处，“缙绅之士，逢掖之子，方外奇人，从之若云。得其词翰，片言尺牍，如获珙璧”。贯云石感叹道：“我志逃名，而名随我，是将见害”（元·欧阳玄《贯公神道碑》），于是变易姓名，东游钱塘，卖药市肆。一日，郡中的骚人雅士游虎跑泉，饮间赋诗，以“泉”字为韵，有人但吟“泉泉泉”，许久也说不出下句，

[1] 贯云石在序中说：“比来徐子芳滑雅，杨西庵平熟已有知者；近代疏斋媚妩如仙女寻春，自然笑傲；冯海粟豪辣灏烂，不断古今，心事天与，疏翁不可同舌共谈；关汉卿、庾吉甫造语妖娇，却如小女临杯，使人不忍对殢。”这是最早对元代散曲进行评价的文章之一。（参见胥惠民等辑注：《贯云石作品辑注》，乌鲁木齐：新疆人民出版社，1986年，第136页）

忽一叟曳杖而至，问其故，应声曰："泉泉泉，乱迸珍珠个个圆。玉斧斫开顽石髓，金钩搭出老龙涎。"众人惊问："公非贯酸斋乎？"曰："然然然。"遂邀同饮，尽醉而去。(明·田汝成《西湖游览志余》)贯云石在当世之盛名，由此可见一斑。

贯云石虽然"厌尘嚣，绝名利，近林泉"(元·张可久［南吕·骂玉郎过感皇恩采茶歌］《为酸斋解嘲》)，辞官隐居过起了"东村醉西村依旧，今日醒来日扶头，直吃得海枯石烂恁时休！将屠龙剑，钓鳌钩，遇知音都去做酒"(［中吕·红绣鞋］《痛饮》)的诗酒人生的文人生活，但并未放弃对历史的思索，他的咏史怀古多有放旷谏世之语，鞭挞最高统治者不识忠奸，不辨贤愚："楚怀王，忠臣跳入汨罗江。《离骚》读罢空惆怅，日月同光。伤心来笑一场，笑你个三闾强，为甚不身心放？沧浪污你，你污沧浪。"(［双调·殿前欢］《道情》)用醉眼冷看历史人物的荣枯沉浮："荣枯自天休觊图，且进杯中物。莫言李白仙，休说刘伶墓，酒不到他坟上土。"(［双调·清江引］《知足》)深刻地揭露仕途险恶，福祸无常："竞功名有如车下坡，惊险谁参破？昨日玉堂臣，今日遭残祸，争如我避风波走在安乐窝！"(［双调·清江引］其二)

贯云石作为元代维吾尔族的作家，在其人生最显赫时毅然决然地退隐江南，深深地融入江南文人和散曲家的群体，因此也成就了他的神龙天马般的文学才华和清高拔俗的人格风采，为元曲发展做出了独特贡献，为中国散曲和古代文学书写了绚丽的一页，成为中华民族融合发展史上一颗耀眼的明星。

2. 薛昂夫：雪窗翠竹

薛昂夫是元曲后期重要的维吾尔族散曲名家，汉名马昂夫。他早年即深爱中原文化，“乃事笔砚读书，属文学为儒生”，汉学修养极为深厚，学问才华颇受时人瞩目，且“厉志于诗……志意过流俗远矣”（元·刘将孙《九皋诗集序》，《养吾斋集》卷十）。他的散曲风格以疏放豪宕为主，这与马致远的散曲风格相似，故有人将他与马致远并称为“二马”；但豪放而不失华美，这又与贯云石的散曲风格相近，故时人评之曰：“激越慷慨，流丽闲婉，或累世为儒者有所不及也。”（元·赵孟頫《薛昂夫诗集序》，《松雪斋集》卷六）张可久认为他爽朗、清旷似苏东坡，称其“自贬坡仙，风流不浅”（[中吕·朝天子]《题马昂夫〈扣弦余韵〉卷首》）。

薛昂夫（1273—1350后[1]），本名薛超吾，以首字为姓，字昂夫，号九皋，汉姓马，故又称马昂夫、马九皋。出生于色目贵胄世家，祖官御史大夫，父官御史中丞，皆袭封覃国公。昂夫也以祖荫入仕，历任江西行省令史、典瑞院佥院、太平路（治今安徽当涂）、衢州路（治今浙江衢州）总管等职，官守江南20余年。约顺帝至正四年（1344）前后以秘书监卿致仕，

[1] 罗忼烈：《维吾尔兄弟民族的两位元曲家》，载《两小山斋论文集》，北京：中华书局，1982年。郝浚：《元代畏兀儿族文学家薛昂夫诸考说略》亦持此说。

隐居杭州西子湖畔。早年曾受学于著名文人刘辰翁（1234—1297），平生少嗜好，唯喜诗章散曲，蓄书数万卷发奋攻读，31岁时即有诗集问世，著名学者赵孟頫、王德渊、刘将孙等为之序。薛昂夫虽身居高位，但雅好琴书，著名散曲家张可久既曾任其幕僚也是其诗友，与其他诗坛主将如杨载、虞集、萨都剌等也多有诗酒唱酬，元人敬重之，以“河内九皋公”（元·吴师道《书垒记》，《吴礼部文集》卷十二）相称。所著《九皋诗集》及散曲集《扣舷余韵》皆佚，散曲今存小令65首，套数3套。

◎ 薛昂夫

显赫的家世、尊贵的地位造就了薛昂夫超然豪放的气质，用心汉学、雅好诗文的志向养成了他隽永的才情，因此决定了其散曲豪迈疏宕而不失清爽俊逸之风的艺术风格。薛昂夫的作品题材多为咏史怀古、叹世叙志、游宴乐闲之作，基本没有下层散曲家的忧愤哀怨和民间俚俗之气，表现出如同“雪窗翠竹”“秋兰独茂”（明·朱权《太和正音谱》）般的昂拔超群、傲然物外、自命不凡的情志，意境畅阔放达，被称誉为“新丽飘逸，如龙驹奋迅，有‘并驱八骏，一日千里’之想”

（元·王德渊之《薛昂夫诗集序》，元·周南瑞编《天下同文集》卷十五），也有“自命千古一人”[1]之豪气。

在元代散曲家中，“‘叛逆’思想最明显的便是薛昂夫”[2]，其咏史怀古的散曲多表现出对传统儒家道德观念和人生追求的叛逆色彩，有着与以往咏史之作的端正醇厚迥异的价值取向，采用的是一种戏谑的方式加以嘲讽和藐视。如［中吕·朝天曲］咏史小令22首，在评点圣贤帝王、议论豪杰才士如姜尚、孟母、刘邦、韩信、武则天、李隆基、杜甫等20余人时毫无顾忌，对他们所蕴含的人格意义几乎都持一种批判的态度。如对汉高祖刘邦评定：“沛公，《大风》，也得文章用；却教猛士叹良弓，多了游云梦。驾驭英雄，能擒能纵，无人出彀中。后宫，外宗，险把炎刘并。”以刘邦的《大风歌》来嘲讽他没有文化，讽刺刘邦鸟尽弓藏诛戮功臣，玩群臣于股掌之上，重用外戚吕氏险些失去江山社稷，批判的锋芒直指封建帝王，完全点到其要害之处。

薛昂夫在崇尚汉学的同时也有着特定的理性审视和批判，如备受儒家称扬的孝子老莱子、亚圣孟子、诗圣杜甫等也是其讽刺的对象：

---

[1]（清）钮少雅：《南曲九宫正始序》，引自吴毓华《中国古代戏曲序跋集》，北京：中国戏剧出版社，1990年，第311页。
[2] 李昌集：《中国古代散曲史》，上海：华东师范大学出版社，1991年，第590—591页。

老莱，戏采，七十年将迈。堂前取水作婴孩，犹欲双亲爱。东倒西歪，佯啼颠拜，虽然称孝哉。上阶、下阶，跌杀休相赖。（其十一）

老莱子是春秋时的隐士，年70时父母尚健在，为博取父母欢心，他虽已年迈却穿着色彩斑斓的童装，装成学步的儿童在上下台阶时东倒西歪，跌倒后还装像小孩一样的哭闹耍赖。儒家把老莱“戏采”的故事作为行孝奉亲的典范加以宣扬，而薛昂夫却一反传统，认为老莱子如此不过是为了博取孝子之名的一种矫情伪善，并以灰色幽默的方式含蓄地予以否定，读之甚感酸楚好笑。

杜甫，自苦，踏雪寻梅去。吟肩高耸冻来驴，迷却前村路。暖阁红炉，党家门户，玉纤捧绿醑。假如，便俗，也胜穷酸处。（其十三）

唐代大诗人杜甫被后世誉为“诗圣”，而“厉志于诗”的薛昂夫对杜甫本应多几分崇敬，可是在对杜甫寄予同情的同时，也未放过对杜甫的调笑嘲讽。其实，这是薛昂夫作为一个踌躇志满者，对落魄文人不肯“便俗”，继续固守着“穷酸”人格，仍不放弃“踏雪寻梅”的浪漫的人生态度和生活方式的一种怀疑和轻蔑，甚至是否定和批判。我们可以想象，当时在薛昂夫的身边有许多保持一定的独立人格的落魄文人，这些文人地位卑微寒酸而行为却骄情傲物，所以他联想到了杜甫，从这些文人身上看到了杜甫的影子。

薛昂夫以其独特的社会地位和人生阅历，对各种人格特征的文人都有比较理性的认识和无法掩饰的偏见。如［正宫·塞鸿秋］《无题》：

> 功名万里忙如燕，斯文一脉微如线。光阴寸隙流如电，风霜两鬓白如练。尽道便休官，林下何曾见？至今寂寞彭泽县。

“学而优则仕”几乎是中国读书人的最佳选择。元朝几乎堵死了汉族士人的功名之路，但仍有一些人像燕子衔泥一样为此奔走钻营，儒家所倡导的清高脱俗、淡定儒雅的“斯文”在当时已微弱如线，士人应有的气度和尊严几乎丧失殆尽。这些人有的或许在“两鬓白如练”的年龄熬到一个小小官职，于是便口是心非地唱起了弃官归隐的高调。可在薛昂夫看来，古今真正辞官退隐者只有彭泽县令陶渊明一人而已。在这首小令中，我们似乎看到了曾在薛昂夫治下为吏的散曲家张可久的影子，年逾70尚为一个幕僚的职位不惜隐瞒年纪而努力奔走，可他的散曲也大唱归隐之调。当然，“功名万里忙如燕，斯文一脉微如线”的根本原因在于制度，这是作者无法认识到的，因此也体现出作者对读书人具有一定的主观偏见。

和那些落魄的散曲家相比，薛昂夫的确称得上“超然尘埃浑浊之外”（元 · 刘将孙《九皋诗集序》,《养吾斋集》卷十），在他的散曲中几乎看不出弃官归隐的矫情，有的只是一个贵族高官按照自己的人生理念表现“真我”的情志。他仕宦生涯几达半个世纪，可述怀之作很少写官场风云和仕途险恶，多是抒发壮志未酬的情怀和宦海沉浮的感慨，以及对仕途功名的厌倦。如［中吕 · 山坡羊］《述怀》：

惊人学业，掀天势业，是英雄隽败残杯炙。鬓堪嗟，雪难遮。晚来览镜中肠热，问着老夫无话说。东，沉醉也；西，沉醉也。

大江东去，长安西去，为功名走遍天涯路。厌舟车，喜琴书。早星星鬓影瓜田暮，心待足时名便足。高，高处苦；低，低处苦。

薛昂夫早年曾立下“惊人学业，掀天势业”的英雄壮志，他把这种对功名的追求比作逆水行舟的西去长安，有着“为功名走遍天涯路”的人生经历。到了满头白发如“雪难遮”的晚年，回顾一生的官场奔波，内心涌出无限的感慨（“中肠热”），他从中领悟到的是无论成功（“西去”）与失败（“东去”），最终都不过是一场春秋大梦（“沉醉也”），这正是对“百计千方，都不似樽前”的生活理念的一种自我诠释。

薛昂夫的一生居身宦海四处奔劳，官场险恶耗尽心机，便羡慕那种清闲宁静的“琴书”生活，厌倦为官的“舟车”劳顿，到了两鬓花白的人生暮年，他以切身的经历最终感悟到的是心满而意足的人生哲理：无论官位的低（“东去”）高（“西去”）都各有其苦，身居低位时渴望升迁，曲意逢迎、任人驱使自是一种痛苦；爬到高位时渴望更高，才望不及、压力巨大自是一种痛苦，因此就有了“心待足时名便足”的人生感悟。这种思想在［正宫·塞鸿秋］《凌歊台怀古》中也有体现：

凌歊台畔黄山铺，是三千歌舞亡家处。望夫山下乌江渡，是八千子弟思乡去。江东日暮云，渭北春天树，青山太白坟如故。

此曲也是鉴史抒怀之作。南朝宋武帝刘裕曾在凌歊台（在今安徽当涂）建起豪华的离宫，养“三千歌舞”，可“宋祖凌歊乐未回”（唐·许浑《凌歊台》诗），在位三年而亡。楚汉争霸项羽战败，率“八千子弟”逃到乌江渡自刎身亡。可二人最终留下了什么呢？倒是淡泊功名、诗酒人生的李白遗泽长存，世代景仰，所以才能“青山太白坟如故”。这可谓“心待足时名便足”的最好注解，即只有从内心真正放下对高官厚禄的贪图，才不会有逐“高”、屈“低”之苦，与“知足者常乐”有着相同的意趣。

薛昂夫的散曲人文色彩浓厚，感悟中多带有哲思。只有像薛昂夫这样高高低低都走过的达官显贵，才能感悟到这种人生境界，每每读之都会生出无限感慨。薛昂夫的一生几乎与元朝的国运相始终，他生于元朝蓬勃兴起之初，亡于元朝江河日下走向衰亡之时，历官几朝，是个地道的“白发先朝旧从官”（元·虞集《寄马昂夫总管》）。可半生的仕宦倥偬，使他深切地感受到“相随故友年年少，郊外新坟岁岁多，一枕南柯”（[正宫·端正好]《高隐》）的苍凉。[双调·蟾宫曲]《叹世》最能表达豪华落尽后的真淳意念：

人生尔尔堪怜，富贵何时，又待问舍求田？想昨日秦宫，今朝汉阙，呀，可早晋地唐天！能几许长安少年，急回头两鬓皤然。谩说求仙，百计千方，都不似樽前。

历史上多少人为富贵功名逐竞倾轧，曾无比辉煌的秦宫汉阙相继变成了“晋地唐天”，那些少年得志者人生转瞬就两鬓斑白，什么富贵高官，什么求仙得道，都不如眼前的金樽美酒。应该说，薛昂夫以他政要的省察、文士的敏锐、儒者的思虑，已经预感到元大厦终将倾覆，这是不可阻挡的历史必然，人无论多么富贵显赫终将死去，这是无法抗拒的自然规律。

薛昂夫居官江南20多年，杭州的幽静秀美令他流连忘返，最终他选择了杭州的西子湖畔作为晚年的归宿。此时他过着青笋沽酒、松枝煮茶、踏雪寻梅、听山鸟奏笙簧、共野叟论文字的隐居生活，尽显一派风流名士逸兴雅致、悠闲豪迈的风度：

访知音习酬和，也不问名利如何。不贪不爱随缘过，把世事都参破。

（散套［正宫·端正好］《高隐》）

晚雨登高骤，西风落帽羞，蟹肥时哪管甚黄花瘦。红裙漫讴，青樽有酒，白发无愁。晚节傲清霜，老圃香初透。

（［双调·庆东原］《西皋亭适兴》）

这与元代一般散曲家笔下对归隐生活的描写大不相同，他笔下的隐居生活既无清冷孤独、边鄙寂寞之感，也无放浪形骸、玩世人生的世俗之气，表现出一种豪迈奔放、飘逸超脱的格调，没有丝毫的怨愤黯淡之感。

“晚节傲清霜，老圃香初透”两句既是咏菊，也是其自身人格的追求。元代许多曲家大都有闺怨风情、离别相思、青楼咏妓之作，而薛昂夫却极少写这类题材，他的创作主要以怀古咏史和人生感怀为主，题材本身就摆脱了那种描写闺怨风情、青楼调笑之作可能表现出的浅薄鄙俗之气，“其志意过流俗远矣”确非虚言。他理想的人生境界是“樽有酒且论文”“酒酣时诗兴依然在”，所以在他乐闲叹世的散曲中更多体现出的是一种“醉于芳樽，怡于自然”的文人豪雅清趣。

薛昂夫的写景散曲大都流连于西子湖畔，唱咏西湖百吟不厌。如［中吕·山坡羊］《西湖杂咏·冬》：

同云叆叇，随车缟带，湖山化作瑶光界。且传杯，莫惊猜，是西施傅粉呈新态。千载一时真快哉。梅，也绽开。鹤，也到来。

◎［中吕·山坡羊］《西湖杂咏·冬》曲意图

无论春夏秋冬，无论阴雨晴空，西湖都是那般迷人。冬日湖山满目银装素裹，宛若一片仙境，幽梅傲骨，鹤鸣九皋。如此景致直叫人惊叹“千载一时真快哉”！受江南青山秀水的浸润，薛昂夫抒写隐逸的散曲大都呈现出一种流丽闲婉、清新蕴藉之美。其他如组曲［中吕・山坡羊］《西湖杂咏・叹世》等七首、［中吕・山坡羊］《咏金叹世》以及［双调・殿前欢］《春》《夏》《秋》《冬》等都是描写西湖的散曲，但又不单纯写景，而是融入诸多的生活场景，更抒发了他平生宦海的人生感悟和理念。

薛昂夫本是“西戎贵种”（元・赵孟頫《松雪斋文集》卷六《薛昂夫诗集序》），有着“驰骋猎射，饱肉勇决”的民族固俗。但是由于他接受了汉族文化的陶冶，使西北少数民族的雄豪贞刚之气与华夏温柔敦厚的人文精神相融合，不仅形成了他豪迈风雅的独特性格，也形成了他疏宕雄豪、俊逸典雅的散曲风格，成为元代最重要的少数民族作家之一，也是民族文化融合的典范。正因为如此，赵孟頫才说“吾观昂夫之诗，信乎学问可以变化气质也”（元・赵孟頫《薛昂夫诗集叙》）。

3. 阿鲁威：鹤唳青霄

阿鲁威是蒙古族散曲家。元代蒙古族的散曲家绝少，孙楷第考证仅得二人[1]，阿鲁威便是其中之一。

阿鲁威，字叔重，号东泉，生卒年不详。禀赋优异，勤奋尚学，踏入仕途后，可谓官运亨通，平步青云。元延祐年间曾

[1] 孙楷第：《元曲家考略》，上海：上杂出版社，1953 年，第 8—9 页。

◎ 阿鲁威

任南剑（治今福建南平）太守，约英宗至治年间（1321—1323）迁泉州路（治今福建泉州）总管，泰定年间（1324—1327）迁经筵官[1]、翰林侍读学士、参知政事[2]。后挂冠南游，退居杭州。时人敬重其品行、学问和才华，尊称为"学士东泉鲁公""元室文献之老"[3]。存世散曲仅19首，包括［双调·蟾宫曲］16首，［湘妃怨］2首，［寿阳曲］1首。存世作品虽少，但多为佳作。

［蟾宫曲］前九首是以屈原《九歌》为基础创作的散曲，仍以《九歌》中的神话传说为基本内容，将《九歌》的骚体化为小令，保留了原作典雅华丽的骚体特征，使散曲有了一种浪漫主义风格。这组小令，直接继承了《九歌》瑰丽多姿的语言、神奇优美的想象、幽远缥缈的意境。如《东君》：

---

[1] 元代的经筵是帝王为研读经传史鉴而特设的御前讲席，主要任务是向皇帝授课，姚枢、许衡、窦默、许有壬均担任过此职。"天下重任唯宰相与经筵"，对元朝帝王的德政发挥了积极的作用。（参见王风雷：《元代的经筵》，《内蒙古大学学报》，1993年第2期）

[2] 参知政事：辅佐宰相，即副宰相。

[3] 明代徐一夔撰《李草阁先生墓志铭》谓："阿鲁翚公元室文献之老，自翰林侍读学士退居郡城之东。……其家多藏书，可资记览。"见（明）胡应麟等著：《经籍会通（外四种）》，北京：北京燕山出版社，2008年，第218页。

望朝暾将出东方，便抚马安驱，揽辔高翔。交鼓吹竽，鸣篪絙瑟，会舞霓裳。布瑶席兮聊斟桂浆，听锵锵兮丹凤鸣阳。直上空桑，持矢操弧，仰射天狼。

小令依承原诗，热情歌颂了东方之君——日神的高贵雍容和伟大慷慨。一轮红日喷薄而出，我轻抚骏马，揽辔高翔。人们弹琴奏瑟，敲鼓鸣篪，翩翩起舞，祭祀光明之神“东君”。东君斟满桂花琼浆，赐福人间；又操起天弓，仰射天狼，为人类驱除灾祸。首句“望朝暾将出东方”直接化用《九歌·东君》首句“暾将出兮东方”，“便抚马安驱，揽辔高翔”直接化用“抚余马兮安驱”和“撰余辔兮高驼翔”句，“交鼓吹竽，鸣篪絙瑟”化用“絙瑟兮交鼓”“鸣篪兮吹竽”句，其他各句也多直接或间接出于《九歌·东君》。又如《山鬼》：

若有人兮含睇山幽，乘赤豹文狸，窈窕周流。渺渺愁云，冥冥零雨，谁与同游？采三秀兮吾令蹇修，怅宓妃兮要眇难求。猿夜啾啾，风木萧萧，公子离忧。

山神含情注视着山幽，她驾乘赤豹、花狸，婀娜多姿。转托三秀做媒，但恋人飘忽难求，谁能与之同游！曲中山神“含睇山幽”的出场、“窈窕周流”的体态、“采三秀兮吾令蹇修”的情节完全出自《九歌·山鬼》，曲中弥散的猿鸣风萧的意境，也与《九歌·山鬼》中哀婉啸叹的山林夜景别无二致。

《九歌》是屈赋中最精美的诗篇，通过对诸神的礼赞，抒发了屈原忠君爱国、忧世伤时的苦闷心情。阿鲁威的这组曲子同样继承了屈原“托之以讽谏”、追求美政的思想。受作家地位和时代思潮的影响，曲中对传统人文精神和屈原多有否定和嘲讽。阿鲁威以《九歌》为题材进行散曲的再创作，这在元代文学中是相当罕见的。阿鲁威作为一名蒙古族作家，能够逆时代风气，将屈原作品发扬光大，可见他对汉文化的景仰。

阿鲁威仕途顺畅，他的散曲很少有宦海浮沉、官场险恶的感叹，多是抒发壮志难酬的抑郁之情。如［双调·蟾宫曲］《旅况》：

理征衣鞍马匆匆，又在关山，鹧鸪声中。三叠阳关，一杯鲁酒，逆旅新丰。看五陵无树起风，笑长安却误英雄。云树濛濛，春水东流，有似愁浓。

整装跨马，又匆匆踏上奔波之旅，然而三叠阳关的凄婉、一杯鲁酒的寡淡、逆旅新丰的冷遇都不及英雄无路的悲苦。时运不济，你看那京城中尽是些庸碌之辈，多少英雄被叹误终生！烟云蒙蒙的远树、滚滚东逝的春水，满载我无限愁浓。壮志不酬、怀才不遇的怅恨，尽在景语之中。用典含蓄，贴切自

◎［双调·蟾宫曲］《旅况》曲意图

然，充分体现了阿鲁威深厚的汉文化底蕴。

阿鲁威曾任南剑太守和泉州路总管，身为北人的他，常常在江南的烟雨蒙蒙中思念故乡，思念友人。［双调·蟾宫曲］《怀友》是一首触景伤怀、思念友人的佳作：

动高吟楚客秋风，故国山河，水落江空。断送离愁，江南烟雨，杳杳孤鸿。依旧向邯郸道中，问居胥今有谁封？何日论文，渭北春天，日暮江东。

秋风萧瑟，不禁令人想起北国的山河。江南的烟雨，杳杳的孤鸿，更触动了他浩漫的乡愁。客居他乡，依旧为功名奔波劳碌，朋友天各一涯，何日才能与之细论文？感时、思乡、怀友、叹世，熔为一炉，风格悲婉蕴藉，是一篇上乘之作。

阿鲁威熟读汉儒经典，精通蒙汉两种文字，任经筵官时，曾奉诏翻译《世祖圣训》《资治通鉴》供讲学研读之用。他的怀古之作格调昂扬奔放，气势恢宏。［双调 · 蟾宫曲］《又怀古》歌咏三国的风云人物：

> 问人间谁是英雄？有酾酒临江，横槊曹公。紫盖黄旗，多应借得，赤壁东风。更惊起南阳卧龙，便成名八阵图中。鼎足三分，一分西蜀，一分江东。

此曲以设"问人间谁是英雄"起句，然后描述了作者心目中的三位英雄：第一位是"酾酒临江"的曹操，并直取苏轼《前赤壁赋》谓曹操"酾酒临江，横槊赋诗，固一世之雄"的原句，赞美这位锦绣满胸的一世英豪。第二位是称霸江东的孙权，赤壁一战，借助东风大败曹操百万大军，巩固了一方霸业。第三位是助成西蜀的诸葛亮，应时而出，运筹帷幄，决胜千里，为三分天下立下奇功。耐人寻味的是，所写三个人物都是文韬武略的奇才，这抑或是作者对"只识弯弓射大雕"的统治者有感而发。

阿鲁威从历史的兴衰中体悟到人生的真实与虚幻，［双调·寿阳曲］是一首参悟人生的叹世曲：

千年调，一旦空，惟有纸钱灰晚风吹送，尽蜀鹃血啼烟树中，唤不回一场春梦。

人生在世，往往汲汲于功名利禄，而一旦生命逝去，才知道一切如过眼云烟，“惟有纸钱灰晚风吹送”。阿鲁威做过参知政事，可谓位极人臣，如他这样的达官显贵，会有这般悲凉的人生体悟，使我们认识到，面对生命，归宿相同，而感慨亦是跨越千年引发共鸣。

阿鲁威为官的年代，正是元朝统治集团内部斗争最为激烈的时候。官场污浊，朝政每况愈下，他忧心忡忡，又无力改变积习已久的丑恶现象，只能借助诗酒，自遣情怀。他的［双调·蟾宫曲］《旅况》抒发了厌倦功名、归隐山林的思想：

烂羊头谁羡封侯？斗酒篇诗，也自风流。过隙光阴，尘埃野马，不障闲鸥。离汗漫飘蓬九有，向壶山小隐三秋。归赋《登楼》，白发萧萧，老我南州。

借用更始帝刘玄滥封官爵的典故，指出元朝卖官鬻爵的普遍现象。自己虽不能像李白那样斗酒诗百篇，但也属风流之士，远胜于那些昏庸无能之辈。光阴若白驹过隙，生命似尘埃水气，与其奔波于仕途，不如作闲云野鹤，自适于山泉之中，一任白发萧萧，终老南州！阿鲁威晚年寄寓江南，与虞集往来密切，“问讯东泉老，江南又五年”（元·虞集《寄阿鲁翚学士》诗），多有诗文唱和。家中藏书颇多，诗酒作歌，终得清闲。

阿鲁威正直敢言，不恃权贵，即使赋闲在家，仍然关心时政。顺帝至元二年（1336），他揭发地方官谎报灾情，因此得罪了豪权人物，牵连坐罪，不久事明平冤。《青楼集》记载了这样一则故事：阿鲁威尝眷名妓郭氏顺时秀，而郭氏尤重王学士元鼎。他戏问郭氏道：“我比元鼎如何？”郭氏答道：“参政，宰臣也；元鼎，文士也。经纶朝政，致君泽民，则元鼎不及参政；而嘲风弄月，惜玉怜香，则参政不敢望元鼎。”阿鲁威一笑而罢。[1]顺时秀是当时大都名妓，王元鼎为翰林学士，也是散曲作家。尽管阿鲁威的内心同样激动着儿女情长，但在顺时秀看来，他不会怜香惜玉，过于端谨严肃，更是“经纶朝政，致君泽民”的参政。而这，也正是真实的阿鲁威，一个心系家国命运的蒙古族官员。

阿鲁威的散曲，有“问人间谁是英雄”的刚健豪迈，有“笑长安却误英雄”的失路之悲，也有“斗酒篇诗，也自风流”的倜傥潇洒，更有“千年态，一旦空”的大彻大悟。他以

[1] 中国戏曲研究院编：《中国古典戏曲论著集成》（二），北京：中国戏剧出版社，1959年，第20页。

《九歌》品成的散曲，别开生面，在元代散曲中绝无仅有；怀古、羁旅、怀友之作品，豪放稳健，悲婉蕴藉。阿鲁威是为数不多的蒙古族作家的优秀代表，朱权《太和正音谱》评价其作“如鹤唳青霄”。

肆

杂剧

（一）四大悲情剧

元杂剧是中国戏曲史上一颗璀璨的明珠，悲剧独占鳌头。其中关汉卿的《窦娥冤》、马致远的《汉宫秋》、白朴的《梧桐雨》和纪君祥的《赵氏孤儿》被合称元曲“四大悲剧”，它们在一定意义上代表了元代悲剧的最高成就。这四部悲剧，或通过人物无辜的牺牲来批判社会的黑暗；或通过人物牺牲自己保全大局的精神来展现完美的人格；或以坚持正义甘赴牺牲的精神来表现中华民族深厚的文化积淀和传统道德；或将人物放置在特定历史背景之下展现其残缺的性格所导致的人生悲剧和历史悲剧。这些悲剧的主人公身上无不蕴含着某种巨大的精神力量，从而激发人们强烈的道德感和使命感，得以超越现实的人生痛苦，达到人格的不断自我完善和对生命价值的崇高追求。

1.《窦娥冤》：感天动地，千古奇冤

关汉卿的杂剧《窦娥冤》（全名《感天动地窦娥冤》）是在中国民间流传得最为深远的悲剧故事之一。该剧以元代社会现实生活为背景，通过普通妇女窦娥负屈衔冤，为明冤情她临刑前立下三桩誓言——血溅白练、六月飞雪、大旱三年——得以应验的故事，揭示了元代百姓的痛苦生活和悲惨境遇。窦娥的故事感天动地，一直流传至今，家喻户晓。

◎《感天动地窦娥冤》第三折图片

《窦娥冤》剧情跌宕起伏。楚州秀才窦天章无钱还债，只得将七岁孤女端云（到蔡家后改名为窦娥）送与蔡婆做童养媳抵债。窦娥十七岁完婚，不幸两年后丈夫夭亡，在孤苦寂寞中与婆婆相依为命。蔡婆以放高利贷为生，一日她到赛卢医处讨债，被赛卢医骗到僻静处要将她勒死。恰好张驴儿父子路行撞见，赛卢医被惊走，蔡婆获救。张驴儿父子得知蔡婆只与“寡媳妇儿”生活，胁迫蔡婆答应他父子二人入赘蔡家。蔡婆默许，将张驴儿父子带回家中。窦娥闻此，痛斥婆婆不守贞洁，严词拒绝张驴儿父子的无理要求。张驴儿见窦娥不肯顺从，到赛卢医处买来砒霜，想毒死蔡婆以霸占窦娥。不料张驴儿父亲误吃毒药，当场毙命。张驴儿诬陷窦娥毒死父亲，要挟窦娥嫁给他，不从则告官。窦娥坚决不从，与张驴儿到官府讨明冤情。楚州太守桃杌严刑逼供，窦娥“受尽三推六问，吊拷绷扒”也未屈服。桃杌太守进而要毒打蔡婆，她怕婆婆受罪含冤招认。窦娥被推上刑场，骂天地无道不申正义，临刑前发下三桩誓愿：血溅白练、六月飞雪、大旱三年，以证其冤情，结果一一应验。三年后，窦天章及第拜官，出任肃政廉访使到楚州巡察，窦娥鬼魂托梦，冤狱终得昭雪。

《窦娥冤》取材自汉代以来民间一直流传的“东海孝妇”（东汉·班固《汉书·于定国传》、晋·干宝《搜神记》卷十一）的故事，作家有感于元代冤案繁多、百姓压迫深重的社会现实，刻画出具有强烈悲剧色彩的普通妇女窦娥的形象。

窦娥是一位善良贤惠、洁身自爱的年轻妇女。她小时“生得可喜，长得可爱”，然三岁丧母，七岁为童养媳，婚后不久又成为寡妇，她慨叹自己命运的不幸，“天若是知我情由，怕不待和天瘦”。尽管生活孤苦寂寞，她还是默默忍受，只想“我将这婆侍养，我将这孝服守”，在平静中度过自己苦难的一生。但祸从天降，张驴儿父子的出现使窦娥原本不幸的生活雪上加霜。婆婆因受张驴儿父子搭救，无奈应承了二人的无理要求，带张氏父子回到家中。窦娥闻听婆婆已经同意，她认为婆婆太懦弱，以“六十以外”的年纪“将这云霞般锦帕兜”，“怕没的贞心儿自守”，“你岂不知羞”。她想起了去世的公公，并以夫妻情分劝诫婆婆，“想当初你夫主遗留，替你图谋，置下田畴，早晚羹粥，寒暑衣裘，满望你鳏寡孤独，无挨无靠，母子每到白头”，希望婆婆不要做这“无仁义，多淫奔，少志气”的事情。窦娥也想到了自己过世的丈夫：“想男儿在日，曾两年匹配，却教我改嫁别人，其实做不得。”窦娥的拒绝，是对夫家的知情知意，更是对自身人格与尊严的坚守。

随着剧情的发展，窦娥的形象更加丰满。张驴儿遭到了窦娥的拒绝，他没有善罢甘休，而是起了歹心，要毒死蔡婆霸占窦娥。当张驴儿的父亲误喝毒药身亡时，蔡婆惊恐万分，然窦娥却镇定沉着。她认为这件事情与自己无干，没有必要像婆婆这般“嗟嗟怨怨，哭哭啼啼”。张驴儿栽诬窦娥向汤中投毒药死父亲，威胁她若不“早些与我做了老婆”就去打官司，“与俺老子偿命”。窦娥没有丝毫犹豫，她相信官府公正，“明如镜，清似水”，可以证明自己的无辜与清白。然而桃杌太守只认钱财，浅薄无知，他以“人是贱虫，不打不招”为办案原则，选大棒子打得窦娥“魄散魂飞。恰消停，才苏醒，又昏迷”，“捱千一杖下，一道血，一层皮”。窦娥血泪横流，“天哪！怎么的覆盆不照太阳晖！”腹中的冤屈使她对一度信任的“父母官”产生了冲天的愤怒和巨大的怀疑。

窦娥没有屈服，但听到府吏叫嚷：“既然不是你，与我打那婆子”时，她实在不能坚持下去。虽然窦娥对婆婆答应张驴儿父子的无理要求十分不满，但自己已亲身经受了这残暴的酷刑，六旬的婆婆怎能经受得了这样的摧残。她连忙负屈承认“是我药死公公来”，因此而被判斩刑。当窦娥被押赴刑场时，她首先想到的不是自己的不幸，而是怕婆婆看到自己披枷带锁赴刑场而难过，所以要求改变游街路线。当父亲窦天章为她的魂灵洗清了冤屈，她仍虑念婆婆“年纪高大，无人侍养”，嘱托父亲“收恤家中”，养老送终。窦娥发自心底的善良、孝顺，使她献出了自己年轻的生命，触发了人们无限的同情，也激起人们对这个黑暗社会的无比愤恨。

《窦娥冤》是一部反映现实生活的社会剧，元代种种险恶的现实环境，造成了窦娥巨大的冤屈。滥官污吏是造成窦娥悲剧的主要原因。太守桃杌是楚州的最高长官。他自道“我做官人胜别人，告状来的要金银；若是上司当刷卷，在家推病不出门”，判案简单粗暴、不辨是非，只知用刑，视人命如虫蚁的执法断案导致了窦娥满腹冤屈而无处申诉。窦娥挨尽严刑拷打，认清了这是个“衙门从古向南开，就中无个不冤哉”的世道，直到父亲为她洗清了清白，她还嘱托父亲要“将滥官污吏都杀坏”，对贪官污吏深恶痛绝。此外，社会秩序混乱，流氓恶棍横行，使窦娥即使只想做一个普通百姓的愿望都不能实现。窦娥的善良贤孝作为强悍的恶势力的反衬，加重了她的悲剧命运，使她无辜地走向了悲剧的深渊。所以，窦娥的悲剧是黑暗社会中善良人性得不到保护的悲剧，是弱势群体饱受冤屈而无处申诉的悲剧。

《窦娥冤》具有高度的艺术成就。窦娥的形象已经成为苦难深重、含冤负屈的典型，而窦娥的三桩誓愿也已成为人们相信冤情终会昭雪的象征。剧中的语言既通俗生动，又慷慨激昂，使剧作既具有市井生活的色彩，又极具艺术感染力，尤其是第三折中窦娥的几段唱词，如巨浪冲天，将她心中悲愤不平的情感尽情倾泻：

> ［滚绣球］有日月朝暮悬，有鬼神掌着生死权。天地也，只合把清浊分辨，可怎生糊突了盗跖颜渊？为善的受贫穷更命短，造恶的享富贵又寿延。天地也做得个怕硬欺软，却元来也这般顺水推船。地也，你不分好歹何为地？天也，你错勘贤愚枉做天！哎，只落得两泪涟涟。

窦娥在自己的悲剧中认识到这是一个“为善的受贫穷更命短，造恶的享富贵又寿延”的黑暗社会，她将愤怒指向世界的主宰者——苍天和大地，然而，天地无语，她只能含冤而死。惊天动地的冤情和汹涌澎湃的情感，共同构成了《窦娥冤》的悲壮之美。

《窦娥冤》是我国古典悲剧的代表性作品，窦娥的悲剧，是一个善良人的悲剧，一个社会悲剧，也是一个时代悲剧。王国维指出：“元则有悲剧在其中……其最有悲剧之性质者，则如关汉卿之《窦娥冤》，纪君祥之《赵氏孤儿》。剧中虽有恶人交构其间，而其赴汤蹈火者，仍出于其主人翁之意志，即列之于世界大悲剧中，亦无愧色也。”[1]《窦娥冤》确是一场感天动地的大悲剧。

2.《汉宫秋》：孤雁横空，元曲第一

马致远的《汉宫秋》（全名《破幽梦孤雁汉宫秋》）以昭君出塞的故事为题材，以汉元帝和王昭君的爱情故事为线索，演述汉元帝朝无力抵御匈奴，只能以昭君和番来换得四境安宁的屈辱历史，对汉元帝昏庸无能以及文武大臣的奸佞怯懦进行强烈的批判，对昭君深明大义、慷慨殉国的爱国主义精神给予深情的赞颂。在现存的元杂剧中，《汉宫秋》得到的殊荣最多也最高：它位列元曲四大悲剧之一，与白朴的《梧桐雨》并称悲剧双璧，又与《梧桐雨》、关汉卿的《单刀会》、纪君祥的《赵氏孤儿》、高文秀的《渑池会》合称元曲五大历史剧。明代臧懋循的《元曲选》列之为元人百种之首，认为《汉宫秋》当数元杂剧第一。

故事讲述的是西汉元帝听信佞臣毛延寿的谗言，诏令天下选美入宫。南郡秭归县王昭君，因家道贫穷未向毛延寿行贿，被他点破影图发入冷宫十年。后元帝夜巡后宫，见到天下绝色的昭君，大为所动，封之为明妃。毛延寿担心罪行暴露，逃往匈奴进献昭君美人图，挑唆呼韩邪单于索取昭君和亲。大兵压

[1] 王国维：《宋元戏曲史》，北京：中国书籍出版社，2006年，第149页。

◎（明）仇英《明妃出塞图》

境，满朝文武束手无策。昭君自请出塞和番，在行至汉匈交界的黑江时投江自尽。元帝日夜思念昭君，梦见昭君私自逃回，却被雁叫长门之声惊醒。全剧以呼韩邪单于将毛延寿押还汉宫处死，与汉廷和好结束。

昭君出塞本有其事。据《汉书·元帝纪》《匈奴传》等记载，元帝初年（前48），王昭君被选入后宫多年不得见御。竟宁元年（前33），元帝赐呼韩邪单于宫女五人，昭君久积悲怨而自请出行。在临行送别之时，元帝见到了“丰容靓饰，光明汉宫”的昭君，“大惊，竟欲留之，而难于失信，遂与匈奴”。

两年后（前30）呼韩邪单于死，昭君从胡俗下嫁庶子。因昭君出塞和番，胡汉和睦六十余年。马致远结合史传、传说，将昭君出塞的故事加以改编。首先将故事的背景改为匈奴强盛而汉室荏弱；其二是将昭君入塞改为途中以身殉汉；其三是将画工毛延寿改为身兼中大夫一职且谗佞卖国，虚构了元帝与昭君的爱情故事，将帝妃的生离死别置于外敌入侵、民族饱受屈辱的背景之下，使昭君出塞的故事有了更为深刻的思想内涵。

在以往的昭君出塞作品中，大都以昭君为主人公，而《汉宫秋》作为一部末本戏却一反传统，以汉元帝为主角，塑造了一个风流天子、败国之君的形象。剧中，汉元帝是一位温柔善感、缱绻多情的帝王。他驾幸后宫，闻听昭君的寂寞琵琶曲，见到昭君的天下绝色之貌，心动万分，一见钟情。他欣赏昭君，“体态是二十年挑剔就的温柔，姻缘是五百载该拨下的配偶，脸儿有一千般说不尽的风流”。迷恋日深，因而久不临朝，上了朝又心猿意马，“虽是见宰相，似文王施礼；一头地离明妃，早宋玉悲秋”。正当他与昭君情深意浓之时，大敌压境，在无力御外的情况下，只得忍痛割爱，令爱妃和番。虽贵为天子，他不顾“外夷耻笑”，“亲出灞陵桥，送饯一杯”。面对与爱妃的生离死别，他发出浩天长叹：“我那里是大汉皇帝！”“谁似这做天子的官差不自由。”汉元帝的悲伤，引发了人们对他的深切同情，在他身上看到了与普通人一样无力挽救爱情的痛苦。

然而，作为大汉帝王，既无力保全爱妃，也无力保全江山社稷和黎民百姓，这是汉元帝最大的耻辱和悲哀。匈奴大势来侵，以“边塞久盟和议策”而“高枕无忧”的汉元帝没有任何御敌准备，满朝文武又都是些避兵畏战的酒囊饭袋，他们虚伪矫饰，众口一词，以“女色败国”为借口强劝元帝献出昭君。汉元帝悲愤难忍，怒骂群臣平日里邀功领宠，临阵时却怯懦卑微：“太平时、卖你宰相功劳，有事处、把俺佳人递流。你们干请了皇家俸，着甚的分破帝王忧？那壁厢锁树的怕弯着手，这壁厢攀栏的怕攧破了头。”而汉元帝对文臣武将的怒斥和谴责，也正体现了汉元帝自身的诿过卸责和昏庸无能。身为帝王，他缺乏政治远见，只以番汉和亲来换取四海晏然的短暂和平；他贪图享乐，沉湎酒色，全然忘记了西北塞漠的巨大威胁；他贤愚莫辨，自以为天下太平“皆赖众文武扶持”，竟把“百般巧诈，一味谄谀”的毛延寿当作忠臣信赖。正因为如此，当番使强行索要昭君时，汉元帝只能指望边将，却“全不见守玉关、征西将”；指望士卒，却发现“枉养着那边庭铁衣郎”；最后把希望寄

◎《破幽梦孤雁汉宫秋》

托在朝臣之上，又发现那些朝臣“都是些避刀畏箭的”“不去出力”。正是因为汉元帝个人的昏聩无能，荒怠朝政，才导致满朝文武的尸位素餐和苟且偷安。

《汉宫秋》还刻画了中大夫毛延寿、尚书令五鹿充宗等文武大臣的形象。在葛洪的《西京杂记》中，毛延寿本是一个贪婪的画工，在剧中他则是朝廷显宦。为巩固宠幸，他“教皇帝少见儒臣，多昵女色”，并以“田舍翁多收十斛麦，尚欲易妇”作比，劝汉元帝选天下美女以充后宫。毛延寿担任选择使，营私舞弊，大收贿赂，因向家素贫寒的昭君索要百两黄金而遭拒，就将其眼下点成破绽，致使昭君入宫十年未曾见得皇帝。事情败露后，他逃往匈奴，以昭君愿与番王和亲而汉主不舍为由，挑拨两国关系，使汉朝江山遭遇危机。剧作通过几个生动的情节，将毛延寿奸佞贪婪、叛国投敌的佞臣形象生动地展现出来。尚书令五鹿充宗主要出现在第二折“朝议和亲”中。他贪生怕死，虚伪自私，以女色败国为由屡劝汉元帝“以社稷为念”，割恩断爱以息刀兵。《汉宫秋》以毛延寿和尚书两位大臣为典型代表，刻画了满朝文武卑躬屈膝、辱国媚敌的丑恶嘴脸。

大义凛然、以身许国的明妃王昭君是《汉宫秋》中最光彩夺目的形象。在剧中，马致远把昭君的被迫出塞、悲凉远嫁，改编成自请和番，甘赴国难：“妾既蒙陛下厚恩，当效一死，以报陛下。妾情愿和番，得息刀兵，亦可留名青史。”气壮山河，沉着铿锵，与满朝文武的怯懦无耻形成极为鲜明的对比。昭君既请和番，又拒不入境以色事敌。她慷慨牺牲，既保持自己高贵的人格，恪守对爱情的坚贞，又维护了汉元帝的尊严，也表达了对国家民族的强烈热爱，昭君的爱国主义精神和民族气节令人钦佩。

《汉宫秋》对昭君出塞的故事加以改编和渲染，将汉元帝与王昭君个人的屈辱与不幸，深深打上了民族的烙印，表达了强烈的爱国思想与民族意识。作家马致远久屈下僚，饱尝民族压迫和歧视之苦。《汉宫秋》的创作，即是借帝妃离别之情，写故国哀思之痛，发历史兴亡之感。在宋金元易代的特定历史背景下，对昭君这样一段带有民族屈辱历史的咏唱，蕴含着中原各族人民对家国沦亡的深切哀思。

《汉宫秋》没有起伏转折的情节，没有扣人心弦的对白，然而它境界独辟，以深厚的人文底蕴、抒情诗般的曲词牢牢地抓住了观者和读者的心神。剧本的第三折和第四折大量运用借景抒情、比兴顶真等艺术手法，淋漓尽致地表现了汉元帝失去昭君后愁肠百结的痛苦心情。第三折“灞桥送别”一节哀婉动人，历来为人们击节赞赏：

［七兄弟］说什么大王、不当、恋王嫱，兀良，怎禁他临去也回头望。那堪这散风雪旌节影悠扬，动关山鼓角声悲壮？

［梅花酒］呀！俺向着这迥野悲凉。草已添黄，兔早迎霜。犬褪得毛苍，人搠起缨枪，马负着行装，车运着糇粮，打猎起围场。他、他、他，伤心辞汉主；我、我、我，携手上河梁。他部从入穷荒，我銮舆返咸阳。返咸阳，过宫墙；过宫墙，绕回廊；绕回廊，近椒房；近椒房，月昏黄；月昏黄，夜生凉；夜生凉，泣寒螀；泣寒螀，绿纱窗；绿纱窗，不思量！

［收江南］呀！不思量，除是铁心肠；铁心肠，也愁泪滴千行。美人图今夜挂昭阳，我那里供养，便是我高烧银烛照红妆。

汉元帝送别昭君，他独立寒秋，茫然四顾，辽阔、幽邃、苍凉的大漠之景，更增满目悲凉与哀伤。“他、他、他”“我、我、我”，汉元帝泣不成声，一想到回宫后形单影只的寂寥，他愁苦的泪滴落成千行。马致远用急促的旋律、回环往复的顶真修辞，突出了汉元帝作为一代帝王不能保全爱妃、丧失尊严的耻辱与悲痛。而第四折以悲壮的意境、优美的文辞，描绘出“破幽梦孤雁汉宫秋”的画面。曲中多次响起孤雁的哀鸣，“伤感似替昭君思汉主，哀怨似作薤露哭田横，凄怆似和半夜楚歌声，悲切似唱三叠阳关令”，既是一片萧瑟凄凉的实景，又将历史与现实完美融合，渲染出贯通古今的悲凉之境。“孤雁横空，林风肃肃，远近相合”（明·孟称舜《古今名剧合选》)，全剧笼罩着浓郁的悲凉之雾，由古及今，表达出作者对时代的体认和感悟。

马致远是元代赫赫有名的“曲状元”，他名贯梨园，被“四方海内皆谈羡”(元末明初·贾仲明《凌波仙》吊词)。明人朱权在《太和正音谱》“群英所编杂剧”一栏内“元五百三十五”种杂剧中，最先列出的是马致远所作的十三种杂剧，对马致远其人其作给予极大的肯定。《汉宫秋》以诗写剧，风格雄劲悲壮，意境幽邃，寄托遥深，其艺术成就亦是早有公认，被誉之为“千古绝品”[1]，更有赞其为元曲第一者，“写景写情，当行出色，元曲第一义也”(清·梁廷枏《藤花亭曲话》)。《汉宫秋》不仅在国内剧坛享有盛誉，在国外亦产生较大影响，自1829年德庇时所译英文版出版后，又有法、德、日等多国译本，声名远播世界。

3.《梧桐雨》：长恨悲歌，元曲冠冕

白朴的代表作《梧桐雨》(全名《唐明皇秋夜梧桐雨》)以唐代的安史之乱为背景，敷演唐玄宗李隆基与杨贵妃的爱情悲剧，概括了玄宗朝和唐王朝由盛转衰的历史过程，揭示了李隆基从辉煌到衰败的人生命运。白朴亲历金元政权的交替，他在《梧桐雨》中寄予了亡国之思和沧桑之感。元曲家以李、杨

---

[1] 王国维：《录曲余谈》，《宋元戏曲史》附录本，天津：百花文艺出版社，2002年，第163页。

◎（明）仇英《贵妃晓妆图》

故事入戏者颇多[1]，然该剧力压群芳，独秀于林，“元人咏马嵬事，无虑数十家，白仁甫《梧桐雨》为最”[2]。该剧语言富丽典雅、高华悲壮，王国维曾给予高度评价：“沈雄悲壮，为元曲冠冕。”[3]

剧中讲述唐明皇李隆基晚年倦于政事，生活荒淫，将儿媳寿王妃杨玉环公开据为己有，封为贵妃。自贵妃入宫后，二人朝歌暮宴，尽情享乐。番将安禄山犯有过失当斩，明皇不听大臣劝谏，委以重任，并将他赐予贵妃作“义子”。七夕之夜，李、杨在长生殿宴饮，二人感叹牛郎织女相思久长而恩爱短促，遂对星盟誓，今生共偕老，永世为夫妻。正当他们欢歌劲舞之时，安禄山起兵反叛，兵近京师。群臣退

[1] 如关汉卿《唐明皇哭香囊》、岳伯川《罗光远梦断杨贵妃》、庾天锡《杨太真霓裳怨》《杨太真华清宫》及白朴另一剧作《唐明皇游月宫》等，但均未留存下来。

[2] 王文才校注：《白朴戏曲集校注》，北京：人民文学出版社，1984年，第227页。

[3] 王国维：《人间词话》，上海：上海古籍出版社，2008年，第15页。

兵无计，明皇无奈逃难蜀中，行至马嵬坡时六军哗变，要求处死杨国忠、杨贵妃兄妹。此时唐明皇自身难保，赐贵妃于佛堂自缢。安史之乱平定后，唐明皇驾回长安，以太上皇退养于西宫，他昼夜思念贵妃，终在梦中得以一见。然窗外雨打梧桐之声惊搅了这场好梦，他下令锯倒梧桐树，在无尽的雨声中泪染龙袍。

《梧桐雨》是一部摄人心魄的爱情悲剧。它以真实的历史为故事，并受唐代陈鸿的传奇小说《长恨歌传》和白居易诗《长恨歌》的影响创作而成。作者在剧中既为李、杨的爱情怀着同情与哀惋，又对唐明皇溺于情、荒于政，导致国势骤衰的结局进行了讽喻和谴责。

作为末本戏，《梧桐雨》从唐明皇的情感出发，刻画了一代帝王对爱妃的真情。唐明皇宠幸贵妃，几乎倾注作为皇帝的一切权利。为得杨玉环，他不顾伦理道德，费尽心机。既得玉环，则“夜同寝，昼同行”，终日沉浸在欢爱之中。他看不够贵妃的倾国倾城貌，赏不尽贵妃的“智巧心灵”，贵妃以天生丽质“搀夺尽六宫宠幸”。七月七夕，二人闲步长生殿，感牛郎织女的传说，唐明皇以星为证，立下了“朕与卿尽今生偕老；百年以后，世世永为夫妇”的誓言，充满浓郁的平民情怀。然乐极悲生。安禄山起兵，唐明皇御敌无计，西行幸蜀。他首先想到的不是江山社稷之危，而是替贵妃“愁那嵯峨峻岭连云栈，自来驱驰可惯，几程儿挨得过剑门关？”马嵬兵变，剑拔弩张，将士请杀贵妃，他以帝王之尊乞求臣将："他见请受着皇后中宫，兼踏着寡人御榻。他又无罪过，颇贤达。"将士不应，要"使六军马踏其尸"，唐明皇又苦苦哀求，"他如何受的？"对贵妃的一片真爱尽在语中。但大势已去，他椎心泣血，仰天长啸："天那！一个汉明妃远把单于嫁，止不过泣西风泪湿胡笳。几曾见六军厮践踏，将一个尸首卧黄沙？"昔日长生殿的美好誓愿全化作今朝贵妃的命丧黄泉，富贵生死，天上人间。贵妃之惨，远胜过远嫁单于的昭君，贵妃命殒马嵬，"尸首卧黄沙"，成为唐明皇此生最大的悲痛。安史之乱平定后，唐明皇退居西宫做了太上皇，"昼夜只是想贵妃娘娘"，"朝夕哭奠"。他新添了白发，瘦损了龙颜，见荔枝空伤怀抱，睹贵妃真容"雨泪濠咷"，他常常"记得千秋节华清宫宴乐"，更时时忆起"七夕会长生殿乞巧"，在痛苦的回忆与思念中，空挨残年。

◎《唐明皇秋夜梧桐雨》插图

《梧桐雨》既是一部爱情剧，又是一部历史剧。李、杨悲剧的发生正好处于李唐王朝由盛到衰的转折点上，爱情悲歌与国运兴衰水乳交融地叠合在一起。剧本错落有致地穿插了唐明皇在朝政上的表现，将二人情感置于历史的滚滚波涛之中。

在剧中，白朴既刻画了唐明皇的多情与风流，也指出了他昏聩荒淫终至误国的历史教训。安禄山损军失机，按律当斩，唐明皇却因他“惟有赤心”的巧言媚语免其死罪；又因贵妃喜欢安禄山“又矬矮，又会旋舞”，唐明皇为讨其欢心，竟将一个“生有异相，必有后患”的番将赐给她作义子解闷。也正是因为唐明皇的荒淫昏庸、缺少识辨，才留下了安禄山日后反叛的祸患。贵妃“好啖鲜荔枝”，他特开驿道，不远千里，飞马传送，只为妃子一笑而不虑念百姓苍生之苦。为了博得贵妃的芳心，唐明皇将其兄“杨国忠加为丞相，姊妹三人封做夫人，一门荣显极矣”。当安禄山入侵的消息传来时，唐明皇对军情无动于衷，反而指责宰辅不择时机：“你慌做甚么！”“止不过奏说边庭上造反，也合看空便，觑迟疾紧慢。”直到李林甫告之详情：“京营兵不满万，将官衰老”，唐明皇才意识到形势已岌岌可危，仓皇弃京西逃。在剧中，白朴着力点染了赦免安禄山、李林甫告军情、马嵬兵变等历史镜头，指出了唐明皇“因歌舞坏江山”，“眼不识人，致令狂胡作乱”的政治错误。李、杨的爱情悲剧也是李唐王朝的政治悲剧。

然而，《梧桐雨》剧既不是简单地敷设爱情故事，也不是单纯地进行政治讽刺与抨击。剧作一开始，就交代了唐明皇

◎《明皇幸蜀图》

父纳子妃的污秽之事，“昨寿邸杨妃，绝类嫦娥，已命为女道士；既而取入宫中，册为贵妃，居太真院”。同时，又多处笔涉贵妃和安禄山关系有染，“别的都罢，只是我与贵妃有些私事，一旦远离，怎生放的下心”（安禄山云），七夕乞巧，贵妃却别有他想：“妾心中怀想，不能再见，好是烦恼人也。”父纳子妃和贵妃私情是二人情感的最大污点，但在剧中均直言明道，可见《梧桐雨》不是一部纯粹以爱情为主题的悲剧。与此同时，作者也没有将以史为鉴作为主旋律重点来写，“姊妹弟兄皆列土”“一骑红尘妃子笑”“宛转蛾眉马前死”，这些关键的历史情节虽有点染，但都没有集中笔墨进行刻画。可以说，政治悲剧也不是《梧桐雨》唯一的主题。

由此看来，《梧桐雨》的主题已经超越了爱情悲剧和政治悲剧，有着更加丰富的内涵。审视主人公唐明皇的内心世界，我们可以体悟到该剧所表达的悲剧意蕴。朝廷之上，面对李林甫“只因女宠盛，谗夫昌，惹起这刀兵来”的指责，唐明皇给予反斥，但是在西行途中，面对故园的“西风渭水，落日长安”，他意识到由于荒疏国政造成了今日的“西行避兵”，带着“好伤感人也”的迫促与荒凉离开了京都。当路行民间，看到“隐隐天涯，剩水残山五六搭；萧萧林下，坏垣破屋两三家”时，他反躬自责“寡人深居九重，怎知闾阎贫苦也”，当乡里百姓请愿中原不可无主时，他立下储君，危急之下交出了伴随自己四十余年的皇权。马嵬兵变，他百般乞求无济于事，被迫“割恩正法”，爱妃葬于浅土之中，甚至连一块墓地也来不及选。回到长安以后，他彻底没有了昔日的辉煌与荣耀，“有心待盖一座杨妃庙，争奈无权柄谢位辞朝”，一切繁华就此落尽，满眼都是落寞与哀伤。唐明皇曾缔造了所谓的开元盛世，也一手制造极盛转衰的悲剧。《梧桐雨》在咏叹李、杨悲剧的同时，写出了一代帝王在世事沉浮中的悲哀。

白朴幼年亲历了金元之际的战乱，“苍皇失母，便有山川满目之叹。逮亡国，恒郁郁不乐”（元·王博文《天籁集序》）。所以，他对李、杨悲剧的历史背景有着极为深切的理解和强烈的情感共鸣，使其在《梧桐雨》的创作过程中，借助李、杨的离合故事宣泄了个人的国破家亡之痛，并对亡国的原因有一定历史反思。借此，唐明皇之爱情长恨、人生悲歌，已转化为时人国破家亡之长恨、山川满目之悲歌，这正是《梧桐雨》引起强烈的社会历史共鸣的深刻原因。

《梧桐雨》具有高度的艺术成就。白朴词源滂沛，俊语如珠，多化用古典诗词入曲，使该剧既具有一种典雅的诗意，又不失流美酣畅的神韵。尤其第四折“梧桐听雨”，唐明皇一人主唱二十三支曲子，如珠落玉盘，如雨洒湖塘，意象纷披，美艳悲壮，故明人朱权评论说：“白仁甫之词如鹏抟九霄。”（《太和正音谱》）作为公认的元代五大历史剧、四大悲剧之一，《梧桐雨》与马致远的《汉宫秋》被并称帝王戏之双璧。《梧桐雨》被誉之为“元曲冠冕”，“元曲中的悲剧，恰到好处，以此为第一”[1]，在中国戏剧史上有着特殊的地位和影响。

4.《赵氏孤儿》：舍生取义，抗暴扶危

纪君祥的杂剧《赵氏孤儿》是一部充满强烈正义感的悲剧历史剧，被认为是“列之于世界大悲剧中，亦无愧色”[2]的杰作。剧本演述春秋晚期晋国的赵盾与屠岸贾两个权势家族之间的矛盾，围绕“赵氏孤儿”展开了一场正义与邪恶的殊死斗争，表现了程婴、公孙杵臼等忠臣义士赴汤蹈火、舍生取义的浩然正气和崇高的牺牲精神。人物形象极具魅力，故事情节跌

[1] 施慎之：《中国文学史讲话》，上海：世界书局，1941 年，第 126 页。
[2] 王国维：《宋元戏曲史》，北京：中国书籍出版社，2006 年，第 149 页。

◎《赵氏孤儿》插图

宕起伏，矛盾冲突尖锐激烈，该剧是由“千古最痛最快之事”发而为之的“一篇极痛快文”，非纪君祥这样的“大作手不易办也”（明 · 孟称舜《酹江集》）。

纪君祥，大都人，生卒年无考，《录鬼簿》将他列入“前辈已死名公才人，有所编传奇行于世者”，与作家李寿卿、郑廷玉为同代人。他作有《驴皮记》《曹伯明错勘赃》等六种杂剧，惜只流传下来《赵氏孤儿》一部，“但这一部就足以使他赢得世界级的戏剧家的称号”[1]。

《赵氏孤儿》取材于《史记 · 赵世家》创作而成。春秋

---

[1]　高益荣：《元杂剧的文化精神阐释》，北京：中国社会科学出版社，2005年，第266页。

晋灵公时，忠臣赵盾与奸臣屠岸贾文武不和，屠岸贾起灭赵之心，先使鉏麑刺杀赵盾，又训神獒攻击赵盾，均未得手。屠遂进谗言于灵公，将赵家合族三百余口杀死，又矫诏逼赵盾之子驸马赵朔自刎。驸马被杀之后，公主为赵家生下一儿，遵夫君遗命起名“赵氏孤儿”。屠岸贾为绝后患，下令凡掩藏孤儿者全家处斩。公主托孤于草泽医生、门客程婴后自缢而死。程婴带赵氏孤儿出宫时被门将韩厥发现，韩厥放走程婴，拔剑自刎以断追杀线索。屠岸贾下令三天之内杀死全国同龄婴儿。为保全赵氏及解救全国婴儿，程婴与致仕的中大夫公孙杵臼定计：程婴以己子冒充赵氏孤儿，公孙杵臼假装收留，然后由程婴告发，牺牲公孙杵臼和程婴之子救下赵氏孤儿。屠岸贾中计，剑剁“赵氏孤儿”（程婴之子），公孙杵臼触阶身亡。屠岸贾因相信程婴的忠心，让程婴做了自己的门客，并认其子（赵氏孤儿）为义子。二十年后，赵氏孤儿长大成人，程婴用手卷（即连环画）的形式告知其血海深仇。在晋国上卿魏绛的帮助下，赵氏孤儿杀了屠岸贾，为赵氏家族报仇雪恨。

《赵氏孤儿》剧塑造了程婴、韩厥、公孙杵臼等义士的形象，他们为保全赵氏遗孤，前赴后继赴汤蹈火，体现出“其言必信，其行必果，已诺必诚，不爱其躯，赴士之厄困”（西汉·司马迁《史记·游侠列传》）的高尚品格。

程婴是全剧贯穿始终的重要人物。他是驸马府门下的一名草泽医人，驸马对他“十分优待，与常人不同”，他怀着感恩报恩的思想，接受了公主的托孤之命。面对屠岸贾四处张挂“但有掩藏孤儿的，全家处斩，九族不留”的榜文，程婴有矛盾也有焦灼，但“为救普国内小儿之命”，“成就赵家枝叶”，他在天道微茫之际毅然承担起保护孤儿的重任。程婴四旬有五，刚得一子，他决定以自己的骨肉替下赵氏孤儿。在公孙杵臼的太平庄上，程婴眼见亲生儿子被屠岸贾连剁三剑，惨卧于血泊之中，他“心似热油浇，泪珠儿不敢对人抛”，强忍着痛失爱子的巨大悲痛，配合公孙杵臼上演救孤一幕。此后的二十年，他忍辱负重，让赵氏孤儿“与他跟前习文”，“在屠岸贾跟前习武”，将赵氏孤儿培养成一位“甚有机谋，熟娴弓马”“能文善武万人敌”的栋梁之材，最终完成立孤报仇的使命。在程婴身上，体现出重然诺、讲信义的道德信念、坚忍不拔的品质以及济困扶危的精神，具有震撼人心的力量。

◎ 程婴

韩厥是屠岸贾手下奉命把守宫门的将军，是为救孤而死的第一位义士。他看透了“忠正的在市曹中斩首，谗佞的在省府内安身”的黑暗现实，虽为屠的部将，但对其残害忠良的暴虐行为深恶痛绝。当怀疑程婴的药箱中有夹带时，他处于两难境地，三次放行，又三次将其喊回。在确定药箱中夹带了“未满月麒麟种”时，他没有迟疑，决定放走程婴，“我若把这孤儿献将出去，可不是一身富贵？但我韩厥是一个顶天立地的男儿，怎肯做这般勾当！”所谓“富贵不能淫”，正是韩厥人格上最闪光之处。在个人的荣华富贵与人道正义面前，韩厥选择了后者。为保全赵氏孤儿，让程婴去的放心，割断屠岸贾追查赵氏孤儿的线索，他拔剑自刎，用自己的生命奏响了一曲感人至深的正气歌。

◎ 传说《赵氏孤儿》中的藏孤处

公孙杵臼是晋国的老臣，赵盾生前与他有刎颈之交，是个正直忠义之士。看到晋灵公昏庸无道，屠岸贾惑乱朝纲，公孙杵臼无奈退守田园以求自保。程婴因“他与赵盾是一殿之臣，最相交厚”，又因为“老宰辅是个忠直的人”，带着赵氏孤儿来庄上投奔商议。程婴已决定献出亲子，让公孙杵臼出首，以程家父子的性命换取赵氏孤儿，由公孙杵臼抬举孤儿长大成人。公孙杵臼没有同意程婴的决策，他考虑到年逾七旬，二十年后“存亡未知”，从容地作出了牺牲自己的决定。当程婴为自己“不识进退，平白地将这愁布袋连累老宰辅”而愧疚万分时，公孙杵臼劝慰道“有恩不报怎相逢，见义不为非为勇”，“大丈夫何愁一命终”，为忠义他看淡了生死，甘赴牺牲。在这位七旬老臣的身上，充溢着舍生取义、杀身成仁的凛然正气。

《赵氏孤儿》结构紧凑，情节曲折，矛盾冲突异常尖锐。诸忠臣义士以保全赵氏孤儿为崇高使命，与奸臣屠岸贾展开了充满鲜血与智慧的斗争。在第三折中，屠岸贾为检验程婴告发公孙杵臼是否有诈，令程婴亲自对公孙杵臼行杖，二人遵守各自的诺言，对此既义愤填膺，又不得不假戏真做，上演了惊心动魄的一幕：

〔屠岸贾云〕这老匹夫赖肉顽皮，不肯招承，可恼可恼！程婴，这原是你出首的，就着你替我行杖者！

〔程婴云〕元帅，小人是个草泽医士，撮药尚然腕弱，怎生行的杖？

〔屠岸贾云〕程婴，你不行杖，敢怕指攀出你么？

〔程婴云〕元帅，小人行杖便了。

〔做拿杖子科，屠岸贾云〕程婴，我见你把棍子拣了又拣，只拣着那细棍子，敢怕打的他疼了，要指攀下你来?

〔程婴云〕我就拿大棍子打者。

〔屠岸贾云〕住者。你头里只拣着那细棍子打，如今你却拿起大棍子来，三两下打死了呵，你就做的个死无招对。

〔程婴云〕着我拿细棍子又不是，拿大棍子又不是，好着我两下做人难也。

〔屠岸贾云〕程婴，你只拿着那中等棍子打。公孙杵臼老匹夫，你可知道行杖的就是程婴么?

〔程婴行杖科，云〕快招了者!〔三科了〕

〔正末云〕哎哟，打了这一日，不似这几棍子打的我疼。是谁打我来?

〔屠岸贾云〕是程婴打你来。(第三折)

这出戏为我们展现了两组矛盾冲突：一是程婴、公孙杵臼与狡诈专横的屠岸贾之间善恶势力的外在矛盾，一是程婴对自己敬重的老宰辅行仗，打重了心疼，打轻了又怕露出破绽的内在矛盾。矛盾冲突以对话展开，为扫除屠岸贾“不行杖，敢怕指攀出你么”的置疑，程婴被迫对公孙杵臼行杖。开始时他拣最细的棍子，生怕打疼老宰辅；遭到屠岸贾反对，他又挑了大棍子，这样可以让老宰辅少遭些罪痛快上路。通过程婴的行动，刻画了他强掩悲愤、左右为难的心理，情节精彩，扣人心弦。

《赵氏孤儿》全名《赵氏孤儿冤报冤》，也叫《冤报冤赵氏孤儿》或《赵氏孤儿大报仇》，全剧充满了强烈的复仇情绪。赵盾惨遭灭门，复仇的思想由赵朔遗命立孤——公主以死托孤——韩厥自刎放孤——公孙撞阶保孤——程婴含辱养孤，跨越两代人二十年，最终将复仇的意志告与赵氏孤儿。赵氏孤儿的复仇大业成为一种正义战胜邪恶、忠义血洗耻辱的象征。《赵氏孤儿》以“怨报怨”“大报仇”为思想内涵，歌颂面对恶势力不屈服不妥协的坚强意志，呼唤为正义而斗争、无所畏

◎《赵氏孤儿》邮票

惧和自我牺牲的崇高精神，在当时的社会背景下有着特殊的现实意义。

《赵氏孤儿》是一部典型的中国式历史大悲剧，剧中蕴含的深厚的民族精神是该剧的灵魂，也是剧目获得成功的重要原因。同时，这种民族精神也深深地打动了世界。18世纪，该剧风行于欧洲，有英、德、俄、法等多种译本，引起了世界范围的传播。法国著名思想家伏尔泰对《赵氏孤儿》十分欣赏，曾在1775年将《赵氏孤儿》改编成《中国孤儿》在巴黎演出，引起轰动。直到现在，《赵氏孤儿》仍被改编成多种剧本，在各地上演。

（二）四大爱情剧

约占五分之一的爱情剧是元杂剧中最受欢迎的题材，无论是千金小姐与贫寒书生的一见钟情，还是歌伎舞女与落魄文人的两情相悦，都有着道不尽的恩怨情仇、诉不完的悲欢离合。

元代爱情剧中男子的身份多半是命运不济的秀才，而女方则多出身富贵，既有倾城之貌，又具出世之才，更有着大胆鲜明的个性，她们的魅力往往在男子之上，为了爱情敢于冲破重重阻力，与封建社会的门第观念、功名观念等抗争到底。在众多爱情剧中，王实甫的《西厢记》、关汉卿的《拜月亭》、白朴的《墙头马上》、郑光祖的《倩女离魂》最为杰出，合称为元杂剧的四大爱情剧，它们既表达了元代青年男女对爱情的执着追求，也寄托了元代文人的爱情理想和社会理想。

1.《西厢记》：北曲压卷，天下夺魁

《西厢记》（全名《崔莺莺待月西厢记》）是元代“尽人知之”[1]的一部爱情大剧。该剧规模宏伟，洋洋五万言，描述了相国千金莺莺和书生张珙一见钟情，历尽重重阻碍而终成眷属的爱情故事，塑造了莺莺、张生、红娘等极具魅力的艺术形

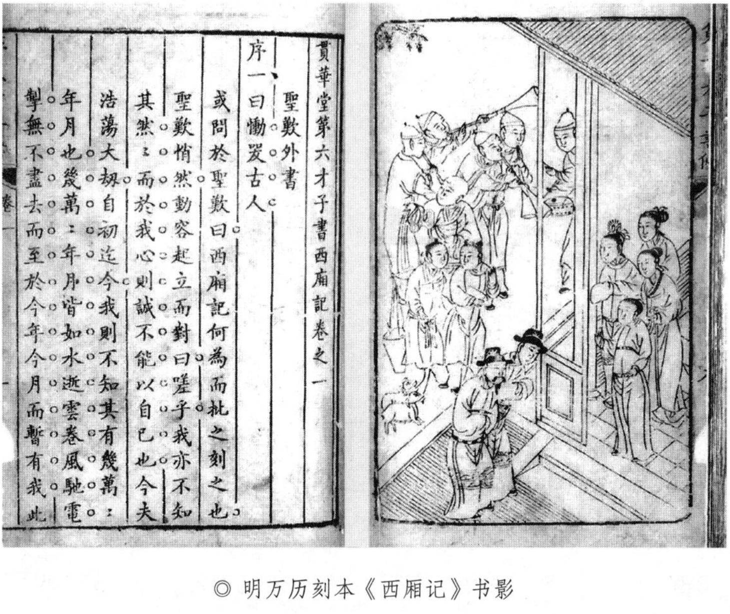
貫華堂第六才子書西廂記卷之一
聖歎外書
序一曰慟哭古人
或問於聖歎曰西廂記何為而批之刻之也聖歎悄然動容起立而對曰嗟乎我亦不知其然然而於我心則誠不能以自已也今夫浩蕩大劫自初迄今我則不知其有幾萬萬年月也幾萬萬年月皆如水逝雲卷風馳電掣無不盡去而至於今年今月而暫有我此

◎ 明万历刻本《西厢记》书影

[1]（明）朱朝鼎为王骥德《新校注古本西厢记》后跋：“剧尚元，元剧尚《西厢》，尽人知之。”

象，提出了“愿天下有情的都成了眷属”这一美好的爱情理想。《西厢记》堪称绝唱，在元代赢得了“天下夺魁”（明·贾仲明［凌波仙］吊词）的美誉。

《西厢记》的作者王实甫，名德信，大都（今北京市）人，生卒年与生平事迹俱不详。现存《崔莺莺待月西厢记》《吕蒙正风雪破窑记》和《四丞相歌舞丽春堂》等杂剧三种，另有残剧二种，佚目九种。有少量散曲传世，《全元散曲》收其小令一首，套数二套，残套一套。王实甫经常出入瓦舍勾栏，是个放浪形骸、不拘礼法的书会文人，故明初贾仲明在吊词［凌波仙］中评价他：“风月营密匝匝列旌旗，莺花寨明飚飚排剑戟。翠红乡雄赳赳施谋智。作词章，风韵美，士林中等辈伏低。”一曲《西厢记》奠定了王实甫在曲坛的至高地位，使他名列“元曲五大家”[1]之一，甚至获得了元曲之首的殊荣。

《西厢记》故事的演变历经唐、宋、金、元四个朝代，其肇源于中唐诗人元稹带有自传性质的传奇小说《莺莺传》，北宋时已广泛流传并多有改编，如赵德麟的《商调·蝶恋花》、秦观的《调笑转踏》等都是歌咏崔莺莺、张生的爱情故事并在士林间广泛传唱。尤其是金代董解元的《西厢记诸宫调》，在主题、人物、情节等方面做了重大的改编创作，至元代王实甫

---

[1] （明）王骥德：《新校注古本西厢记》卷六附评语：“元人称关、郑、白、马，要非定论。四人汉卿稍杀一等，第之，当曰王、马、郑、白，有幸有不幸耳。”

◎ （明）仇英《西厢记图卷》

最终完成了杂剧《西厢记》的创作。不同时代及文化对《西厢记》故事的形成均产生过影响，故鲁迅说“其事之振撼文林，为力甚大”[1]。

《西厢记》共五本二十一折，是元杂剧中为数不多的鸿篇巨制之一。故事讲述唐贞元年间，已故崔相国的夫人携女儿莺莺、丫环红娘送崔相国的灵柩回乡安葬，暂居河中府普救寺。相国在世时，将莺莺许给老夫人的侄子郑恒为妻，因丧服未满，未曾成亲。书生张珙（以下称“张生”）去京城赶考路经河中府，在普救寺邂逅了天姿国色的莺莺，二人一见钟情。张生决定暂不往京师应举，他向长老借得靠着西厢的一间僧房，以每日能窥见住在西厢之莺莺。夜半，张生赋诗，莺莺隔墙依韵酬答，以诗传情。叛将孙飞虎兵围普救寺强索莺莺为妻，老

[1] 鲁迅校录，王中立译注：《唐宋传奇集》，天津：天津古籍出版社，2002年，第512页。

夫人情急之下许诺：若有退兵者，以莺莺妻之。张生挺身而出，致书给同郡同窗白马将军杜确，杜确率军前来解围。贼兵退后，老夫人突然变卦，让二人以兄妹相称，愁煞了莺莺和张生。张生相思成疾，红娘前去探望，带回了张生捎给莺莺的情诗。莺莺假意责骂红娘有辱家风，暗里复简邀张生夜半约会。张生赴约，莺莺又假意变卦，苦煞了张生，相思病又重。莺莺让红娘给张生送药方，实是传云雨之约，被红娘善意识破。莺莺夜到张生住处，以身相许。老夫人发觉莺莺异常，拷问红娘，红娘以机智巧妙的应答使老夫人默许了二人婚事，但要张生成就功名方可成亲。张生上京赶考，十里长亭，莺莺与他洒泪而别。半年后张生一举及第，得了头名状元。郑恒到普救寺编造谎言说张生已做了卫尚书家的女婿，老夫人信以为真又将莺莺许给郑恒。张生授河中府尹衣锦荣归，杜确前来恭贺，揭穿郑恒的谎言，郑恒触树身死。莺莺与张生终成眷属。

《西厢记》脍炙人口，王实甫以精工妙笔塑造了莺莺、张生、红娘等极具个性的艺术形象，他们深受观众和读者的喜爱，成为经典形象深深地刻在了观众读者的脑海里。

莺莺是一位出身于相国之门的千金小姐，她多才多艺，“针黹女工，诗词书算，无不能者”。莺莺有着倾国倾城的美貌，张生在佛殿与之初遇时，竟以为是“南海水月观音现（身）”，直道自己是“撞着五百年前风流业冤”。老夫人对莺莺的管教甚严，拘束甚多，莺莺生活寂寞，正当妙龄却有“人值残春”之叹。莺莺虽与老夫人的侄子郑恒先有婚约，但郑恒是一个无德少才的纨绔子弟，多才美貌的莺莺对这桩门第婚姻不敢期望，她经常“闲愁万种，无语怨东风”。

莺莺绝色天资又深沉多情。当她敏锐地发现“外像风流，青春年少；内性儿聪明，冠世才学”的张生对自己有意时，不顾老夫人的“操凛冰霜”，也大胆地顾觑张生，以“临去秋波那一转”表达自己的好感。当红娘告知张生那幕“好笑”的自我介绍时，她深知其意，叮嘱红娘“休对夫人说”。当张生夜下吟诗时，她立即酬和：“兰闺久寂寞，无事度芳春。料得行吟者，应怜长叹人。”深情地向意中人诉说自己的寂寞。张生因相思染疾，莺莺也同样忍受着煎熬，她“神魂荡漾，情思不快，茶饭少进”。为解孙飞虎的围兵，莺莺与老夫人决议“建退贼之策，夫人面许结亲”。当张生应声而出时，莺莺心头一热，这正是她心中所盼，“只愿这生退了贼者”，成全了他

◎（明）仇英《西厢记图卷》

们二人。然而贼兵退后老夫人变卦，莺莺责怪母亲“谎到天来大；当日成也是您个母亲，今日败也是您个萧何”。张生夜弹琴曲诉说衷情，莺莺以善感之心，深解曲中之情，竟“不觉泪下”。经过红娘的传书递简，莺莺终于大胆地走出思想的枷锁，“寄语高唐休咏赋，今宵端的雨云来”，夜赴张生住处，将千金之躯托于张生。“长亭送别”莺莺难舍张生，“但得一个并头莲，煞强如状元及第”，告张生“此一行得官不得官，疾便回来”。莺莺不慕功名富贵，视官如拾芥，视爱情为一切，这更是莺莺形象的闪亮之处。

然而，莺莺又有许多“假意儿”。面对爱情，莺莺内心掀起了惊涛骇浪，但是她出身名门，有着大家闺秀的做派，更深受礼教束缚，所以她的内心情感和外在表现就产生了许多矛盾。莺莺希望丫环红娘能帮助自己，但她又担心有失小姐的尊严和体面，所以总是刻意掩饰。当红娘带回张生的简帖放到妆盒上，莺莺虽然已是急不可耐，但她却突然做出勃然大怒的样子，骂红娘是“小贱人”，还声称要拿简帖儿“告过夫人，打下你个小贱人的下截来”。然后又装腔作势地要红娘捎话儿给张生，“着他下次休是这般”，一本正经，煞是可爱。莺莺给张生复简，对红娘说是责骂张生，实则“待月西厢下”，邀张生夜半过墙。当张生如期赴约，莺莺又临时变卦怒责张生，使张生惊呼：“呀，变了卦也！”莺莺的举动，把张生搞得“七死八活”，不知如何是好。“对人前巧语花言，没人处便想张生，

◎ （明）仇英《西厢记图卷》

背地里愁眉泪眼”，这是红娘对她的总结和同情。一位相府的千金，要冲破封建礼教的禁锢，主动向一位男子表达自己的爱情，在当时可谓骇人之举。莺莺的这些“假处”，耐人咀嚼深味。

张生是《西厢记》这部爱情大戏的男主角，是“书剑飘零，功名未遂”的一介书生。在追求爱情的过程中，他时而兴奋热烈，时而懊恼沮丧；时而机智果敢，时而呆拙懦弱。他经常哭哭啼啼地向红娘跪拜求助，更时常被莺莺“假意儿”戏弄；他被红娘目为“傻角”，被莺莺称为“志诚种”。

张生才华出众，率真可爱，书生气十足。刚跟莺莺打了个照面，张生就大呼“我死也！”，为莺莺的“千般袅娜，万般旖旎”而惊奇着魔。他伺机找红娘说话，刚一开口就自报家门，还不合时宜地向红娘打听：“敢问小姐常出来么？”既有一种可爱的傻气，又带着一种智慧的书生气。“白马解围”后，老夫人宴请张生，他以为好事将成，欢天喜地地打扮，“皂角也使过两个也，水也换了两桶也，乌纱帽擦得光挣挣的”，眼巴巴地等红娘来请。他兴高采烈地去赴宴，然而老夫人反悔，他一听“声息不好”，便立时“眼倦开软瘫作一垛”，险些晕了过去。张生看上去满腹书呆子气，实际上他并非不谙世事。他对长老毕恭毕敬，送与长老“白银一两”，然后顺利借得靠着莺莺的一间僧房，又在长老的介绍下参加了道场。他相信只有红娘能够成就他的好事，所以每每遇到困难，就使劲地央求红娘。老夫人变卦，他跪在红娘面前说尽了好话，若红娘不帮他，他要“就小娘子前解下腰间之带，寻个自尽”。莺莺遣红娘责骂张生，他又跪下揪住红娘哭诉：“小生这一个性命，都在小娘子身上。”跪拜红娘，这既表现了张生的软弱和可爱，也体现出他的智慧与真诚。

◎ 清仿仇英《西厢记图卷》

◎ 清仿仇英《西厢记图卷》

红娘是一个成人之美的艺术典型，她聪明机智，泼辣俏皮，热心助人，极富正义感。为了玉成小姐和张生已经无望的婚事，她不辞辛苦周旋其中，凡事都处理得妥帖周全。她知道小姐既钟情于张生又多有顾虑，既希望得到她的帮助，又“有许多假处”，她就凡事为小姐着想，宁可自己受罪。小姐与张生约会，她“立苍苔将绣鞋儿冰透”；小姐有过，她代为之受。她了解张生百般痴情但有点迂拙的性格，所以热心地出谋划策，特别是在张生不知所措寻死觅活时，给他以安慰和勇气。为了成人之美，她几乎要挨老夫人的毒打，经受了各种委屈，但她无怨无悔。尽管这三个人都不好“对付”，但是红娘还是以她过人的机警，帮助这桩爱情穿越了重重阻碍到达理想的彼岸。故明人汤显祖激赏“红娘真有二十分才，二十分识，二十分胆，有此军师，何攻不破，何战不克，宜乎莺莺城下乞盟也哉”。同时，红娘又泼辣俏皮，她对小姐莺莺的“假意儿”经常给以善意的冷嘲热讽，对懦弱笨拙的张生更是极尽挖苦与嘲笑，没有红娘的俏皮泼辣，《西厢记》就没有这么多的戏剧冲突，也就没有了如此令人啼笑皆非的喜剧效果。

“愿天下有情的都成了眷属”是《西厢记》的精神主旨，也是作家思想的伟大之处。一个是相国府的千金小姐，一个是游于四方的书生，他们把“父母之命，媒妁之言”完全抛在脑后，他们的相爱是对封建社会以门第、财产等作为择偶条件的最大叛逆，更是对封建礼教和婚姻制度的大胆挑战。所以，《西厢记》的爱情宣言给普天之下的有情人一个巨大的精神支柱，是“天下万世人人心里公共之宝”[1]。

作为大型连台杂剧，《西厢记》情节跌宕起伏，波澜横生；结构开阖多姿，缜密多变。在以崔、张爱情为贯穿始终的情节主线外，作者巧妙安排了两条相关联的线索：一是崔、张、红与老夫人的矛盾冲突，二是崔张、崔红、红张三人之间的误会冲突。一明一暗，构成了《西厢记》井然有序又变化多端的叙事特点。《西厢记》文采灿然，王实甫既能熟练地驾驭民间语言，又在曲中大量植入古典诗词的意象，二者巧妙结合，意趣盎然。其人物语言极具个性风采，如张生的语言文雅，莺莺的语言婉媚，红娘的语言则生动泼辣。《西厢记》的语言艺术达到了中国古典戏曲的最高峰，明代戏曲家徐复祚赞

[1] 陈德芳校点：《金圣叹评西厢记》，成都：四川文艺出版社，2000年，第23页。

叹它“字字当行，言言本色，可为南北之冠”（《曲论》）。清代戏曲家李渔的评价则更高：“自有《西厢》以迄于今，四百余载，推《西厢》为填词第一者。”（《闲情偶寄》）

《西厢记》问世之后，作家极受感染，纷纷效法学习，或模仿其文辞，或套袭其情节，白朴的《东墙记》、郑光祖的《㑳梅香》就像《西厢记》的翻版；《倩女离魂》写折柳亭送别，也因袭剧中长亭送别的场景。而《西厢记》流传之广，关注之多，评论之高，是其他剧作难以企及的。《西厢记》获得了元杂剧的最高赞誉，被誉为是“压卷”（明·王世贞《艺苑卮言》）之作。千百年来，《西厢记》盛演不衰，有京、昆、蒲、豫、川、滇、闽、赣等多种剧种对它进行改编上演，一直受到观众的喜爱。

2.《拜月亭》：闺怨佳人，乱世良缘

元曲四大爱情剧之一《拜月亭》是自称“梨园领袖”“杂剧班头”的关汉卿的代表作之一。该剧以蒙古攻占金朝，金被迫迁都汴梁（今开封）的乱离流亡为背景，演述金代尚书之女王瑞兰与书生蒋世隆患难相依、坚贞不渝的爱情故事。作品刻画了乱世佳人王瑞兰的生动形象，歌颂了青年男女患难与共、生死不渝的真挚爱情，有力地鞭笞了封建家长重富贵、重门第的婚恋观念。《拜月亭》剧悲喜交错，巧合叠生，既充满颠沛流离的荒野之味，又带有金女真族的古朴之风。明代凌延

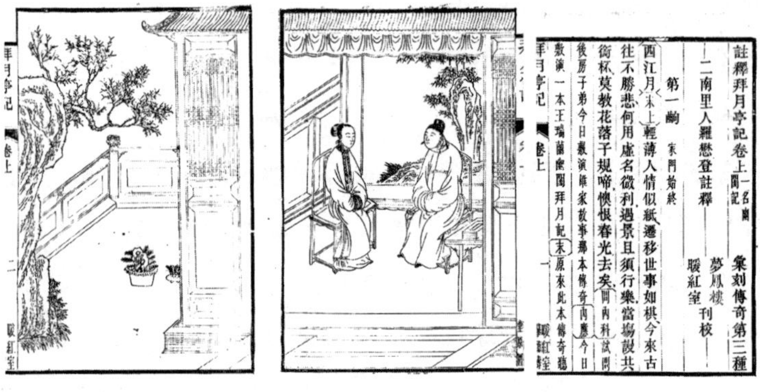

◎ 古本《拜月亭》书影

喜评价它“朴真尘古，动合本色，与中原紫气之习，判不相入”，其高度的艺术成就“非今日作手所能振腕者”（《拜月亭传奇跋》）。

《拜月亭》全名《闺怨佳人拜月亭》，也称《王瑞兰闺怨拜月亭》或《蒋世隆拜月亭》，该剧宾白不全，但参阅南戏《拜月亭记》（一名《幽闺记》），可知其故事梗概：蒙古铁木真大举攻金，朝廷南迁，金国尚书王镇赴边抗敌，其夫人与女儿瑞兰随驾南逃。途中瑞兰与母亲失散，秀才蒋世隆与妹妹瑞莲也在乱离中失散。瑞兰与蒋世隆邂逅，二人相依为命，结为患难夫妻。瑞莲与王夫人偶遇，王夫人将她认作义女，二人结伴而行。瑞兰的父亲王镇得胜回朝，在客店遇到了瑞兰和世隆。王镇嫌弃世隆门第低微，催逼瑞兰撇下病榻上的世隆，跟他回家。路上又与王夫人及瑞莲相遇，四人一同到达汴梁新家。到家后瑞兰日日牵挂世隆，她遥天拜月，祷祝世隆平安。瑞兰的心事恰巧被一旁的义妹瑞莲猜破，得知情由，姐妹又成姑嫂愈加亲密。一年后，世隆与逃难途中的结义兄弟分别高中文、武状元，王尚书招二人为女婿。婚礼上，瑞莲发现许给自己的夫君（文状元）竟然是亲哥哥、瑞兰失散的夫君蒋世隆。两姐妹交换夫婿，瑞莲与武状元喜结连理，而瑞兰则与文状元蒋世隆夫妻终得团聚。

《拜月亭》一反才子佳人“一见钟情”的爱情模式，将故事设置在兵荒马乱的社会动荡之中。作为旦本戏，该剧成功地塑造了对爱情坚贞不渝、具有强烈叛逆精神的金朝贵族女子瑞兰的形象。

瑞兰本是一位娇羞矜持、足不出户的千金小姐，父亲贵为金朝尚书，她一直过着锦衣玉食的生活。然而蒙古大军的进攻，打破了她优越平静的生活。她和母亲仓皇地离开中都燕京，与百姓一起逃难。路上饱经风雨，“行一步一叹息，两行愁泪脸边垂。一点雨间一行恓惶泪，一阵风对一声长吁气”，昔日的欢乐而今变成了沉重的叹息和凄惶的泪水。“上面风雨，下面泥水”，在凄风冷雨中，瑞兰的装束也变得凌乱，“一对绣鞋儿分不得帮和底，稠紧紧黏软软带着淤泥”，全然没有了贵族小姐的模样。屋漏偏逢连夜雨，本来相依为命的母女又被“哨马”（蒙古负责侦察、巡逻的骑兵）冲散。瑞兰的生活一落千丈，朝夕难保。恰逢此时，她遇到了同样在战乱中失去亲人的秀才蒋世隆。瑞兰多么希望能够与蒋世隆同行，但她又难以开口，她几乎是含着泪诉说自己的尴尬处境：

我每常几曾和一个男儿一处说话来，今日到这里无奈处也，怎生呵是那？

［后庭花］每常我听得绰的说个女婿，我早豁地离了座位，悄地低了咽颈，缊地红了面皮。如今索强支持，如何回避，藉不的那羞共耻。（第一折）

险恶的生活环境使瑞兰感受到了前所未有的孤单，她毅然放下了所有的矜持主动与蒋世隆同行。一路上他们同甘共苦，在颠沛流离的生活中逐渐产生了真挚的爱情，在客店结为患难夫妻。“眼前是杀场，刀剑明晃晃，士马闹荒荒”，为了使香闺弱质的妻子顺利度过逃难的艰辛，蒋世隆“一路上汤风打浪”，竭尽全力。世隆染上瘟疫卧病在床，瑞兰也不辞辛劳，昼夜殷勤照料。苦难中的相偎相依使瑞兰对爱情的体会更加深刻，也让瑞兰更加珍视这份来之不易的情缘。

走过战乱流离的艰难岁月，瑞兰对爱情更加坚贞。在客店与父亲巧遇，她告知父亲“您孩儿无挨靠，没倚仗，深得他本人将傍”，自己与恩人蒋世隆已结为夫妻，父亲只道“是个秀才”，嫌弃蒋世隆是个白衣秀才而执意拆散他们，“紧揪住不把我（瑞兰）衣裳放”，强行将她带走。瑞兰对父亲痛哭：“阿马！你可怎生便与这般狠心！”“无些情肠！”父亲不肯哀怜悯恤身染疾病的世隆使瑞兰“感叹悲伤”！与患难夫君世隆离别时，她“一时哽噎，两处凄凉”，临行前一再叮嘱世隆要照顾好自己，并向世隆表达自己对爱情的坚贞：

［二煞］则明朝你索绮窗晓日闻鸡唱，我索立马西风数雁行。（末云了）男儿？我交你放心末波。只愿的南京有俺亲娘，我宁可独自孤孀，怕他待抑勒我别寻个家长，那话儿便休想。（末云了）你见的差了也！那玉砌珠帘与画堂，我可也觑得寻常！

［收尾］休想我为翠屏红烛流苏帐，撇了你这黄卷青灯映雪窗。（第二折）

昔日娇羞矜持的贵族千金，今日已经有了坚定的爱情信念和婚姻理想。她宁可“独自孤孀”也决不会辜负夫君的真情；她宁愿与夫君相守在“黄卷青灯映雪窗”，也决不会贪图那“翠屏红烛流苏帐”。

如果说纷飞的战火拆掉了门第的藩篱使瑞兰与世隆走到一起，那么回到豪门贵族的生活以后瑞兰对蒋世隆的一片痴情，则真正说明了瑞兰对爱情的坚贞不渝。瑞兰被父亲“横拖倒拽”带到汴梁新宅，从此幽居深闺，在抑郁苦闷中将“残春捱彻”。她心事悠悠，又难与人凭说，只有每日参拜遥天之月，

◎《拜月亭》插图

寄托心中的理想。“这一炷香，则愿削减了俺尊君狠切；这一炷香，则愿俺那抛闪下的男儿较些。”瑞兰希望狠心的父亲能够改变心意让她与蒋世隆结为连理，希望夫君蒋世隆身体安康夫妻早日团圆。瑞兰由自己的痛苦经历体恤到全天下夫妻的离别之痛，进而发出了“愿天下心厮爱的夫妇永无分离”的祷祝。《闺怨佳人拜月亭》的剧名也由此而得。

瑞兰坚韧泼辣，又具有强烈的叛逆精神。回到父母身边后，她“不曾有片时忘的下俺那染病的男儿”。父亲的强硬顽固使她万分难过，她痛恨父亲嫌贫爱富，挟权仗势“生扭散俺夫妻两个”；她埋怨父亲鄙薄秀才：“‘穷秀才几时有发迹！’自古及今，那个人生下来便做大官享富贵那！”她甚至将父亲比作野兽：“谁想俺舞燕啼莺，翠鸾娇凤，撞着那猛虎狞狼，蝮蝎蚖蛇。”进而她明白了“那一个爷娘不间叠”的境遇，更看清了父亲重视名利远远胜过女儿幸福的现实：

> ［庆东原］他则图今生贵，岂问咱夙世缘！违着孩儿心只要遂他家愿。则怕他夫妻百年，招了这文武两员，他家里要将相双权。不顾自家嫌，则要旁人羡。（第四折）

父亲恪守门第观念、只图今生富贵而不顾女儿心愿的冷漠与无情，让她悲愤。她因经历战乱流亡而爆发出的火辣辣的叛逆精神，有如一把利剑戳穿了父亲的虚伪本质。她蔑视“家世利益”，鄙薄门第观念，大胆的反叛精神充满了耀眼的光芒。

《拜月亭》真实地反映了金末的社会生活，具有十分强烈

◎《拜月亭》插图

的现实意义。蒋世隆两次被尚书拒之门外，这是金元时期书生儒士社会地位低微的写照，尚书王镇强行拆散女儿与蒋世隆的婚姻则是封建家长恪守门第观念无视儿女爱情的现实反映。在《拜月亭》中，关汉卿以冷静犀利的笔触，对阻碍真爱婚姻的门第藩篱进行了有力的抨击。同时，书生蒋世隆得到名门贵族小姐的情有独钟，二人又终成眷属的结局，更是寄托着关汉卿对爱情的美好愿望。

《拜月亭》不但是一部优秀的爱情剧，更是一部杰出的喜剧。剧中巧设关目，悲喜交错，充满喜剧色彩，“幽闺拜月”是剧中极为精彩的一幕。瑞兰因牵挂夫君而身心憔悴，她忧心忡忡的神情被义妹瑞莲猜破，瑞兰担心瑞莲告知父母，就反诬瑞莲是“小鬼头春心儿动也？”，姐妹之间的调笑极富生活气息。瑞兰将满腹心事诉于参天之月，而这一切又被躲在外面的瑞莲听到，听到哥哥的名字，瑞莲“啼哭甚迭”，而瑞兰看到瑞莲如此，以为她是夫君蒋世隆的旧妻妾。经过一番解释，姐妹二人恍然大悟，原来瑞兰上香祝愿的男子就是瑞莲失散的哥哥，而义妹瑞莲恰是蒋世隆的亲妹妹，“你又是我妹妹姑姑，我又是你嫂嫂姊姊”。彼此的关系更密切了，但一想到蒋世隆生死未卜的处境，一种悲凉的气氛立即笼罩舞台。悲中见喜，喜又生悲，巧合叠生。王国维赞扬南戏《拜月亭记》第三十二出“实为全书中之杰作”，并指出了它“大抵本于关剧

第三折”。[1]明代文学家李贽高度赞誉《拜月亭》：“此剧关目极好，说得好，曲亦好，真元人手笔也。”（《拜月亭序》）

《拜月亭》深受欢迎，影响很大。元末施惠的南戏《拜月亭记》就是完全根据《拜月亭》改编的，其故事情节、人物塑造都与关作别无二致。《拜月亭记》被誉为四大南戏之一，享有南戏最高成果的美誉，在后来的地方戏剧种中流行极广，为川剧、湘剧、赣剧、桂剧等剧种的传统剧目，这些也同样说明关汉卿的杂剧《拜月亭》具有不朽的艺术魅力。

3.《墙头马上》：月下花前，姻缘天配

在以爱情为题材的杂剧中，白朴的《墙头马上》别具风采。该剧通过演述李千金与裴少俊一见钟情、私奔生子、父逼休妻、最后终得团圆的爱情故事，塑造了李千金坦荡磊落、敢作敢当的光辉形象。她大胆追求自由的爱情，勇于争取婚姻的权益，坚决维护人格的尊严，具有一种昂扬向上的精神，使人振奋，给人以力量。

《墙头马上》全名《裴少俊墙头马上》，也叫《鸳鸯简墙头马上》，共四折。该剧来源于唐代白居易的《井底引银瓶》一诗。这首诗记述了一个婚姻悲剧的故事：一对青年男女“墙头马上遥相顾”，一见倾心而私奔同居，被男方家长认为是

---

[1] 王国维：《宋元戏曲史》，北京：中国书籍出版社，2006年，第183页。

◎ 明刊本《墙头马上》插图

"聘则为妻奔则妾"，将女子逐出家门。白居易对这位不幸的女子给予同情，并以此向"痴小人家女"发出"慎勿将身轻许人"的告诫。白朴在杂剧中基本承袭本诗的大体框架，但思想倾向却与之大相径庭。白朴将诗中"止淫奔"的讽喻代之以"赞淫奔"的褒扬，歌颂了青年男女自由大胆追求爱情的行为。这种思想与白朴散曲"奶娘催逼紧拘钳，甚是严，越间阻越情忺"（［中吕·阳春曲］《题情》）中的内涵基本一致，对拘管阻挠、扼杀儿女爱情的封建家长以最强烈的抗议。

《墙头马上》演述的是唐代的爱情故事：唐高宗时，工部尚书裴行俭之子裴少俊承宣驰驿，代父去洛阳买花栽子。裴少俊在骑马路过洛阳总管李世杰家花园时，恰值总管之女李千金从墙上向外窥望，二人一见钟情，当即传书递简，相约当夜后园相见。正在二人浓情蜜意之时，被千金的乳母嬷嬷发现。嬷嬷责难千金，千金加以还击，当即离家随少俊私奔。少俊把千金带回长安府中，藏在后花园里。两人共同生活了七年，生子端端六岁，女儿重阳四岁。清明节，少俊陪同母亲去郊外祭奠，裴尚书因畏风寒而留在家中，他偶然来到花园，撞见端端兄妹，得知事情始末。裴尚书羞辱千金是下流娼妓，怒斥她败坏风俗，并逼迫儿子休掉千金。千金被迫撇下一双儿女，含恨回到洛阳家中。少俊上朝取应及第，授官洛阳县尹。他来到洛阳求千金与他重做夫妻，千金没有答应。裴父得知千金是与裴家早有婚约的李世杰之女，前来捧酒谢罪，千金亦坚决不肯。最后为了一双儿女，千金与裴家重归于好。

《墙头马上》通过几个生动的戏剧场面，成功地刻画了李千金这一独具性格风采和人格魅力的人物形象。

李千金爽朗开放，“志量过人”，这与她的身世经历有着很大关系。千金是原京兆留守李世杰的女儿，李世杰耿直敢言，因讽谏则天而谪降洛阳总管。裴尚书当初曾与李家议结婚姻，后来因为二人宦路相左，儿女婚事就都没有再提。李千金遗传了父亲的凛然正气，她襟怀磊落，敢作敢当。正值青春豆蔻年华，千金渴望得到爱情的滋润。然而父亲外出公干，千金被“紧守闺门”，她容颜消瘦，精神无着，“害的来不疼不痛难医治，吃了些好茶好饭无滋味”。三月初八上巳节日，洛阳城中王孙士女都趋郊外游赏，而李千金却独守深闺。她和贴身侍女梅香瞧看围屏上的佳人才子图，画图上的“往日夫妻，夙缘仙契”引来千金的艳羡，她亦渴望像图中男女那样在低垂的锦帐中与心爱的人“深鸳并宿”“隐凤双栖”，但是“侯门深似海”，她只能“衾单枕独数更长”。在这既受压抑又满含着期盼的时候，李千金在花园的墙头与墙外骑着高头大马的青年才子裴少俊不期而遇，少俊见到千金的“倾城之态，出世之才”，充满惊喜：“呀，一个好姐姐！”千金的心中也豁然一亮，脱口而出：“呀，一个好秀才也！”缘分从天而降，点燃了千金爱情的火焰。收到少俊递过来的情诗“只疑身在武陵游，流水桃花隔岸羞。咫尺刘郎肠已断，为谁含笑倚墙头”，千金当即复简：“深闺拘束暂闲游，手拈青梅半掩羞。莫负后园今夜约，月移

◎ 京剧《墙头马上》剧照

初上柳梢头。”以新诗做媒，向眼前的青年才俊大胆发出夜里幽会的邀请。“爱别人可舍了自己”，为了追求美好的爱情，千金不做矜持之举，也没有扭捏之态，令人喜爱。

李千金敢于蔑视传统的礼法纲纪，敢于为自由幸福一往无前。初尝爱情滋味，千金就受到了强劲的阻挠。当天夜里，正当千金与少俊云情雨意之时，嬷嬷夺门而入。嬷嬷怪罪是梅香“勾引来的！”又侮辱千金是“赢奸买俏”，千金闻听此言不再卑怯，她厉声正色告知嬷嬷不要错怪梅香，此事全是自己做下：“是这墙头掷果裙钗，马上摇鞭狂客。说与你个聪明的奶奶，送春情是这眼去眉来。”嬷嬷又威胁要“教官司问去”，千金则义正言辞：

> ［牧羊关］龙虎也招了儒士，神仙也聘与秀才，何况咱是浊骨凡胎？一个刘向题倒西岳灵祠，一个张生煮滚东洋大海。却待要宴瑶池七夕会，便银汉水两分开！委实这乌鹊桥边女，舍不的斗牛星畔客。（第二折）

她据神话、引故事，为自己争辩，“龙虎也招了儒士，神仙也聘与秀才”，更何况“浊骨凡胎”。千金相信“男大当婚，女大当嫁”是人生的自然规律，“那里有女儿共爷娘相守到头白”，她宁愿弃家私奔，也要自主的婚姻。千金坦荡磊落，敢作敢当，令人倾倒。

李千金蔑视“父母之命、媒妁之言”的封建伦理观念，坚决维护自主婚姻的资格和权益。李千金与裴少俊在裴家后花园过了七年“不明白好天良夜”的生活。这七年，她既饱尝了抛亲别家、与世隔绝的苦悲酸辛，也享受了夫唱妇随、儿女双全的天伦之乐。然而清明节裴尚书的到来完全改变了这美好的一切。裴尚书不承认千金与儿子少俊的婚姻：“谁是媒人？下了多少钱财？谁主婚来？”一口咬定千金是“娼优酒肆之家”，羞辱千金是“共人淫奔，私情往来”。千金受此侮辱，委屈万分，她毫不示弱，据理力争：“妾是官宦人家，不是下贱之人。”裴尚书又贬斥她“女嫁三夫”“败坏风俗”，千金光明磊落、斩钉截铁地回答：“我则是裴少俊一个。”尚书暴怒，坚持认为“聘则为妻，奔则为妾”，千金立即回应：“这姻缘也是天赐的。”姻缘天赐，千金敢于把封建的伦理道德弃置一旁，理直气壮地掌握自己的命运，坚毅倔强，令人钦佩。

李千金积极维护爱情的权益，更加维护自己人格的尊严。及第得官后的裴少俊自以为春风得意，请求与千金和好，重做夫妻。千金“人心似铁”，不肯原谅做事如此“糊突”的裴家：“你娘并无那子母情，你爷怎肯相怜顾？问的个下惠先生无言语。他道我更不贤达，败坏风俗；怎做家无二长，男游九郡，女嫁三夫。”她对裴家进行了毫不留情的谴责。当裴尚书夫妇“牵羊担酒”，领着两个孩子前来谢罪时，千金也“断然不认”：

[耍孩儿]告爹爹奶奶听分诉，不是我家丑事，将今喻古。只一个卓王孙气量卷江湖，卓文君美貌无如。他一时窃听求凰曲，异日同乘驷马车，也是他前生福。怎将我墙头马上，偏输却沽酒当垆。（第四折）

西汉辞赋家司马相如一曲《凤求凰》打动了富豪卓王孙之女卓文君的心，二人私奔而去。为了生计，卓文君当垆沽酒，后世传为美谈。自己与少俊墙头马上的爱情故事，同样是天赐良缘，必须得到应有的尊重。李千金对独立人格和女性尊严毫不妥协的捍卫，令人敬佩。

《墙头马上》是一部具有浓厚喜剧色彩的爱情戏，位列中国十大古典喜剧之一。该剧波澜起伏不断，情节紧凑生动。第三折中裴尚书在后花园撞见重阳和端端的一幕颇有意思：

夫人共少俊祭奠去了，老夫心中闷倦，后花园内走一遭去，看孩儿做下的功课咱。

（见院公云）这老子睡着了。（做打科）

（院公做醒、着扫帚打科，云）打你娘，那小厮！（做见慌科）

（尚书云）这两个小的是谁家？

（端端云）是裴家。

（尚书云）是那个裴家？

（重阳云）是裴尚书家。

（院公云）谁道不是裴尚书家花园，小弟子还不去!

（重阳云）告我爹爹、奶奶说去。

（院公云）你两个采了花木，还道告你爹爹、奶奶去?跳起凭公公来也，打你娘!（两人走科）

（院公云）你两个不投前面走，便往后头去?（第三折）

老院公贪酒大睡，被裴尚书打醒，他一下子就意识到裴尚书已经发现了两个孩子的形迹，特别紧张，连忙说："打你娘，那小厮!"谎称是两个孩子的妈妈偷折了院子里的花，藏在这里，力图掩饰千金和两个孩子的身份。而满腹狐疑的裴尚书已从孩子天真无邪的话中知晓了其中暗藏的玄机，埋藏了七年的秘密只在几句对话中轻易揭晓，情节既紧张又欢快，扣人心弦。

《墙头马上》突出的艺术成就体现在对李千金形象的生动刻画。明代孟称舜《古今名剧·柳枝集》评曰："《墙头马上》说佳人求偶处，亦自奕奕神动，真大家手笔也。"当代学者胡世厚说像李千金"这样光辉，讨人喜爱的叛逆形象，与同时代爱情剧中出身大家闺秀的崔莺莺、王瑞兰、张倩女等形象相比，似具有更强烈的反抗精神，在我国古典爱情戏剧中是不多见的”。[1]赞美李千金的形象，实际上是歌颂李千金这种勇敢地挣开封建思想的枷锁，争取自己独立的爱情、婚姻和幸福的行为。正是因为有李千金这样奔放、倔强，为争取爱情的权益无所畏惧的女子，才使社会观念不断改革进步，人类才向自由和民主逐渐迈进。

4.《倩女离魂》：千古绝品，名香天下

情节离奇、极富浪漫色彩的爱情剧《倩女离魂》是郑光祖的代表作，也是元后期杂剧中最优秀的作品。该剧演述张倩女因婚事受阻而忧念成疾，魂离躯体随“指腹为亲”的未婚夫王文举赴京赶考的故事。作者以浪漫主义的手法，塑造了倩女敢作敢为、执着追求爱情的美好形象，同时也通过倩女的“离魂”，体现了封建社会被禁锢的身体与追求自由爱情的精神之间的巨大矛盾。该剧情致凄婉，词曲幽艳，表达了受压抑的青年女子无尽的幽

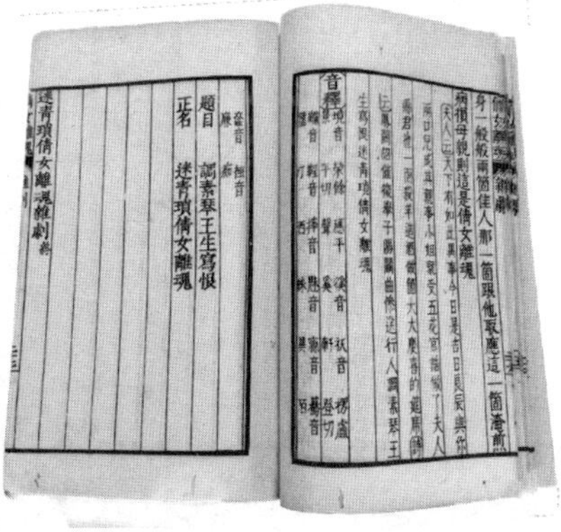

◎ 明刊本《倩女离魂》书影

[1] 胡世厚：《论白朴的杂剧〈墙头马上〉》，《中州学刊》，1981 年第 1 期。

怨之情。王国维将《倩女离魂》与《汉宫秋》《梧桐雨》并称为“元曲三大杰作”，誉之为“千古绝品”。[1]

郑光祖，字德辉，平阳襄陵（今山西临汾）人，元代后期最有成就的杂剧家。他早年习儒为业，后来补授杭州路为吏，因而南居。为人方直，不随意与人交往。其杂剧名目可考者有18种，现存8种。从创作剧目和存世作品来看，郑光祖在后期皆数第一；在全部元曲家中，他也是多产作家。郑光祖亦作散曲，有小令6首、套数2套流传。活动主要在南方，在当时的戏曲界有一定影响，被伶伦辈尊称为“郑老先生”，是“南方戏

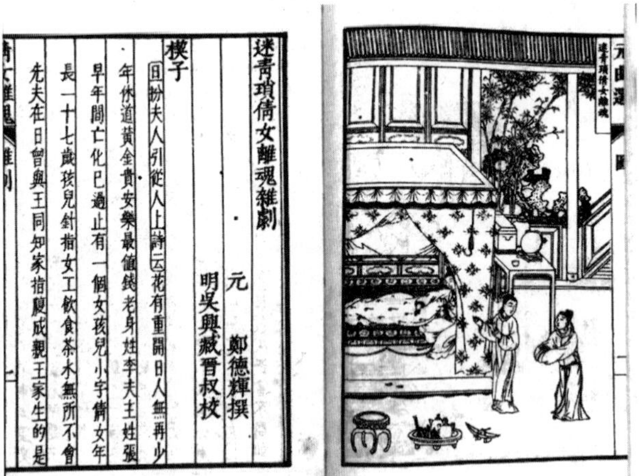

◎ 明刊本《倩女离魂》书影、插图

[1] 王国维：《录曲余谈》，《宋元戏曲史》附录本，天津：百花文艺出版社，2002年，第163页。

剧圈中的巨擘”。[1]元代周德清《中原音韵》把他与关汉卿、白朴、马致远并列，后人称为“元曲四大家”，明人何良俊甚至以他为元曲四大家之首。

《倩女离魂》全名《迷青锁倩女离魂》，本事出于唐代陈玄祐的传奇小说《离魂记》，宋人改编为话本，金人则编为说唱诸宫调，郑光祖则在思想内容、创作手法和语言风格方面都进行了改造。故事虽以唐代为背景，实际上表现的是元代的婚恋问题：王文举王生与张倩女原由父母指腹为婚，后王生父母双亡，倩女父亲亦去世，此门亲事暂时搁置。王生赴京应试，途至张府拜望岳母。王生才貌双全，倩女爱慕不已，然张母嫌弃王生未曾进取功名，不许二人成婚。王生启程赴京，与倩女在折柳亭依依惜别。别后倩女因相思成疾，以致灵魂离开躯体，追赶王生赴京。三年后，王生金榜题名，与倩女荣归故里，倩女的魂魄与家中的病躯遂合二为一。夫人杀羊设宴，为王生、倩女完婚。

《倩女离魂》采用浪漫主义手法，将倩女塑造成了人魂分离的两个形象：一个是为争取美好的爱情和幸福生活毅然私奔，与情人同走天涯的魂魄；一个是卧在病榻，苦害相思的病体。这二者合二为一构成了一个努力挣脱封建禁锢，主动掌握人生命运的女子形象。

---

[1] 袁行霈：《中国文学史》（第三卷），北京：高等教育出版社，1999 年，第 326 页。

张倩女本与王文举有“指腹为亲”的姻盟，即使不是灵魂出窍，也能顺理成章地婚配。但是倩女不愿辜负美丽的青春而主动地追求属于自己的幸福。倩女一见到王生，就对命中这个“矫帽轻衫小小郎”情有独钟，“据胸次，那英豪；论人品，更清高”，万般满意。但是母亲认为王生虽“学成满腹文章”，可“未曾进取功名”，以“俺家三辈儿不招白衣秀士”为由，令王生上京师应举，得官后再行婚配。母亲的间阻使这份美好的姻缘不知何日才能缔结，“空误了幽期密约，虚过了月夕花朝”，倩女陷入相思的煎熬之中：“我安排着鸳鸯宿锦被香，他盼望着鸾凤鸣琴瑟调。怎做得蝴蝶飞锦树绕。”倩女深信王生以“辛勤十年书剑洛阳城”的勤奋和才华，定会一举及第，“决峥嵘一朝冠盖长安道”。但她忧心忡忡，唯恐王生变心，将她“取次弃舍，等闲抛掉”。虽然王生也是一直挂念这门亲事，临别反复明誓：“小姐但放心，小生得了官时，便来成此亲事也。”“我若为了官呵，你就是夫人县君也。”但倩女早已“神魂驰荡”，她“不指望驷马高车显荣耀”而只愿与意中人厮守，恩爱白头。

倩女不愿将爱情寄托在渺茫的希望之上，她敢作敢为，情深意重。长亭送别后，倩女终日喟然长叹，强烈的担忧和“思想的无奈”使她相思成疾，卧床不起，魂魄竟然“私离绣榻”追赶上京的王生。而自与倩女分别后，王生也是“切切于怀，放心不下”，此时他正行至江边，调素琴以遣苦闷。得知倩女是背着母亲赶来的，他既是惊呆又是担心："若老夫人知道，怎了也？"倩女坦然而坚定地回应："常言道，做着不怕！"但王生马上想到"聘则为妻，奔则为妾"的传统礼俗，心中愠怒，认为她"私自赶来，有玷风化"，然而倩女心意已决："我本真情，非为相唬，已主定心猿意马。"倩女不慕荣华富贵，只愿与心爱的人粗茶淡饭，同甘共苦。"我情愿举案齐眉傍书榻，任粗粝淡薄生涯，遮莫戴荆钗、穿布麻。"她以"真诚志意"感动了犹豫中的王生，二人同赴长安，"同走天涯"。

倩女深于情、痴于情，她以"离魂"的病体向世人说明功名富贵都是过眼云烟，只有人间真爱最值得珍惜的道理。当倩女的魂魄追随王生而去，她留在家中的躯体却恹恹瘦损，病入膏肓，"一会家缥缈呵忘了魂灵，一会家精细呵使着躯壳，一会家混沌呵不知天地"。她怨恨母亲当初横加间阻，"抛闪杀我年少人，辜负了这韶华日"。当侍女梅香告知她母亲前来探望时，她恨恨地说："我每日眼界只见王生，那曾见母亲来？"母亲看到女儿抱病昏迷，想请良医来为她调治，倩女坦言相告："若是他来到这里，煞强如请扁鹊卢医。"母亲劝她多吃些汤粥，她无心茶饭，只想着早日与张生团圆："若肯成就了燕尔新婚，强如吃龙肝凤髓。"当王生中了状元，寄信给张家，说"同小姐一时回家"时，病中的倩女以为文举另娶，她泣血和流，顿时晕厥过去。身魂分离是真挚的爱情遭遇了无奈的阻隔后产生的极端离奇、极端虚幻的事情，作者正是通过病榻上为

◎《倩女离魂》插图

情所困、为情痴迷的倩女形象表达对封建家长阻挠儿女婚姻的极大否定，表达对以功名富贵的世俗观念来约束自由爱情的极大否定。

《倩女离魂》的曲词哀婉动人，清丽流便，同时具有浓厚的抒情气息。如第二折连用［越调·斗鹌鹑］［紫花儿序］［小桃红］等六支曲子来表现灵魂出窍的倩女在月夜疾行的情景，精彩细腻，历来为评论家所激赏：

［越调·斗鹌鹑］人去阳台，云归楚峡。不争他江渚停舟，几时得门庭过马？悄悄冥冥，潇潇洒洒，我这里踏岸沙，步月华。我觑着这万水千山，都只在一时半霎。

曲词借用楚怀王和巫山神女欢会的典故来表现倩女离别王生后内心的悲戚。倩女步履轻盈，“踏岸沙，步月华”，万水千山都只在一霎，“悄悄冥冥”，“潇潇洒洒”，飘忽悠然，充满鬼魅之气。作者以精练的文笔刻画出倩女之魂日行千里追赶王生的急迫心情。又如第三折［迎客仙］：“日长也愁更长，红稀也信尤稀，春归也奄然人未归。我则道相别也数十年，我则道相隔着几万里，为数归期，则那竹院里刻遍琅玕翠。”日长愁更长，春归人未归，相思无尽，就好像别离数十年，相隔着几万里。柔情婉转，哀怨动人，几将男女相思之情写到穷尽。王国维对此曲叹赏不绝，赞其“弹丸脱手，后人无能为役”（《宋元戏曲考·元剧之文章》）。

《倩女离魂》曲词优美，意韵悠扬，历代曲论家的赞美之声不绝于耳。元代钟嗣成认为“笔端写出惊人句”，“端的是曾下功夫”。明代何良俊称其“清丽流便，语入本色，然殊不秾郁，宜不谐于俗耳也”。他甚至认为元曲四大家“当以郑为第一”（《四友斋丛说》）。郑光祖也确实如同时代的周德清所赞誉的那样：“美哉，德辉之才，名不虚传。”（《中原音韵》）

附录：元散曲的格律

“格律”即格式、韵律。散曲的格式，包括每一曲牌的句数、每句的字数、结构及句子中的对仗等。散曲的格律包括宫调、曲牌的选择，声韵方面的用韵及字的平仄等。

1. 宫调

元散曲原本是根据特定的曲谱而填写的歌词，所以每一首散曲都要使用某一曲牌，每一曲牌又属于某一宫调。

宫调对于今天学习散曲已没有多大实际意义，此仅介绍最基本的常识。宫调是我国古代音乐术语，由七音、十二律组合而成。

七音，又称七声，是构成乐音的七个基本音阶，七声音阶的名称从低到高依次为：宫、商、角、变徵、徵、羽、变宫，相当于现在音乐简谱上的1、2、3、4、5、6、7。

十二律，又称十二律吕，即十二个半音阶的名称，依序六个单数的叫‘律”，六个双数的叫“吕”，统称“律吕”。十二律的名称从低到高依次为：六律为黄钟、太簇、姑洗、蕤宾、夷则、无射，六吕为大吕、夹钟、仲吕、林钟、南吕、应钟。自黄钟、大吕至无射、应钟，依次递高半音阶，相当于西洋音乐的十二调。

七音与十二律相配，所得名称即宫调名。其中以“宫”音配十二律直称为“××宫”，如：黄钟宫、大吕宫、应钟宫等。其余六音配十二律则称“调”，书写方式为“×××调”，如：黄钟商调、太簇商调、南吕商调、应钟商调等，以此类推。从理论上，七音配十二律，应得84个宫调。实际上从未用过这么多，隋唐时用十二律配宫、商、角、羽四音得48宫调。宫调又有俗名，如“仲吕商调”俗称“小石调”、“夹钟羽调”俗称“中吕调”等，使用时大都用俗名。

曲的宫调出于隋唐燕乐，以琵琶四弦定为宫、商、角、羽四音，每弦上构成七调，得28宫调。

元曲常用的宫调，北曲常用的为六宫十一调：六宫为黄钟宫、正宫、仙吕宫、南吕宫、中吕宫、道宫，十一调为大石调、小石调、般涉调、商角调、角调、高平调、歇指调、宫调、商调、越调、双调，统称十七调。南曲常用的为六宫七调：六宫为黄钟宫、正宫、仙吕宫、中吕宫、南吕宫、道宫，七调为大石调、商调、越调、双调、羽调、般涉调、小石调，统称十三调。北曲南曲通用、常用的只有五宫四调：五宫为黄钟宫、正宫、仙吕宫、南吕宫、中吕宫，四调为大石调、商调、越调、双调，统称九宫或南北九宫。

宫调的作用，从理论上讲一是限定乐曲的调式和基调的高低；二是表示乐曲的感情风格，或伤悲或雄壮，或缠绵或疾缓；三是作为曲牌的分类类目，统率曲牌，限定套曲创作的选曲范围。

2. 曲牌

曲牌，也叫曲调，俗称牌名、牌子。明代曲论家王骥德说："曲之调名，今俗曰'牌名'。"（《曲律·论调名》）曲牌是对各种曲调的泛称，每一支曲牌各有专名，如《点绛唇》《山坡羊》《叨叨令》《刮地风》《喜春来》《红绣鞋》等都是曲牌。曲牌的总数很多，清乾隆年间编纂《九宫大成南北词宫谱》，收载北曲曲牌581支，南曲曲牌1513支，合计2094支（同名异体共达4466支），而《全元散曲》实际使用的曲牌凡473支。

曲牌是填写曲词的依据，每一个曲牌在韵上必然属于一种宫调。不同的曲牌对各自的句数、用韵、定格以及每句的字数、句法和四声平仄等都有一定格式。从韵文文体来说，曲牌即为此种文体的格律谱，作者选用哪一曲牌，就需按其要求填写曲词。

从曲牌与篇制的关系上看，曲牌可分为（1）小令、散套、杂剧可兼用者，如［正宫·叨叨令］，小令、散套、杂剧套数皆可用之。（2）散套、杂剧可兼用者，如［正宫·端正好］，散套、杂剧可用，但小令不可用。（3）小令专用者，如［正宫·鹦鹉曲］唯小令可用之，套曲禁用。(4) 散套专用者，如［正宫·菩萨蛮］唯散套可用。(5) 杂剧专用者五类，如［正宫·穷河西］，唯杂剧套数可用。另外尚有“小令、散套”具可用者，“小令、杂套”具可用者。

3. 衬字

曲可加衬字是它与词、诗的主要区别之一。所谓“衬字”是在曲律规定必须的字数之外所增加的字，用以丰富语意，使内容更加完整充实，语言更加周密生动，或使字句与音乐旋律更加贴合。它使曲文在遵守格律的前提下，不受音韵、平仄、句式等曲律的限制，有更大的灵活性，行文造字更为自由，不受格律的束缚。衬字用得恰当，可使句法灵活多样，增强了曲文的口语化和形象化特点。如白朴的小令［仙吕·寄生草］《饮》：“长醉后方何碍，不醒时有甚思。糟腌两个功名字，醅渰千古兴亡事，曲埋万丈虹霓志。不达时皆笑屈原非，但知音尽说陶潜是。”其中的“长醉后”“不醒时”“不”“但”都是衬字，但已经作为句子表达意义重要组成部分难以分割，突破了曲律的束缚。句首的衬字不仅可用实词（名词、动词等），也可用虚词（连词、助词及代词、副词等）。衬字有时可以是句子，在一句中衬字有时可多达20个字，如关汉卿［南吕·一枝花］《不伏老》中的“我是个蒸不熟、煮不烂、锤不匾、炒不爆、响珰珰一粒铜豌豆”，“响”字前部分俱为衬字。运用“蒸不熟、煮不烂、锤不匾、炒不爆”四个纯口语短句作衬来形容“铜豌豆”，语言不仅生动活泼，而且极富感情色彩，演唱入乐必然急促铿锵。

衬字的使用，小令较少，套曲较多，杂剧则十分普遍。衬字一般用于句首或句中，句末则很罕见。在曲谱中，衬字往往用小字书写，以区别于正字。衬字一般不占用乐曲的节拍、音调，往往是唱时快速而有节奏地一口带过。

4. 韵律

韵律可包括曲韵、平仄、对仗等。

曲韵：元曲在押韵方面严守《中原音韵》十九部的要求而分平、上、去，用韵的特点主要是平仄通押，不避重韵，一韵到底，借韵、暗韵、赘韵、失韵。

平仄：元散曲在用字的平仄上比诗词更严，因为曲在分平仄的基础上，平声要区分阴平、阳平，仄声还要区分上声、去声。曲还特别注重每首末句的平仄。

对仗：曲的对仗要求比较自由，可平仄相对，也可平声相对，即平声对平声，仄声对仄声。曲的对仗形式有“两字对”“首尾对”“衬字对”等十三种，在语言的运用和词序组合上有许多特点，主要表现在：有工对也有宽对，但宽对的现象更普遍；句中自为对；错综成对或倒字为对，如“忠臣不怕死，怕死不忠臣”；以俗语入对。

参考书目

1. （元）周德清：《中原音韵》. 北京：中华书局，1978
2. （元）胡祗遹：《紫山大全集》，《文渊阁四库全书》本，台北：商务印书馆，1986
3. （元）蒋正子：《山房随笔》，《文渊阁四库全书》本，台北：商务印书馆，1986
4. （元）刘诜：《桂隐文集》，《文渊阁四库全书》本，台北：商务印书馆，1986
5. （元）钱惟善：《江月松风集》，《文渊阁四库全书》本，台北：商务印书馆，1986
6. （元）孔齐：《至正直记》，北京：中华书局，1991
7. （元）夏庭芝著，孙崇涛、徐宏图笺注：《青楼集笺注》，北京：中国戏剧出版社，1990
8. （元）李祁：《云阳集》，《文渊阁四库全书》本，台北：商务印书馆，1986
9. （元）余阙：《青阳先生文集》，《四部丛刊续编》本，上海：商务印书馆，1934

10. （元）钟嗣成：《录鬼簿》，上海：上海古籍出版社，1978
11. （元）熊梦祥：《析津志辑佚》，北京：北京古籍出版社，1983
12. （元）姚桐寿：《乐郊私语》，北京：中华书局，1991
13. （元）贯云石撰，胥惠民等辑注：《贯云石作品辑注》，乌鲁木齐：新疆人民出版社，1986
14. （元）欧阳玄：《圭斋文集》，《文渊阁四库全书》本，台北：商务印书馆，1986
15. （元）杨朝英编，许金榜注：《阳春白雪》，郑州：中州古籍出版社，1991
16. （元）赵孟頫：《松雪斋文集》，《文渊阁四库全书》本，台北：商务印书馆，1986.
17. （元）吴师道：《吴礼部文集》，《文渊阁四库全书》本，台北：商务印书馆，1986
18. （元）周南瑞编：《天下同文集》，《文渊阁四库全书》本，台北：商务印书馆，1986
19. （元）刘将孙：《养吾斋集》，《文渊阁四库全书》本，台北：商务印书馆，1986
20. （元）薛昂夫、赵善庆撰：《薛昂夫赵善庆散曲集》，上海：上海古籍出版社，1988
21. （元）马致远撰，傅丽英、马恒君校注：《马致远全集校注》，北京：语文出版社，2002

22. （元）白朴撰，王文才校注：《白朴戏曲集校注》，北京：人民文学出版社，1984
23. （元）乔吉撰，李修生等辑：《乔吉集》，太原：山西人民出版社，1988
24. （元）卢挚撰，李修生辑：《卢疏斋集辑存》，北京：北京师范大学出版社，1984
25. （元）陶宗仪：《南村辍耕录》，北京：中华书局，1959
26. （元）王实甫撰，（明）王骥德校注：《新校注古本西厢记》，北京：北京图书馆出版社，2004
27. 陈德芳校点：《金圣叹评西厢记》，成都：四川文艺出版社，2000
28. 徐沁君：《元曲四大家名剧选》，济南：齐鲁书社，1987
29. （明）臧晋叔编：《元曲选》，北京：文学古籍刊行社，1955
30. （明）朱权撰，姚品文校评：《太和正音谱笺评》，北京：中华书局，2010
31. （明）官修：《元史》，北京：中华书局，1976
32. （明）何良俊：《四友斋丛说》，北京：中华书局，1959
33. （明）孟称舜撰，王汉民，周晓兰集校：《孟称舜戏曲集》，成都：巴蜀书社，2006
34. （明）徐复祚：《曲论》，《中国古典戏曲论著集成（四）》本，北京：中国戏剧出版社，1959

35. （明）王世贞撰，罗仲鼎校注：《艺苑卮言校注》，济南：齐鲁书社，1992
36. （明）胡应麟：《经籍会通（外四种）》，北京：北京燕山出版社，2008
37. （清）顾嗣立：《元诗选》，北京：中华书局，1987
38. （清）邹祇谟：《远志斋词衷》，《词话丛编》本，北京：中华书局，1986
39. （清）赵翼：《陔余丛考》，石家庄：河北人民出版社，2007
40. （清）李渔：《闲情偶寄》，北京：中华书局，2007
41. （清）朱彝尊：《曝书亭集》，上海：国学整理社，1937
42. （清）于敏中等，《日下旧闻考》，《文渊阁四库全书》本，台北：商务印书馆，1986
43. 鲁迅辑校，王中立译注：《唐宋传奇集》，天津：天津古籍出版社，2002
44. 隋树森编：《全元散曲》，北京：中华书局，1989
45. 徐征等主编：《全元曲》，石家庄：河北教育出版社，1998
46. 吴毓华：《中国古代戏曲序跋集》，北京：中国戏剧出版社，1990
47. 吴梅：《顾曲麈谈》，上海：上海书店出版社，1989
48. 任中敏：《词曲通义》，上海：商务印书馆，1931
49. 蒋伯潜、蒋祖怡：《词曲》，上海：上海书店出版社，1997

50. 王文才：《元曲纪事》，北京：人民文学出版社，1985
51. 孙楷第：《元曲家考略》，上海：上杂出版社，1953
52. 王国维：《宋元戏曲史》，北京：中国书籍出版社，2006
53. 王国维：《宋元戏曲考》，上海：六艺书局，民国年间印本。
54. 王国维：《录曲余谈》，《宋元戏曲史》附录本，天津：百花文艺出版社，2002
55. 王国维：《人间词话》，上海：上海古籍出版社，2008
56. 傅惜华：《元代杂剧全目》，北京：作家出版社，1957
57. 田同旭：《元杂剧通论》，太原：山西教育出版社，2007
58. 李春祥：《元杂剧论稿》，开封：河南大学出版社，1988
59. 高益荣：《元杂剧的文化精神阐释》，北京：中国社会科学出版社，2005
60. 梁乙真：《元明散曲小史》，北京：商务印书馆，1998
61. 羊春秋：《散曲通论》，长沙：岳麓书社，1992
62. 赵义山：《元散曲通论》，上海：上海古籍出版社，2004
63. 李昌集：《中国古代散曲史》，上海：华东师范大学出版社，1991
64. 杨栋：《中国散曲学史研究》，北京：高等教育出版社，1998
65. 吕薇芬、黄卉：《散曲流派传》，长春：吉林人民出版社，1999

66. 郑振铎:《插图本中国文学史》,北京:人民文学出版社,1957
67. 郑振铎:《中国俗文学史》,北京:商务印书馆,2005
68. 邓绍基主编:《元代文学史》,北京:人民文学出版社,1991
69. 施慎之:《中国文学史讲话》,上海:世界书局,1941
70. 袁行霈主编:《中国文学史》,北京:高等教育出版社,1999
71. 中国戏曲研究院编:《中国古典戏曲论著集成》,北京:中国戏剧出版社,1959
72. 张月中主编:《元曲通融》,太原:山西古籍出版社,1999
73. 杨镰等:《元曲家薛昂夫》,乌鲁木齐:新疆人民出版社,1992
74. 刘荫柏:《马致远及其剧作论考》,北京:文化艺术出版社,1990
75. 罗忼烈:《两小山斋论文集》,北京:中华书局,1982
76. 梁启超:《梁启超选集》,北京:中国文联出版社,2006
77. 陈垣:《元西域人华化考》,上海:上海古籍出版社,2008
78. 钱穆:《国史大纲》,北京:商务印书馆,1996